사랑과 욕망의 변주곡

옮긴이 | 이항재

고려대학교 노어노문과를 졸업하고 같은 대학원에서 박사학위를 받았다. 러시아 고리키 세계문학연구소 연구교수, 한국러시아문학회 회장을 지냈고, 현재 단국대학교 러시아어과 교수로 재직하고 있다. 지은 책으로 《소설의 정치학》, 《사냥꾼의 눈, 시인의 마음》, 《러시아 문학의 이해》 등이 있다. 옮긴 책으로 《러시아 문학사》, 《첫사랑》, 《루진》, 《아버지와 아들》, 《내가 처음 만난 톨스토이》(1, 2), 《추콥스키 동화집》(1, 2), 《학교에 간 필리포크》, 《톨스토이와 행복한 하루》 등이 있고, 러시아 문학에 관한 많은 논문을 발표했다.

안톤 체호프의 에로티시즘 단편선

사랑과 욕망의 변주곡

초판 1쇄 발행 | 2012년 12월 21일
지은이 안톤 체호프 | 옮긴이 이항재
펴낸이 김태진, 승영란 | 마케팅 함송이, 강소연 | 디자인 Design co∗KKIRI
출력·인쇄 애드샵컴퍼니 | 제본 대원바인더리
펴낸 곳 에디터 | 출판등록 1991년 6월 18일 제313-1991-74호
주소 121-801 서울특별시 마포구 공덕동 105-219 정화빌딩 3층
전화 02-753-2700, 2778 | 팩스 02-753-2779
값 13,500원
ISBN 978-89-6744-008-4 03890

* 잘못된 책은 구입하신 곳에서 바꾸어 드립니다.

* 속표지의 글씨는 안톤 체호프의 가장 유명한 족제비 꼬리 모양의 친필 서명입니다.

| 안톤 체호프의 에로티시즘 단편선 |

사랑과 욕망의 변주곡

안톤 체호프 지음 | 이항재 옮김

Contents

바다에서
-한 선원의 이야기

뒤에 두고 온 항구의 희미한 불빛과 먹물처럼 시커먼 하늘만 보였다. 차갑고 눅눅한 바람이 불어왔다. 머리 위를 짓누르는 묵직한 먹구름에서는 금방이라도 비가 쏟아질 것만 같았다. 바람이 불고 추웠지만 우리는 마음이 답답했다.

공동 선원실에 모인 우리 선원들은 제비뽑기를 하기로 했다. 술 취한 동료들의 떠들썩한 웃음소리가 울려 퍼졌고 우스갯소리도 들렸다. 누군가 장난삼아 수탉 울음소리를 냈다.

미세한 떨림이 내 머리끝에서 발끝까지 스쳐 지나갔다. 마치 뒤통수에 구멍이 뚫린 것처럼 그 구멍에서 작은 파편이 알몸을 타고 아래로 떨어졌다. 냉기와 지금 하고자 하는 이야기로 나는 부르르 몸을 떨었다.

사람은 대개 추악하다고 나는 생각한다. 솔직히 말해 이따금 선원은 세상 그 누구보다도 더 추악하고, 심지어 가장 추잡한 짐승보다도 더 추악해진다. 짐승은 본능을 따르기 때문이라고 변명이라도 할 수 있다. 인생을 잘 모르는 내가 틀린 것일지도 모른다. 그러나 선원들에겐 그 누구보다 자신을 미워하고 욕할 이유가 많은 것 같다. 언제고 돛대에서 떨어져 파도 속으로 영원히 사라질 수 있고, 물속에 빠지거나 거꾸로 떨어질 때만 신을 아는 사람들에게 도대체 뭐가 필요하겠는가? 그런 사람들이 육지에서 아까운 게 뭐가 있겠는가? 우리는 보드카를 퍼마시며 방탕하게 사는데, 바다에서는 누구에게, 왜 선이 필요한지 모르기 때문이다.

그러나 나는 이런 생활을 계속하게 될 것이다.

우리는 제비뽑기를 했다. 당직을 마치고 쉬고 있는 사람들은 모두 스물두 명이었다. 이 중에서 두 명만 희한한 구경거리를 즐길 수 있는 행운을 누리게 된다. 우리 배에는 '신혼부부를 위한 선실'이 있는데, 오늘 밤 그 선실에 승객이 들었다. 이 선실 벽에는 우리 맘대로 들여다볼 수 있는 구멍 두 개가 있었다. 구멍 하나는 내가 타래송곳으로 미리 벽을 뚫어 가는 톱으로 켜서 만들었고, 다른 하나는 내 동료가 칼로 잘라 만든 것이다. 우리는 일주일 넘게 이 작업을 했다.

"구멍 하나는 네 거야!"

"누구?"

사람들이 날 가리켰다.

"다른 하나는 누구 거지?"

"네 고참 거야!"

늙고 등이 굽은데다 얼굴이 구운 사과처럼 쭈글쭈글한 고참이 내게 다가와 어깨를 찰싹 때렸다.

"야, 오늘 우린 땡 잡았다." 고참이 내게 말했다. "알았냐? 너와 내가 한꺼번에 행운을 잡았어. 이건 뭔가 의미가 있어."

고참은 몇 시냐고 초조하게 물었다. 겨우 11시였다.

나는 공동 선원실에서 빠져나와 파이프에 불을 붙이고 바다를 바라보았다. 어두웠지만 마음속에서 일어난 것이 내 눈 속에 나타났을 것이다. 나는 밤의 어둠 속에서 여러 형상들을 분간했고, 아직 젊었지만 이미 망가진 내 인생에서 결핍되었던 것을 보았다…….

12시에 나는 일반 선실 옆을 잠시 어슬렁거리다가 문을 흘끗 들여다보았다. 아름다운 금발에 젊은 목사인 신랑이 손에 복음서를 들고 테이블에 앉아 있었다. 그는 키가 크고 몸이 마른 영국 여자에게 뭔가를 설명하고 있었다. 젊고 늘씬한 신부는 매우 아름다웠다. 그녀는 남편 옆에 앉아 남편의 금발에서 푸른 눈을 떼지 않았다. 붉고 혐오스런 얼굴에 키가 크고 뚱뚱한 늙은 영국인 은행가가 선실을 이리저리 걸어 다녔다. 이 은행가는 신랑과 이야기하고 있는 중년 부인의 남편이었다.

'목사들은 몇 시간씩 얘기하는 습관이 있어.' 나는 생각했다. '저자는 아침까지 계속 얘기를 하겠군!'

1시에 고참이 내게 와서 옷소매를 잡아당기며 말했다.

"지금이야! 그들이 일반 선실에서 나왔어."

나는 순식간에 가파른 계단을 따라 아래로 내려가 낯익은 벽 쪽으로 향했다. 선체와 선실의 벽 사이에는 그을음, 물, 쥐들로 가득 찬 틈새가 있었다. 곧 나는 늙은 고참의 묵직한 발걸음 소리를 들었다. 고참은 마대와 등유 통에 걸려 넘어지면서 욕설을 해 댔다.

구멍을 더듬어 찾아낸 나는 내가 아주 오랫동안 톱으로 켜서 만든 네모난 나무조각을 구멍에서 빼냈다. 얇고 투명한 모슬린 천이 보였다. 그 천 사이로 부드러운 장밋빛 불빛이 내 쪽으로 새어 나왔다. 숨 막힐 듯한 아주 향긋한 냄새와 불빛이 뜨겁게 달아오른 내 얼굴을 스쳤다. 분명 귀족의 침실에서 나는 냄새였다. 침실을 들여다보려면 손가락으로 모슬린 천을 벌려야만 했다. 나는 서둘러 천을 벌렸다.

청동 세공품, 벨벳, 레이스가 보였다. 모든 것이 장밋빛으로 물들어 있었다. 내 얼굴에서 3미터쯤 떨어진 곳에 침대가 있었다.

"내가 네 구멍 쪽으로 갈게." 고참이 내 옆구리를 급히 밀치며 말했다. "네 구멍이 더 잘 보여!"

나는 아무 말도 하지 않았다.

"넌 나보다 눈이 좋잖아. 그러니까 너는 멀리서 보나 가까이서 보나 마찬가지야."

"쉬잇!" 나는 말했다. "소리 내지 말아요. 우리 얘길 들을 수도 있어요.”

　신부는 털가죽 위에 가는 다리를 내려뜨린 채 침대 모서리에 앉아 있었다. 그녀는 바닥을 바라보고 있었다. 그녀 앞에 젊은 목사인 남편이 서 있었다. 그는 그녀에게 뭐라고 말했지만 도대체 무슨 말을 하는지 들리지 않았다. 배의 소음 때문에 나는 그의 말을 알아들을 수 없었다. 목사는 손발을 움직이고 눈을 번득이며 열심히 말하고 있었다. 그녀는 남편의 말을 들으면서 부정적으로 머리를 흔들었다…….

　“제기랄, 쥐에게 물렸어!” 고참이 투덜댔다.

　심장이 튀어나올까 봐 나는 벽에다 가슴을 더 바짝 붙였다. 머리가 뜨거워졌다.

　신혼부부는 오랫동안 얘기를 나눴다. 마침내 목사가 무릎을 꿇었고, 그녀에게 손을 뻗치며 간청하기 시작했다. 그녀는 거듭 부정적으로 머리를 흔들었다. 그러자 목사가 벌떡 일어나 선실을 돌아다녔다. 그의 표정과 손놀림으로 보아 그가 그녀를 위협하는 것 같았다.

　자리에서 일어난 젊은 신부는 천천히 내가 서 있는 벽 쪽으로 다가와 바로 내 구멍 앞에 멈춰 섰다. 그녀는 괴로워하고 자신과 싸우면서 동요하는 듯했다. 동시에 그녀의 얼굴에는 분노가 어렸다. 나는 아무것도 이해하지 못했다.

　아마 우리는 5분쯤 그렇게 마주 보고 서 있었던 것 같다.

잠시 후, 그녀는 벽에서 물러나 선실 한가운데 멈춰 서서 동의의 표시인 듯 목사를 향해 고개를 끄덕였다. 목사는 유쾌하게 웃으면서 그녀의 손에 키스를 하고 침실에서 나왔다.

3분이 지나서 목사가 문을 열고 침실로 들어왔다. 내가 앞에서 말한 키가 크고 뚱뚱한 영국인이 목사 뒤를 따라 들어왔다. 영국인은 침대로 다가가 아름다운 신부에게 뭐라고 물었다. 창백한 신부는 그를 쳐다보지 않으면서 긍정하듯이 고개를 끄덕였다.

영국인 은행가는 호주머니에서 무슨 다발을, 아마 지폐 다발 같은 것을 꺼내서 목사에게 건넸다. 목사는 다발을 살피고 세어 보더니 인사를 하고 밖으로 나갔다. 늙은 영국인은 목사의 등 뒤에서 문을 잠갔다…….

나는 벌에 쏘인 것처럼 벽에서 떨어졌다. 나는 깜짝 놀랐다. 배가 바람에 산산조각이 나서 바다 밑바닥으로 가라앉는 것 같았다.

술에 취한 방탕한 늙은 고참이 내 팔을 붙잡고 말했다.

"여기서 나가자! 넌 이런 걸 봐선 안 돼! 넌 아직 어려……."

고참은 겨우 서 있었다. 나는 가파르고 구불구불한 계단을 따라 고참을 데리고 위로 나왔다. 갑판 위에는 벌써 진짜 가을비가 내리고 있었다. (1883년)

14

여女지주

1

훌륭한 뱟카산 말 두 마리가 끄는 사륜마차가 바싹 마른 먼지투성이 풀밭을 따라 사각사각 소리를 내며 막심 주르킨의 농가를 향해 굴러갔다. 마차에는 여지주 옐레나 예고로브나 스트렐코바와 그녀의 관리인인 펠릭스 아다모비치 르쉐베츠키가 앉아 있었다. 관리인은 민첩하게 마차에서 뛰어 내리더니 농가로 다가가서 집게손가락으로 유리창을 두드렸다. 농가 안에서 불빛이 깜박였다.

"게 누구요?" 노파의 목소리가 들렸고, 막심의 아내의 머리가 창문 안쪽에 나타났다.

"할멈, 밖으로 나와!" 여지주가 소리쳤다.

잠시 후에 막심과 그의 아내가 농가에서 나왔다. 그들은 대문 옆에 멈춰 서서 말없이 여지주와 관리인에게 인사했다.

"하나 묻겠는데," 하고 옐레나 예고로브나가 노인에게 말했다. "이게 모두 무슨 일이지?"

---

1) 현재의 키로프. 뱟카 지역에서 나는 말은 땅딸하고 힘이 세기로 유명하다.

"무슨 말씀이신지?"

"뭐라고? 정말 모른단 말이오? 스테판, 집에 있나?"

"없어요. 방앗간에 갔습니다."

"그가 뭘 하겠다는 거야? 그자를 도통 이해할 수가 없어. 왜 날 떠난 거야?"

"몰라요, 마님. 우리가 어찌 알겠어요?"

"그의 행동은 정말 옳지 않아. 날 마부 없이 내버려 뒀어! 그 때문에 펠릭스 아다모비치가 직접 말을 매고 몰아야만 했어. 정말로 어리석어. 결국 바보 같은 짓을 했다는 걸 알 거야. 급여가 적다고 생각했나, 응?"

"누가 알겠어요?" 창문을 바라보고 있는 관리인을 곁눈질하면서 노인이 대답했다. "우리한테 말을 안 하니, 그놈 속을 어찌 알겠어요. 됐다고 말하고는 떠나 버렸으니, 자기 멋대로. 급여가 적다고 생각할 수밖에요."

"그런데 성상 아래 긴 의자에 누워 있는 사람은 누구요?" 창문을 바라보며 펠릭스 아다모비치가 물었다.

"그건 세묜이야. 스테판은 없어."

"그의 행동은 건방져!" 담배에 불을 붙이면서 여지주가 말을 이었다. "무슈[2] 르췌베츠키, 그가 급여로 얼마나 받지?"

---

2) 영어의 Mr.에 해당하는 프랑스어. 당시 유럽을 흠모한 귀족들은 러시아어를 저속하게 생각하며 프랑스어를 사용했다.

"한 달에 10루블[3]입니다."

"10루블이 적다면 15루블을 줄 수도 있어. 그런데 한마디 말도 없이 떠나 버렸어. 이게 정직하고 성실한 거야?"

"이런 자들은 절대 잘 대해 줘서는 안 된다고 말했잖습니까?" 르줴베츠키가 한마디씩 끊으며 마지막 음절 앞에 악센트를 넣지 않으려고 애쓰면서 분명히 말했다. "마님은 이 건달들을 버르장머리 없게 만들어 버렸어요. 절대로 한 번에 급여를 다 줘서는 안 됩니다. 그럴 필요가 없어요. 게다가 왜 급여를 더 얹어 주시겠다는 거죠? 안 그래도 그자는 올 겁니다. 그자가 합의해서 고용되었어. 그자에게 말해!" 폴란드인 관리인이 막심에게 말했다. "그자는 돼지 같은 놈이고, 아무것도 아니야."

"그만해!" 여지주가 말했다.

"할아범, 알겠어? 고용되었으면 일해야지 마음 내키는 대로 가 버리면 안 되지. 제기랄, 내일 안 오기만 해 봐! 말을 안 들으면 어떻게 되는지 보여 주지. 당신도 혼날 거야! 할멈, 알아들었어?"

"그만해, 르줴베츠키!"

"모두들 각오해! 내일 그놈을 내 사무실로 데려오지 않기

---

3) 러시아의 화폐 단위. 1루블은 100코페이카이다. 당시 하급 관리의 월급은 30~40루블이었다.

만 해 봐, 이 늙은 개 같으니! 당신들을 점잖게 대해야 한다니! 당신들이 사람이야? 당신들이 점잖은 말을 알기나 해? 모가지를 두들겨 맞고 험한 꼴을 당해야만 알지. 내일 사무실로 와!"

"그놈에게 말하리다. 말하고말고. 꼭 말해야지……."

"급여를 더 얹어 주겠다고 말해." 옐레나 예고로브나가 말했다. "난 마부가 없으면 안 돼. 내가 다른 마부를 구했을 때, 그가 원한다면 떠나게 해 줄 거야. 내일 아침에 내 집으로 오게 해. 그의 무례한 행동으로 내가 몹시 모욕을 받았다고도 말해! 할멈도 말해요! 그를 데리러 사람을 보내기 전에 제 발로 내 집으로 오게 해! 아마 다 큰 아이들을 다루기가 힘들겠지. 할멈, 이것 받아요!"

여지주는 주머니에서 좋은 담뱃갑을 꺼내더니 담배 밑에서 노란 지폐를 끄집어내어 노파에게 주었다.

"그가 오지 않으면," 하고 여지주가 덧붙였다. "우린 사이가 나빠질 거야. 제발 그렇게 되지 않길 바라지만. 바라건대…… 그에게 충고해 줘요. 잘 있구려. 갑시다, 펠릭스 아다모비치!"

르줴베츠키는 사륜마차에 펄쩍 뛰어 올라타더니 두 손으로 고삐를 쥐었다. 마차가 부드러운 길을 따라 굴러갔다.

"얼마 줬어?" 노인이 물었다.

"1루블."

"이리 줘!"

노인은 1루블을 받아서 양 손바닥으로 어루만지더니 조심스럽게 접어서 주머니 속에 감추었다.

"스테판, 갔다!" 농가 안으로 들어가면서 노인이 말했다. "네가 방앗간에 갔다고 마님한테 거짓말했다. 마님이 엄청 놀랐어!"

마차가 시야에서 사라지자마자 스테판이 창문에 나타났다. 백지장처럼 낯빛이 창백한 그는 벌벌 떨며 창문에서 어정쩡하게 몸을 내밀고는 저 멀리 어두워진 정원을 향해 커다란 주먹을 흔들어 댔다. 그것은 지주의 정원이었다. 대여섯 번쯤 주먹질을 하고 나서 그는 뭐라고 웅얼거리더니 다시 안으로 몸을 들이고 요란한 소리를 내며 창틀을 내렸다.

여지주가 떠난 지 30분이 지나서 주르킨의 농가에서는 가족들이 저녁을 먹었다. 부엌의 페치카 바로 옆에 있는 기름투성이인 식탁에 주르킨과 그의 아내가, 그들 맞은편에는 막심의 장남 세묜이 앉아 있었다. 잠시 휴가 중인 세묜은 붉고 깡마른 얼굴에 주근깨투성이인 긴 코와 능글맞은 작은 눈을 하고 있었다. 아버지의 얼굴을 빼닮은 세묜은 백발도 대머리도 아니었고, 아버지처럼 교활한 집시의 눈을 가지고 있지도 않았다. 세묜 옆에 막심의 둘째 아들 스테판이 앉아 있다. 스테판은 음식은 먹지 않고 자신의 멋진 금발머리를 주먹으로 떠받치고 연기에 그을린 천장을 바라보며 뭔가 골똘히 생각하고 있었다. 스테판의 아내 마리야가 저녁을 내왔다. 모두들 말없이 양배춧국을 먹었다.

"치워라." 양배춧국을 다 먹고 나서 막심이 말했다. 마리야는 식탁에서 빈 접시를 집어 들었지만 바로 옆에 있는 페치카로 잘 나르지 못했다. 그녀는 비틀거리다가 긴 의자 위로 넘어졌다. 접시 하나가 그녀의 손에서 떨어져 무릎에서 바닥으로 미끄러져 내렸다. 흐느껴 우는 소리가 들렸다.

"누가 우는 것 같은데?" 막심이 물었다.

마리야는 더 크게 흐느꼈다. 2분쯤 흘렀다. 노파가 일어나서 직접 식탁으로 죽을 내왔다. 스테판이 투덜대며 일어섰다.

"조용히 해!" 스테판이 웅얼댔다.

마리야는 계속 울었다.

"조용히 하라고 했어!" 스테판이 소리쳤다.

"여자가 징징 짜는 소리는 정말 싫어!" 뻣뻣한 뒷덜미를 긁어 대며 세몬이 대담하게 말했다. "왜 우는지도 모르면서 울거든. 여자는 다 그래. 울고 싶으면 밖에 나가 울 것이지."

"여자의 눈물은 물 한 방울이여!" 막심이 말했다. "눈물은 살 수가 없으니 그냥 주어진 거여. 그런데 왜 우는겨? 에이,

그쳐! 아무도 네게서 스테판을 빼앗아 가지 않아. 버릇이 없
어졌어. 약해 빠져서는……. 저리 가서 죽이나 먹어!"

스테판은 마리야를 향해 몸을 숙이고 그녀의 팔꿈치를 살
짝 두들겼다.

"왜 이래? 조용히 해! 조용히 하라고 하잖아! 에이…… 이
밥통아!"

스테판은 주먹으로 마리야가 엎드려 있는 긴 의자를 내리
쳤다. 반짝이는 커다란 눈물 한 방울이 그의 뺨을 타고 흘러
내렸다. 그는 얼굴에서 눈물을 훔치고 식탁에 앉아 열심히
죽을 먹었다. 자리에서 일어난 마리야는 훌쩍훌쩍 흐느끼며
사람들로부터 멀리 떨어져서 페치카 뒤에 앉았다. 모두가
죽을 다 먹었다.

"마리야, 크바스⁴! 젊은 애가 자기 할 일을 알아야지. 콧물
이나 짜고 있다니 부끄럽지도 않아!" 노인이 소리쳤다. "넌
어린애가 아니야!"

마리야는 눈물이 채 마르지 않은 창백한 얼굴로 나갔다가
돌아와서는 아무도 쳐다보지 않고 시아버지에게 국자를 건
넸다. 국자가 손에서 손으로 건네졌다. 세묜은 두 손으로 국
자를 잡고 성호를 긋더니 크바스를 떠먹고 나서 사례가 들
렸다.

---

4) 호밀로 만든 러시아 특유의 시큼한 음료.

"왜 웃어?"

"아무 일도 아니…… 그냥 우스운 일이 생각나서."

세몬은 머리를 뒤로 젖히고 큰 입을 벌려 히히거렸다.

"여지주가 왔다 갔다고요?" 스테판을 곁눈질하면서 그가 물었다. "그래, 그녀가 뭐라고 말했어요? 예? 하하!"

스테판은 세몬을 힐끗 쳐다보고는 얼굴이 빨개졌다.

"15루블 준단다." 노인이 말했다.

"뭐라고요? 원하기만 하면 100루블도 줄 텐데."

세몬은 눈을 한 번 깜빡이고 기지개를 켰다.

"에이, 나한테 그런 여자가 있다면," 그는 말을 이었다. "그 마녀의 피를 다 빨아먹었을 텐데. 고혈을 다 짜내고말고, 음……."

세몬은 몸을 웅크리더니 스테판의 어깨를 툭 치고 껄껄 웃었다.

"그랬군. 그래서 네가 그렇게 당황하는구나. 우리 같은 사람이 뭘 망설여? 넌 바보야, 스테프카[5]! 에이, 멍청한 놈!"

"영락없는 멍청이지." 아버지가 말했다.

다시 흐느껴 우는 소리가 들렸다.

"네 마누라가 또 운다. 아마 질투심에 신경질을 부리는 거야. 난 여자의 새된 소리가 싫어. 칼에 베인 거 같잖아. 에이,

---

5) 스테판의 이름을 낮추어 부른 것.

여편네들이란! 신은 무슨 목적으로 저것들을 만들어 냈을
까? 어째서? 존경하는 여러분, 저녁 잘 먹었습니다. 지금 포
도주나 한잔 마셨으면 좋겠네. 너의 마님 집엔 포도주가 엄
청 많겠지? 마시라고 해도 난 싫어."

"넌 냉혹한 짐승이야, 센카[6]!"

이렇게 말하고 나서 스테판은 한숨을 내쉬더니 무릎 가리
개를 얼싸안고는 마당으로 나갔다.

조용한 마당에는 러시아의 여름밤이 고요히 깃들고 있었
다. 멀리 떨어진 언덕 너머에서 달이 떠오르고 있었다. 가장
자리가 은빛으로 빛나는 누더기 구름이 달을 향해 흘러갔
다. 지평선이 희미해졌다. 엷고 기분 좋은 푸른빛이 지평선
가득히 퍼졌다. 달을 보고 깜짝 놀란 듯 별들이 더욱 약하게
반짝거리며 작은 빛을 자기 안으로 빨아들이고 있었다. 뺨
을 어루만지는 밤의 습기가 강 쪽에서 사방으로 퍼졌다. 그
리고리 신부(神父)의 집에서 9시를 알리는 종소리가 마을 전
체로 퍼져 나갔다. 선술집의 유대인 주인이 요란한 소리를
내며 창문을 닫고 문 위쪽에 기름투성이인 등을 매달았다.
거리와 마당에는 사람 하나 보이지 않았고, 아무 소리도 나
지 않았다……. 스테판은 풀밭에 무릎 가리개를 펼쳐 놓고
성호를 긋고는 팔꿈치로 머리를 괴고 누웠다. 세묜이 헛기

---

6) 세묜의 이름을 낮추어 부른 것.

침을 하고 나서 스테판의 발치에 앉았다.

"음, 그래……." 세묜이 말했다.

잠시 가만히 있던 세묜이 더 편한 자세로 앉아서 작은 담
뱃대를 빨며 말문을 열었다.

"오늘 트로핌의 집에 갔다 왔어……. 맥주를 마셨지. 세 병
을 비웠어. 담배 피울래, 스쬬파7?"

"아니."

"좋은 담배야. 지금 차를 마시면 좋을 텐데. 여지주 집에서
차를 마셔 봤니? 좋은 차였어? 아주 좋은 차였겠지. 아마 1
푼트8에 5루블은 할 거야. 1푼트에 100루블 하는 차도 있지.
정말로 있어. 마셔 보진 않았지만 나는 알아. 시내에서 점원
으로 일할 때 보았어……. 어떤 마님이 마셨지. 냄새만으로
도 그만한 가치가 있어. 나는 그 차 냄새를 맡아 봤지. 내일
여지주한테 갈 거냐?"

"그만해!"

"왜 화를 내는 거야? 나는 욕하는 게 아니라 그저 말하는
거야. 화내지 마! 왜 가지 않으려는 거야, 이 괴짜야? 난 이해
할 수 없어. 돈도 많고, 음식도 좋고, 원하는 대로 뭐든 마실
수도 있고…… 넌 여지주의 시가도 피게 될 거야. 좋은 차도

---

7) 스테판의 애칭.
8) 옛러시아의 무게 단위. 1푼트는 약 450그램이다.

마시겠지…….”

세묜은 잠시 침묵했다가 말을 이었다.

“여지주는 아름다워. 노파하고 가깝게 지내는 건 불행이지만 이런 마님하고 가깝게 지내는 건 행복이야! (세묜이 침을 뱉고는 잠시 입을 다물었다.) 여자는 불이야. 활활 타오르는 불. 여지주의 목은 멋지고 아주 오동통하지…….”

“사람이 죄를 지으면?” 스테판이 세묜을 향해 몸을 돌리더니 갑자기 물었다.

“죄라고? 죄가 어디서 생기는데? 가난뱅이한테는 아무 죄가 없어.”

“가난뱅이도 지옥 불에 떨어져. 만약…… 그리고 내가 왜 가난뱅이야? 난 가난하지 않아.”

“죄는 무슨 죄야? 네가 여지주에게 가지 않으면 그녀가 네게 올 거야. 넌 허수아비야!”

“이 강도, 강도 같은 생각하고는…….”

“넌 멍청이야!” 한숨을 내쉬며 세묜이 말했다. “멍청이! 자기 행복을 모르다니! 행복을 느끼지도 못하고! 넌 돈이 많겠지……. 아마 넌 돈이 필요 없을 거야.”

“필요하지만 남의 돈은 필요 없어.”

“네가 훔치는 게 아니라 그녀가 직접 네게 주는 거야. 바보 같은 너랑 얘기해야 뭐 하겠니! 아무 소용이 없지…….”

세묜은 일어나서 기지개를 켰다.

"후회해 봐야 늦을 거다. 이제 너랑 말을 섞고 싶지 않아. 넌 내 동생이 아니야. 네 맘대로 해라. 너의 바보 같은 암소하고나 놀아라……."

"마리야가 암소라고?

"그래."

"흠…… 형은 이 암소의 부츠로도 쓸모가 없어. 저리 가!"

"네게 좋으면 우리한테도…… 좋은 거야, 멍청이!"

"저리 가!"

"간다…… 널 비난할 사람은 없어."

세묜은 돌아서서 휘파람을 불며 농가 쪽으로 느릿느릿 걸어갔다. 5분쯤 지나서 스테판 주변에서 풀이 바스락거렸다. 스테판은 고개를 들었다. 마리야가 그를 향해 걸어왔다. 마리야가 스테판에게 다가와 잠시 서 있다가 그 옆에 누웠다.

"가지 마, 스죠파!" 마리야가 속삭였다. "가지 마, 여보! 그 여자가 당신을 파멸시킬 거야. 그 망할 놈의 여자가 폴란드인으론 부족해서 당신이 필요했던 거야. 그녀에게 가지 마, 스테푼카9!"

"귀찮게 굴지 마!"

마리야의 뜨거운 눈물이 가랑비처럼 스테판의 얼굴로 방

---
9) 스테판의 애칭.

울방울 떨어졌다.

"날 파멸시키지 마, 스테판! 죄를 짓지 마. 나만 사랑하고, 다른 사람에게 가지 마! 우린 하느님 앞에서 결혼했어. 나와 살아. 난 고아야…… 내겐 당신뿐이야."

"그만해! 아…… 악마! 안 간다고 했잖아!"

"그래…… 가지 마, 여보! 나는 괴로워, 스테푼카. 아이들도 곧 생길 거야……. 우릴 버리지 마! 하느님이 벌하실 거야. 아버지와 센카는 당신을 그녀에게 보내려고 기회만 엿보고 있어. 가지 마…… 그들의 말을 듣지 마! 짐승들이지 사람이 아니야."

"잠이나 자!"

"잘게, 스쬬파……. 잘게."

"마리야!" 막심의 목소리가 들렸다. "어디 있냐? 가 봐라, 어머니가 불러!"

마리야는 벌떡 일어나서 머리를 매만지고 농가로 달려갔다. 막심이 스테판을 향해 천천히 다가왔다. 벌써 겉옷을 벗고 속옷만 입은 그는 흡사 죽은 사람 같았다. 달이 그의 대머리를 비추며 집시 같은 눈 속에서 빛났다.

"마님한테 내일 갈 거냐, 모레 갈 거냐?" 막심이 스테판에게 물었다.

스테판은 대답하지 않았다.

"갈 거면 내일 일찍 가거라. 아마 말들이 더러울 거여. 15루블 주겠다고 약속한 거 잊지 마라. 10루블 받고는 가지 마라."

"절대 안 가요." 스테판이 말했다.

"어째서?"

"그냥…… 가고 싶지 않아요…….."

"왜?"

"아시잖아요."

"그래…… 스쬬파, 이 늙은이한테 얻어터지지 않으려면 조심해라."

"때려요."

"부모에게 그렇게 대꾸하다니? 누구한테 배운 말버릇이냐? 조심해라! 아직 대갈통에 피도 안 마른 녀석이 애비에게 막말을 해?"

"안 가요, 이게 다예요! 교회에 다니면서 죄 짓는 게 두렵지도 않아요?"

"멍청한 네놈을 분가시키고 싶다. 새 집을 지어야 하지 않겠니? 네 생각은 어떠냐? 목재를 가지러 누구에게 갈 거냐? 스트렐치하[10]에게 갈 거냐? 돈은 누구한테 빌리고? 마님한테 빌릴 거냐, 아니면 다른 사람한테 빌릴 거냐? 마님은 목

---

10) 여자주의 이름에서 스트렐코바는 '스트렐코프의 아내'라는 의미이다. 스트렐치하는 '스트렐레츠의 아내'라는 의미인데, 여기서는 스트렐코프의 아내도 스트렐치하로 쓰고 있다.

재도 주고 돈도 줄 거야. 상금도 내리고."

"상금은 다른 사람에게나 주라지요. 난 필요 없어요!"

"얻어맞아야 정신 차릴 거야?"

"자, 때려요! 때려!"

막심은 웃음을 지으며 한 손을 앞으로 뻗었다. 그는 채찍을 쥐고 있었다.

"오냐 그래, 스테판."

스테판은 다른 쪽으로 돌아눕고는 잠을 방해받고 있는 척했다.

"그래, 안 간다고? 확실히 안 간다고 했지?"

"그래요. 내가 가면 벼락을 맞을 거예요."

막심은 한 손을 들어 올렸다. 스테판은 어깨와 뺨에 심한 통증을 느꼈다. 스테판은 미친 사람처럼 벌떡 일어섰다.

"때리지 마! 아버지!" 스테판이 소리쳤다. "때리지 마! 때리지 말라고요! 때리지 마!"

"뭐라고?"

막심은 다시 한 번 스테판을 내리쳤다. 그리고 또다시 내리쳤다.

"애비 말을 들어! 갈 거지, 이 나쁜 놈아?"

"때리지 마! 때리지 말라고요!"

스테판은 울부짖으며 무릎 가리개 위에 털썩 주저앉았다.

"갈게요! 좋아! 가요……. 그러나 기억해요! 즐거운 일은 절대 없을 거야! 저주할 테야!"

"좋아. 날 위해 가는 게 아니라 널 위해 가는 거다. 새집은 내가 아니라 네게 필요한 거야. 때린다고 말했지? 그래서 때렸다."

"가…… 가요. 그러나…… 그러나 이 채찍을 기억할 거야."

"좋아. 겁먹었군. 다시 한 번 말해 봐!"

"좋아요…… 가요…….'

스테판은 그만 울부짖고 엎드려서 조용히 흐느끼기 시작했다.

"어깨까지 들썩이며 흐느끼는군. 더 울부짖어라! 내일 일찍 가! 먼저 한 달치 급여를 받아라! 네가 일한 나흘치 급여도 받아! 네 암말에겐 머릿수건이 제격이야. 채찍을 맞았다고 화내지 마라. 난 네 애비고…… 원하면 때릴 수 있고, 자식도 때릴 수 있는 거야."

막심은 턱수염을 쓰다듬으며 농가로 향했다. 스테판이 보기에 막심이 농가로 들어가서 '때렸다'고 말한 것 같았다. 세묜의 웃음소리가 들렸다.

그리고리 신부의 집에서 음이 맞지 않는 피아노 소리가 구슬피 울렸다. 신부의 딸은 8시가 지나서 음악 공부를 했다.

조용하고 이상한 소리가 마을에 울려 퍼졌다. 자리에서 일어난 스테판은 바자울을 기어 넘어 거리를 따라 걸었다. 그는 강 쪽으로 갔다. 강은 수은처럼 빛났고, 달과 별이 뜬 하늘이 강물에 비쳤다. 쥐죽은 듯한 정적이 주변에 내려앉았다. 아무것도 움직이지 않았다. 이따금 귀뚜라미가 울어 댔다…….

스테판은 강변의 물가에 주먹으로 머리를 괴고 앉았다. 우울한 생각들이 연달아 머릿속에서 맴돌기 시작했다. 맞은편 강변에 지주의 정원을 둘러싸고 있는 늘씬한 포플러가 높이 솟아 있었다. 지주의 창문에서 나무들 사이로 불빛이 새어 나왔다. 아마 여지주는 자지 않는 것 같았다. 제비들이 물 위로 날아오를 때까지 스테판은 강가에 앉아서 생각했다. 달이 아닌 솟아오른 해가 강물에 비쳤을 때 스테판은 자리에서 일어섰다. 그는 세수하고 동쪽을 향해 기도를 한 다음, 단호한 걸음걸이로 재빨리 강가를 따라 여울 쪽으로 걸어갔다. 얕은 여울을 건넌 그는 지주의 마당 쪽으로 향했다…….

2

"스테판이 왔어?" 다음 날, 잠에서 깬 옐레나 예고로브나가 물었다.

"왔어요!" 하녀가 대답했다.

스트렐코바는 미소를 지었다.

"아 아 아…… 그래! 그가 어디 있지?"

"마구간에요."

여지주는 침대에서 벌떡 일어나 재빨리 옷을 입고 차를 마시러 식당으로 갔다.

스트렐코바의 외모는 나이보다 더 젊어 보였다. 그러나 눈만 보면 그녀가 이미 여자의 인생 대부분을 살았고, 벌써 서른 살이 훌쩍 넘었다는 것을 알 수 있었다. 여자의 눈이라기보다는 남자의 눈 같은 그녀의 갈색 눈은 깊고 의심이 많아 보였다. 아름답지는 않았지만 그녀를 좋아할 수는 있었다. 살찐 얼굴은 매력적이고 건강했으며, 세묜이 말했던 목과 가슴은 근사했다. 만약 세묜이 아름다운 다리와 손의 가치를 알았더라면, 그는 여지주의 다리와 손에 대해서도 지나치지 않았을 것이다. 그녀는 수수하고 가벼운 여름옷을 입고 있었다. 머리 모양도 아주 단순했다. 스트렐코바는 게을렀고 몸치장하는 것을 좋아하지 않았다. 그녀가 살고 있는 영지는 결혼 않고 혼자 페테르부르크에서 사는 오빠의 소유였는데, 오빠는 자기 영지에 대해 별로 관심을 두지 않았다. 그녀는 남편과 헤어진 후로 이 영지에서 살았다. 그녀의 남편 스트렐코프 대령은 아주 점잖은 사람으로, 페테르부르크에서 살았다. 남편은 그녀의 오빠가 영지에 무관심한 것보다 훨씬 더 자기 아내에게 무관심했다. 그녀는 남편과 채 1년도 살지 않고 헤어졌다. 그녀는 결혼한 지 27일 만에 남편을 배신했다.

식당에 앉아 커피를 마시면서 스트렐코바는 스테판을 불러오라고 일렀다. 스테판이 문가에 나타났다. 창백한 얼굴에 머리도 빗지 않은 그는 마치 사로잡힌 늑대처럼 울분에 찬 눈으로 우울하게 그녀를 쳐다보았다. 여지주는 그를 힐끗 쳐다보고는 살짝 얼굴을 붉혔다.

"안녕, 스테판!" 자기 커피 잔에 커피를 따르면서 그녀가 말했다. "도대체 왜 변덕을 부린 건지 말해 봐! 왜 떠났지? 나흘 살고는 가 버렸어! 허락도 받지 않고 떠났지. 넌 허락을 받아야만 했어."

"허락을 청했습니다." 스테판이 웅얼거렸다.

"누구에게 허락을 청했지?"

"펠릭스 아다모비치에게요."

스트렐코바는 잠시 침묵했다가 물었다.

"화가 났었나? 응? 스테판, 대답해! 묻고 있잖아! 화가 났어?"

"마님이 그런 말씀을 하지 않았다면 나는 떠나지 않았을 겁니다. 나는 말을 부리러 왔지…… 그래서 온 게 아닙니다."

"그런 말은 그만하자……. 너는 날 이해하지 못했고, 그게 다야. 화낼 필요 없어. 난 특별히 말한 게 없어. 네가 모욕당했다고 생각할 만한 무슨 말을 내가 했다면, 너는…… 너는…… 하지만…… 나는 쓸데없는 말을 할 권리도 있어. 흠…… 난 급여를 올려 줄 거야. 이제 우리 사이에 아무런 오해가 없기를 바래."

스테판은 돌아서서 한 걸음을 떼었다.

"잠깐 기다려! 잠깐!" 스트렐코바가 스테판을 멈춰 세웠다. "나는 아직 다 말하지 않았어. 그런데 스테판…… 나한테 마부용 새 옷이 있어. 그 옷을 가져다 입어라. 네가 입지 않으면 그 옷은 아무 쓸모가 없어. 내겐 좋은 옷이 있어. 표도르를 통해 그 옷을 네게 보낼게."

"알겠습니다."

"네 얼굴이 왜 그래…… 아직도 화가 안풀렸어? 정말 화난 거야? 이제 그만해…… 난 아무것도…… 너는 내 집에서 잘 살 거야……. 모든 것에 만족할 거고. 화내지 마…… 화내지 않을 거지?"

"어찌 화낼 수 있겠어요?"

스테판은 한 손을 내젓고는 두 눈을 깜빡이며 얼굴을 돌렸다.

"무슨 일이야, 스테판?"

"아무 일도 아닙니다……. 어떻게 화낼 수 있겠어요? 화를 내서는 안 되죠."

여지주는 일어나서 걱정스런 얼굴을 하고 스테판에게 다가갔다.

"스테판, 너…… 너, 우는 거야?"

여지주는 스테판의 옷소매를 붙잡았다.

"무슨 일이야, 스테판? 무슨 일이지? 말해 봐? 누가 널 모욕했어?"

그녀의 눈에 눈물이 글썽였다.

"그렇지?"

스테판은 한 손을 내젓고 격하게 두 눈을 깜빡이며 울부짖었다.

"마님!" 스테판이 중얼거렸다. "마님을 사랑할 겁니다……. 마님이 원하는 대로 다 할 거예요. 정말로요! 단, 그 저주받을 인간들에겐 아무것도 주지 말아요! 동전 하나, 나뭇조각 하나도요! 뭐든지 할 거예요! 그들에게 아무것도 주지 않으면 난 악마에게 영혼이라도 팔 거예요!"

"누굴 말하는 거지?"

"아버지와 형이오. 나뭇조각 하나도 주지 말아요! 그 저주받을 인간들이 증오 때문에 죽게 내버려 둬요!"

여지주는 미소를 지으면서 두 눈을 훔치고 나더니 큰 소리로 웃기 시작했다.

"좋아." 그녀가 말했다. "그럼, 나가 봐! 지금 네게 옷을 보내겠어."

스테판이 나갔다.

'그가 어리석은 게 정말 다행이야!' 그의 뒷모습을 바라보고, 그의 넓은 어깨에 황홀해하면서 여지주는 생각했다. '이제 변명을 안 해도 되겠네……. 그가 처음으로 사랑에 대해 말하기 시작했어…….'

서산에 지는 해가 하늘을 자줏빛으로, 땅을 황금빛으로 물들이는 저녁 무렵에 스트렐코바의 말들이 미친 듯이 끝없이 펼쳐진 초원 길을 따라 마을에서 먼 지평선을 향해 질주하고 있었다……. 사륜마차는 마치 작은 공처럼 통통 튕기면서 앞으로 나아가며 묵직해진 이삭을 길 쪽으로 늘어뜨린 호밀을 무자비하게 잡아 뜯었다. 마부석에 앉은 스테판은 채찍으로 맹렬하게 말들을 후려갈기며 고삐를 갈기갈기 찢어 버리려고 애쓰는 것 같았다. 그는 아주 맵시 있게 옷을 입고 있었다. 몸치장에 적잖은 시간과 돈을 들인 듯했다. 비싼 벨벳과 새빨간 무명이 그의 탄탄한 몸을 꼭 감싸고 있었다. 가슴에는 장식물이 달린 가는 쇠줄이 걸려 있었다. 주름이 잡힌 부츠는 검정 구두약으로 깨끗이 닦여 있었다. 공작 깃털이 달린 마부 모자가 그의 금발 곱슬머리에 살짝 얹혀 있었다. 그의 얼굴에는 맹목적인 순종과 분노의 광기가 어려 있었고, 그 광기의 희생양은 말들이었다……. 마차 안에 사지를 쭉 펴고 편하게 앉아 있는 여지주는 넓은 가슴으로 신선한 공기를 들이마시곤 했다. 그녀의 뺨에는 청신한 홍조가 어렸다……. 그녀는 자기가 인생을 즐기고 있다고 느꼈다…….

"의젓하게, 스죠파! 의젓하게!" 그녀는 간간이 소리치곤 했다. "그래! 말을 몰아, 바람처럼!"

마차 바퀴 밑에 돌멩이가 있었다면, 그 돌은 불꽃이 되어 사방으로 튀었을 것이다. 마을은 점점 더 멀어졌다……. 농가들은 보이지 않았고, 지주의 창고들도 시야에서 사라졌다. 곧 종탑도 보이지 않았다……. 마침내 마을은 뿌연 띠로 변하더니 원경 속에 파묻혔다. 스테판은 계속 말을 몰았다. 그는 자기가 무서워하는 죄로부터 더 멀리 달아나고 싶었다. 그러나 죄는 그의 어깨와 마차에 앉아 있었다. 스테판은 달아나지 말아야만 했다. 이날 저녁, 초원과 하늘은 그가 자기 영혼을 어떻게 파는지 지켜본 목격자였다.

10시가 지나서 말들은 급히 되돌아왔다. 곁마는 다리를 절었고, 가운데 말은 땀으로 흠뻑 젖었다. 여지주는 마차 구석에 앉아서 눈을 반쯤 감은 채 숄을 덮고 웅크리고 있었다. 그녀의 입술에 만족스런 미소가 감돌았다. 그녀는 가볍고 편안하게 숨을 쉬었다! 스테판은 마차를 몰았고, 자기가 파멸하고 있다고 생각했다. 그의 머릿속은 텅 비고 흐릿했으며, 가슴이 답답했다······.

매일 저녁 무렵에 새 말들이 마구간에서 끌려 나왔다. 스테판은 말들을 마차에 매고 정원 쪽문으로 갔다. 기쁨에 넘치는 여지주가 쪽문에서 걸어 나와 마차에 오르면 광적인 여행은 시작되었다. 이런 여행은 단 하루도 거르지 않았다. 비가 내리면 스테판은 말을 몰지 않아도 되었지만, 불행히도 비 내리는 저녁은 하루도 없었다.

하루는 이런 여행을 마치고 초원에서 돌아온 스테판이 마당에서 나와 강가를 거닐고 있었다. 그의 머릿속은 여느 때처럼 흐릿했고, 아무 생각도 없었다. 가슴은 너무나 갑갑했다. 아름답고 고요한 밤이었다. 야릇한 향기가 공기에 실려와서 그의 얼굴을 부드럽게 간질였다. 스테판은 강 너머 멀지 않은 곳에 있는 어둠에 잠긴 마을을 떠올렸다. 그는 농가, 채소밭, 자기 말, 마리야와 함께 긴 의자에서 잠을 자면서 만족해했던 순간을 떠올렸다. 그는 말할 수 없는 아픔을 느꼈다······.

"스쬬파!" 그는 가느다란 목소리를 들었다.

스테판은 주변을 둘러보았다. 마리야가 그를 향해 걸어오고 있었다. 그녀는 방금 여울을 건너왔는지 두 손으로 반장

화를 들고 있었다.

"스쬬파, 왜 떠났어?"

스테판은 무표정하게 그녀를 바라보고 얼굴을 돌렸다.

"스테프카, 누굴 위해 고아인 날 버렸어?"

"성가시게 굴지 마!"

"하느님이 널 벌할 거야, 스테프카! 넌 벌받을 거야! 참회하지 않으면 네게 잔인한 죽음을 내릴 거야. 내 말을 기억해! 트로핌 아저씨가 병사의 아내와 살았던 거 기억하지? 어떻게 죽었는지도 기억하지? 제발 그렇게 되지 않기를!"

"왜 귀찮게 쫓아다녀! 에휴……."

스테판은 두 걸음을 앞으로 내디뎠다. 마리야는 두 손으로 그의 카프탄[11]을 붙잡았다.

"나는 네 아내야, 스테판! 넌 날 버릴 수 없어! 스테프카!"

마리야는 큰 소리로 울기 시작했다.

"자기야, 나는 발을 씻고 물을 마실 거야! 집으로 가자!"

스테판은 갑자기 달려들어 주먹으로 마리야를 때렸다. 홧김에 때린 것이다. 마리야는 정통으로 배를 맞았고, 종종걸음을 치더니 배를 부여잡고 땅에 주저앉았다.

"아이구!" 그녀는 신음 소리를 냈다.

스테판은 눈을 깜빡거리며 주먹으로 자기 관자놀이를 부

---

11) 우리나라의 두루마기와 비슷한, 허리띠가 달린 러시아의 옛 남자 옷.

여잡고는 뒤도 돌아보지 않고 마당 쪽으로 갔다.

마구간으로 돌아온 스테판은 긴 의자에 쓰러져서 머리 위에 베개를 받치고 괴로워하며 자기 손을 깨물었다.

이 시간에 여지주는 자기 침실에 앉아서 내일 저녁 날씨가 좋을지 나쁠지 점을 치고 있었다. 카드 점에 따르면 내일 날씨는 좋을 것이다.

3

아침 일찍 이웃 마을을 방문하고 난 르줴베츠키는 집으로 돌아가고 있었다. 해는 아직 뜨지 않았다. 새벽 4시가 지나진 않았다. 그의 머릿속에서 윙윙 소리가 났다. 그는 마차를 몰면서 약간 흔들거렸다. 길을 반쯤 갔을 때 그는 숲길을 따라 가야만했다.

"제기랄!" 그는 자기가 관리하는 영지 쪽으로 다가가면서 생각했다. '누가 나무를 베고 있는 것 같아.'

밀림 속에서 나뭇가지를 치고 부러트리는 소리가 르줴베츠키의 귀에 들려왔다. 그는 귀를 쫑긋 세우고 잠시 생각하더니 욕설을 퍼붓고 마차에서 서툴게 내려서 밀림 속으로 걸어갔다.

세묜 주르킨이 땅에 앉아서 도끼로 푸른 나뭇가지를 자르

고 있었다. 그의 주변에 잘려진 오리나무 세 그루가 놓여 있
었다. 옆에는 짐마차에 매인 말 한 마리가 풀을 뜯고 있었다.
르줴베츠키는 세묜을 보았다. 순식간에 술기운과 졸음이 달
아났다. 그는 얼굴이 창백해져서 세묜을 향해 내달렸다.

"너, 이게 무슨 짓이야? 응?" 그가 소리쳤다.

"너, 이게 무슨 짓이야? 응?" 메아리가 대답했다.

그러나 세묜은 아무 대답도 하지 않았고, 담뱃대를 빨면서
하던 일을 계속 했다.

"이 나쁜 놈아, 무슨 짓을 하느냐고 묻고 있잖아?"

"뭐하는지 안 보여? 정말 얼이 빠졌나?"

"뭐, 뭐, 뭐라고? 뭐라고 했어? 다시 말해 봐!"

"옆으로 비키라고 했다!"

"뭐라고, 뭐라고?"

"옆으로 비켜! 소리칠 거 없어……."

르줴베츠키는 얼굴을 붉히고 어깨를 으쓱했다.

"뭐라고? 네가 어찌 감히?"

"그래, 어쩔 거야? 너는 뭔데? 하나도 무섭지 않아! 너 같
은 놈들은 많아! 너희 모두의 비위를 맞추려면 많은 게 필요
하지."

"네가 어떻게 감히 나무를 베? 네 나무야?"

"네 나무도 아니지."

르줴베츠키는 채찍을 들어 올렸지만 세묜을 내려치진 않았다. 세묜이 그에게 도끼를 가리켰기 때문이다.

"이 불한당 놈아, 이게 누구 숲인지 알아?"

"알아. 지주의 것이지. 스트렐치하의 숲이니까 나는 스트렐치하와 얘기할 거야. 그녀의 숲이니까 그녀에게 대답할 거야. 그런데 너는 뭐야? 머슴! 심부름꾼! 난 너를 몰라. 나 그네, 지나가게! 출발!"

세묜은 담뱃대로 도끼를 탁탁 두드리며 독살스럽게 미소를 지었다.

르줴베츠키는 마차로 달려가서 고삐를 틀어잡고 화살처럼 마을로 날아갔다. 마을에서 그는 증인들을 모아 함께 도벌 현장으로 달려왔다. 증인들은 나무를 베고 있는 세묜을 보았다. 순식간에 일이 커졌다. 이장, 반장, 서기, 농민 출신 경찰이 나타났다. 몇 장의 서류가 작성되었다. 르줴베츠키가 서명했고, 세묜에게도 서명하도록 했다. 세묜은 실실 웃기만 했다…….

점심 식사 전에 세묜이 여지주에게 나타났다. 여지주는 이미 도벌에 대해 알고 있었다. 여지주에게 인사도 하지 않은 채 세묜은 도저히 살 수가 없고, 폴란드 인이 자기를 때렸으며, 단지 나무 세 그루를 베었다는 말부터 하기 시작했다.

"너는 어떻게 감히 남의 나무를 벨 수가 있지?" 여지주가 격노했다.

"그자 때문에 고통스럽습니다." 여지주가 격노하는 것을 만족스럽게 바라보며, 무슨 일이 있어도 폴란드 인을 해코지하고 싶어서 세묜이 웅얼거렸다. "무슨 말을 해도 깔아뭉개다니! 이게 있을 수 있는 일인가요? 그자는 늘 얼굴을 때리려고 해요! 이럴 순 없습니다……. 우리도 사람이니까요."

"네가 어떻게 감히 나의 나무를 베었냐고 물었다, 이 불한당 놈아!"

"그자가 거짓말을 했어요, 마님! 나는 정말로……. 베었어요…… 인정합니다. 그런데 그자가 왜 날 때리는 거죠?"

여지주의 몸속에 지주의 피가 솟구쳤다. 그녀는 세묜이 스테판의 형이라는 사실과 사교계의 모든 예의범절을 잊어버리고 세묜의 뺨을 때렸다.

"당장 네 상판대기를 치워 버려! 이 농군 놈아!" 그녀가 소리쳤다. "저리 꺼져! 당장!"

세묜은 당황했다. 그는 어떤 경우에도 이런 소란은 예상하지 못했다.

"안녕히 계슈!" 이렇게 말하고 그는 깊이 한숨을 내쉬었다. "어쩔 수 없죠. 알겠습니다."

세묜은 중얼거리며 밖으로 나갔다. 그는 마당으로 나가면서 모자를 쓰는 것도 잊어버렸다.

두 시간쯤 지나서 막심이 여지주 앞에 나타났다. 그는 실망한 얼굴에 우울한 눈빛을 하고 있었다. 표정으로 보아 그는 뭔가 할 말이 많으며 뻔뻔스런 짓을 하려고 온 것 같았다.

"무슨 일인가?" 여지주가 물었다.

"안녕하슈? 마님, 마님에게 부탁하려고 했던 것에 대해 말하려고요. 마님, 나무를 주셨으면 해요. 스테판이 집을 짓고 싶어 하는데 나무가 없어요. 나무를 주셨으면 해요."

"그래? 줘야지."

막심의 얼굴이 환해졌다.

"집을 지어야 하는데 나무가 없어요. 최근의 일이죠. 양배춧국을 먹으려고 앉았는데 양배춧국이 없는 겁니다. 헤헤! 널빤지, 얇은 널빤지도…… 센카가 불손하게 말했다는데…… 화내지 마십쇼, 마님. 아주 멍청한 녀석이죠. 다시는 그런 어리석은 짓을 하지 않을 겁니다. 농군은 어쩔 수 없어요. 마님, 나무를 가지러 와도 될까요?"

"가지러 와."

"그럼 펠릭스 아다모비치에게도 그렇게 말씀해 주세유. 건강하슈! 이제 스테프카에게도 집이 생기겠네."

"나는 비싸게 받을 거야, 주르킨! 알다시피 나는 나무를 팔지 않아. 나한테도 필요하거든. 그러나 만약 판다면 비싸게 팔 거야."

막심이 몹시 실망하는 표정을 지었다.

"그럼 어떻게?"

"이렇게 하지. 첫째, 돈은 즉시 지불하고, 둘째……."

"돈을 내고는 사고 싶지 않아요."

"그럼 어떻게 하길 바라나?"

"마님 자신이 아시죠……. 지금 농군에게 무슨 돈이 있나요? 동전 한 푼도 없어요."

"공짜로는 줄 수 없어."

막심은 주먹으로 모자를 꽉 쥐고 천장을 쳐다보았다.

"확실히 말씀하신 거쥬?" 잠시 입을 다물고 있다가 막심이 물었다.

"확실히 말했어. 더 말할 게 있나?"

"무슨 말을 하겠어요? 나무를 안 주신다는데, 말해야 뭐하겠어요? 안녕히 계슈. 공짜로 나무를 주시지 않겠다……. 후회하실 거유……. 내게 침을 뱉었으니 후회하실 거요……. 스테판은 마구간에 있나요?"

"몰라."

막심은 의미심장한 눈으로 여지주를 쳐다보며 기침을 하고는 머뭇거리다가 밖으로 나갔다. 그는 증오로 오만상을 찌푸렸다.

'이런 사기꾼 같은 여자!' 이렇게 생각하며 그는 마구간으로 향했다. 이때 마구간에서는 스테판이 긴 의자에 앉아서 그 앞에 서 있는 말의 옆구리를 천천히 깨끗하게 닦아 주고 있었다. 막심은 마구간에 들어가지 않고 문가에 섰다.

"스테판!" 막심이 불렀다.

스테판은 대답하지 않았고, 아버지를 쳐다보지도 않았다. 말이 비틀거렸다.

"집으로 가라!" 막심이 불렀다.

"싫어요."

"네가 내게 그렇게 말할 수 있어?"

"한다면 하는 거지."

"명령이야!"

스테판은 벌떡 일어나서 막심의 눈앞에서 쾅 하고 마구간의 문을 닫았다.

저녁에 마을에서 한 꼬마가 스테판에게 달려와 막심이 집에서 마리야을 내쫓았고, 마리야가 어디서 밤을 나야 할지 모른다고 말했다.

"마리야는 지금 교회 근처에 앉아서 울고 있어요." 소년이 말했다. "그런데 마리야 주위로 사람들이 몰려와서 마리야를 욕하고 있어요."

다음 날 아침 일찍 지주의 집 사람들이 아직 잠들어 있을 때 스테판은 낡은 옷을 입고 마을로 갔다. 아침 예배를 알리는 종이 울렸다. 청명하고 즐거운 일요일 아침이었다. 살면서 즐겁기만 하다면 얼마나 좋을까! 스테판은 교회 옆을 지나 무심히 종루를 바라보고는 선술집으로 걸어갔다. 불행히도 선술집은 교회보다 일찍 문을 연다. 스테판이 선술집 안으로 들어섰을 때 안에는 이미 술꾼들이 있었다.

"보드카!" 스테판이 명령조로 말했다. 스테판의 술잔에 보드카가 채워졌다. 그는 보드카 한 잔을 단숨에 비웠고, 잠시 앉아서 연거푸 술잔을 비웠다. 스테판은 취했고, 옆 사람에게 술잔을 권하기 시작했다. 시끄러운 술판이 벌어졌다.

"너 스트렐치하한테 급여를 많이 받는다며?" 시도르가 물었다.

"많이 받지. 마셔, 멍청아!"

"좋은 일이지. 축하해, 스테판 막시므이치! 유쾌한 일요일이야! 그런데 당신은 뭐요?"

"나…… 나도 한잔 하고 있지…….'"

"참 반갑소……. 솔직히 말해 모든 게 순조롭고 유혹적이야, 스테판 막시므이치! 그렇지…… 그런데 10루블쯤 받는 거요?"

"하하! 지주 나리가 10루블로 살아갈 수 있겠어? 뭔 소리야? 100루블은 받을걸!"

스테판은 이렇게 말한 사람을 쳐다보고는 그 사람이 구석

에 있는 의자에 앉아 술을 마시고 있는 형 세묜인 것을 알아
보았다. 형 뒤에서 교회지기인 마나푸일로프가 술 취한 얼
굴로 아주 교활하게 웃고 있는 모습도 보였다.

"형씨, 물어봐도 되겠소?" 모자를 벗으면서 세묜이 말문
을 열었다. "여지주는 좋은 말이 있소, 없소? 당신은 그 말이
맘에 드오?"

스테판은 묵묵히 자기 잔에 보드카를 따르고는 조용히 잔
을 비웠다.

"분명히 아주 좋은 말을 갖고 있을 거요." 세묜이 말을 이
었다. "다만 마부가 없는 게 유감이지. 마부가 없다면 좋은
말이 무슨 소용이야……."

마나푸일로프가 스테판에게 다가오더니 머리를 흔들어
댔다.

"넌…… 넌…… 더러운 놈이야!" 그가 말했다. "더러운
놈! 신자 여러분! 저 자가 죄를 지었소! 성서에 뭐라고 쓰여
있나요? 네?"

"그만해! 멍청이!"

"멍청이…… 대신에 자네는 영리하지. 말이 없는 마부라.
헤헤…… 그녀는 당신에게 커피도 주나?"

스테판은 냅다 손을 휘둘러 마나푸일로프의 커다란 머리
통을 병으로 내리쳤다. 마나푸일로프가 휘청대더니 말을 이

었다.

"사랑! 이게 무슨 감정이야……. 후후…… 결혼할 수 없어서 유감이야. 지주가 될 수도 있었는데! 여러분, 저자가 훌륭한 지주도 될 수 있었단 말이오! 엄격하고 진보적인 지주!"

히히대는 소리가 들렸다. 스테판은 손을 휘둘러 다시 한번 병으로 마나푸일로프의 머리를 내리쳤다. 마나푸일로프는 휘청대더니 이번엔 쓰러졌다.

"너, 왜 싸우는 거야?" 세몬이 동생에게 대들면서 소리쳤다. "결혼하고 나서 싸워! 여러분, 얘가 왜 싸울까요? 왜 싸우냐고 내가 묻고 있잖아?"

세몬은 눈을 가늘게 뜨더니 스테판의 가슴을 붙잡고 명치 끝을 때렸다. 마나푸일로프가 몸을 일으키고는 스테판의 눈앞에 긴 손가락을 흔들어 댔다.

"여러분! 싸웁시다! 정말 싸웁시다! 덮쳐라!"

선술집이 술렁이기 시작했다. 웃음 섞인 말소리가 들렸다.

선술집 문가로 사람들이 모여들었다. 스테판은 마나푸일로프의 멱살을 잡고 문 쪽으로 내던졌다. 교회지기는 비명을 지르더니 계단을 따라 공처럼 데굴데굴 굴렀다. 사람들은 더 크게 웃기 시작했다. 선술집이 사람들로 꽉 찼다. 시도르는 자기 일도 아닌데 끼어들어 아무 이유 없이 저도 모르게 스테판의 등을 때렸다. 스테판은 세몬의 어깨를 붙잡아 문 쪽으로 내던졌다. 세몬은 문설주에 머리를 부딪치고 계단을 따라 도망치다가 먼지 구덩이 속에 젖은 얼굴을 박았다. 스테판이 세몬에게 달려가 배 위에서 춤을 추었다. 스테판은 세몬의 배 위에서 펄쩍펄쩍 뛰어오르며 미쳐 날뛰고 즐거워하면서 춤을 추었다. 그는 그렇게 오랫동안 뛰었다…….

사람들이 '적당히' 하라고 소리치기 시작했다. 스테판은 주위를 둘러보았다. 그의 주변에 웃음을 띤 낯짝들이 나타났고, 계속해서 더 술에 취하고 더 흥겨워하는 낯짝들이 나타났다. 수많은 낯짝들이었다! 만신창이에다 피투성이가 된 세몬이 야수 같은 얼굴로 주먹을 움켜쥐고 땅에서 일어섰다. 마나푸일로프는 먼지 구덩이에 누워서 울고 있었다. 그의 눈에 먼지가 덕지덕지 달라붙어 있었다. 주변이 어떤지 도무지 알 수가 없었다.

스테판은 부르르 몸을 떨더니 얼굴이 하얘져서 마치 미친 사람처럼 뛰기 시작했다. 사람들이 스테판을 뒤쫓았다.

"잡아라! 잡아!" 사람들이 그의 등 뒤에 대고 소리쳤다. "잡아! 죽여!"

스테판은 공포에 사로잡혔다. 잡히면 꼭 죽일 것만 같았다. 스테판은 더 빨리 뛰었다.

스테판은 저도 모르게 아버지의 집까지 달려갔다. 대문

은 활짝 열려 있었고, 대문 두 짝이 바람에 흔들리고 있었다……. 스테판은 마당 안으로 뛰어 들어갔다.

대문에서 세 발짝 떨어진, 나뭇조각과 대팻밥 더미 위에 마리야가 앉아 있었다. 그녀는 꿇어앉아서 연약한 손을 앞으로 뻗은 채 땅에서 눈을 떼지 않고 있었다. 마리야를 보자 불안하고 술 취한 스테판의 머리에 좋은 생각이 번쩍 떠올랐다…….

'여기서 달아나야 해. 백지장처럼 창백하고 억눌리고 시달린, 내가 열렬히 사랑하는 여자와 함께 더 멀리 달아나야 해. 이 악독한 자들로부터 더 멀리 달아나야 해. 예컨대 쿠반 같은 곳으로……. 그래, 쿠반이 좋아! 표트르 아저씨의 편지를 믿을 수 있다면, 쿠반의 초원에서 아주 멋지게 자유로운 생활을 할 수 있어! 그곳의 생활은 더 넉넉하고, 여름도 더 길고, 사람들도 더 용감할 거야……. 처음에 우리들은 노동자로 살아가다가 나중에는 우리 땅도 경작할 수 있을 거야. 그곳에는 대머리에 집시 같은 눈을 한 막심도 없고, 술에 취해 독살스럽게 웃는 세묜도 없겠지…….'

스테판은 이런 생각을 하며 마리야에게 다가가 그녀 앞에 멈춰 섰다……. 그러는 사이에 취기로 머리가 빙빙 돌았고, 두 눈에 알록달록한 반점들이 아른거렸으며, 온몸에 아픔이 느껴졌다……. 그는 간신히 두 다리로 서 있었다…….

"쿠반으로…… 그……." 혀가 잘 돌아가지 않는 걸 느끼면서 스테판이 말했다. "쿠반으로…… 표트르 아저씨한테…… 알지? 아저씨가 편지를 썼어……."

그런 일은 일어나지 않았다! 쿠반으로 가는 꿈은 산산이 깨졌다……. 마리야는 애원하는 듯한 두 눈을 치뜨고 스테판의 창백하고 광기 어린 얼굴을, 헝클어진 머리칼로 이미 반쯤 덮인 그의 얼굴을 쳐다보았다……. 그녀의 입술이 떨렸다…….

"이 강도 같은 놈!" 그녀는 큰 소리로 울기 시작했다. "너야? 술집에서 낯짝이 피투성이가 되었냐? 저주받을 놈! 날 괴롭힌 놈! 내 모든 것을 빨아먹었으니 저 세상에서 악당이나 되어라. 너는 고아인 날 죽였어!"

"조용히 해!"

"잔인한 놈들! 너희들은 그리스도의 영혼이 불쌍하지도 않아? 모두를 괴롭히는 강도들……. 넌 살인자야, 스테프카! 성모님이 널 벌할 거야! 기다려! 무사치 않을 거야! 나만 고통을 당한다고 생각해? 그리 생각하지 마……. 너도 고통을 당할 거야……."

스테판은 두 눈을 깜박이며 휘청거렸다.

"조용히 해! 제발!"

"술주정뱅이! 난 네가 누구 돈으로 술을 마셨는지 알

아……. 알고 있어, 이 강도야! 기뻐서 술을 마셨냐? 아마도 기쁘겠지?"

"조용히 해! 마쉬카[12]! 좀…….'

"그런데 왜 왔어? 뭐가 필요해? 자랑하러 왔어? 자랑하지 않아도 알아……. 온 세상이 다 알고 있어……. 아마 온종일 책망을 받겠지, 이 죄인……."

스테판은 발을 구르고 휘청거렸다. 그리고 두 눈을 번뜩이며 팔꿈치로 마리야를 밀쳤다.

"조용히 하라고 하잖아! 날 화나게 하지 마!"

"말할 거야! 때리려고? 좋아…… 때려…… 고아를 때리라고. 죽기밖에 더하겠어……. 때려…… 죽여, 이 강도야! 너한테 내가 왜 필요해? 너한테는 여지주가 있지……. 부자고…… 아름답고…… 나는 천민이지만 그녀는 귀족이고…… 왜 때리지 않는 거야, 이 강도야!"

스테판은 손을 휘둘러 분노로 일그러진 마리야의 얼굴을 있는 힘을 다해 내리쳤다. 그녀는 관자놀이에 강한 일격을 당했다. 마리야는 끽소리도 못하고 땅에 쓰러졌다. 스테판은 땅에 쓰러진 그녀의 가슴을 다시 한 번 내리쳤다.

남편은 이미 죽어 버린 그녀의 몸뚱이 쪽으로 몸을 구부리고 괴로움에 지친 그녀의 얼굴을 흐릿한 눈으로 내려다보았

---

12) 마리야의 애칭.

다. 그는 아무것도 이해하지 못하고 시체 옆에 앉았다.

해는 이미 농가 위에 떠서 작열하고 있었다. 바람이 뜨거워졌다. 무더운 대기 속에 마음을 짓누르는 우수가 깃들자 사람들이 벌벌 떨면서 스테판과 마리야를 에워쌌다. 사람들은 여기서 살인이 일어난 것을 알았지만 두 눈을 의심하고 있었다. 스테판은 흐리멍덩한 눈으로 사람들을 둘러보고, 빠드득 이를 갈면서 두서없는 말을 중얼거렸다. 누구도 스테판을 잡아서 묶지 않았다. 막심, 세묜, 마나푸일로프는 군중 속에 서서 서로에게 바싹 달라붙었다.

"왜 그가 그녀를 죽인 거야?" 사람들이 백지장처럼 창백해져서 물었다.

스테판의 어머니는 주변을 뛰어다니면서 큰 소리로 울어댔다.

여지주는 일어난 사건에 대해 보고를 받았다. 그녀는 "아!" 하고 탄식하며 작은 술병을 집어 들었지만 의식을 잃고 쓰러지지는 않았다.

"끔찍한 농군!" 그녀가 작은 소리로 말했다. "정말 무서운 자들이야! 좋아! 그자들에게 보여 주겠어! 그자들은 이제 내가 어떤 사람인지 알게 될 거야!"

르줴베츠키는 여지주를 위로하러 나타났다. 그는 여지주를 위로하고 나서 변덕스런 여지주가 스테판에게 주려고 빼앗아 갔던 자기 자리를 다시 차지했다. 그에게 가장 어울리는, 수입이 많이 생기는 따끈따끈한 자리였다. 그는 일 년에 열 번 이 자리에서 해고되었다가 열 번 위약금을 받았다. 적지 않은 금액이었다. (1882년)

역장

드레베즈기 역의 역장 이름은 스테판 스테파니치이고, 성은 셰프투노프이다. 지난여름 그에게 작은 스캔들이 있었다. 별것 아닌 것 같았지만 그는 이 일로 비싼 대가를 치러야만 했다. 그 때문에 그는 새 제모(制帽)와 더불어 인간에 대한 믿음도 잃어버렸다.

여름에 8번 기차는 밤 2시 40분에 그가 근무하는 역을 지나갔다. 정말 가장 불편한 시간이었다. 스테판 스테파니치는 잠자는 대신 플랫폼을 걸어 다녔고, 거의 아침까지 전신기사 가까이에 있어야만 했다.

그의 조수 알레우토프는 여름마다 결혼한다고 어딘가를 다녀오곤 했다. 그래서 불쌍한 셰프투노프 혼자 당직을 서야만 했다. 참 더러운 운명이다! 그러나 매일 밤이 따분하지만은 않았다. 이웃에 있는 공작 영지의 관리인인 나자르 쿠지미치 쿠차페토프의 아내 마리야 일리니치나가 이따금 밤에 그를 찾아오곤 했기 때문이다. 이 여자는 그다지 젊지도 않았고 유달리 아름답지도 않았다. 그러나 어둠 속에서는 호박꽃도 장미꽃으로 보이는 법이다. 말이 났으니 말이지 권태는 굶주림처럼 도저히 참을 수 없다. 그러니 누이 좋고 매부 좋은 것이다! 마리야 일리니치나가 역에 오면 셰프투노프는 보통 그녀의 손을 잡고 함께 플랫폼 밑으로 내려가 화차 쪽으로 걸어갔다. 화차 옆에서 8번 기차를 기다리면서 그는 기적이 울릴 때까지 계속 사랑을 맹세했다.

어느 아름다운 밤에 그는 마리야 일리니치나와 화차 옆에서 기차를 기다리고 있었다. 구름 한 점 없는 하늘에 달이 있는 듯 없는 듯 조용히 떠다녔다. 역과 들판, 아득히 먼 곳이 달빛으로 물들어 있었다. 사방이 고요하고 평온했다……. 셰프투노프는 마리야의 허리를 잡고 잠자코 있었다. 그녀도 말없이 가만히 있었다. 두 사람은 달빛처럼 달콤하고 고요한 망각 속에 빠져 있었다.

"정말 기막힌 날씨야!" 셰프투노프는 이따금 한숨을 내쉬었다. "춥지 않아?"

대답 대신 그녀는 그의 제복에 더 바싹 몸을 붙였다.

2시 20분에 역장은 시계를 보며 말했다.

"곧 기차가 올 거야……. 마샤, 선로를 봐……. 우리 둘 중에서 먼저 기차의 불빛을 보는 사람이 더 오래도록 사랑하겠지……. 자, 봐!"

그들은 아주 먼 곳을 함께 뚫어지게 바라보았다. 끝없는

───────────
1) 마리야의 애칭.

선로 곳곳에 불빛이 부드럽게 깜빡이고 있었다. 기차는 아직 보이지 않았다. 먼 곳을 바라보던 셰프투노프는 다른 뭔가를 보았다……. 그는 침목을 건너는 긴 그림자 두 개를 보았다……. 그림자는 곧장 그를 향해 다가왔고, 점점 더 커지고 넓어졌다……. 하나는 사람의 그림자 같았고, 다른 하나는 그 사람이 잡고 있는 긴 막대기 그림자 같았다…….

그림자가 가까이 다가왔다. 곧 '마담 안고'[2]에서처럼 휘파람 소리가 들려왔다.

"레일 위로 걷지 마! 안 돼……." 셰프투노프가 소리쳤다. "레일에서 비켜!"

"명령하지 마, 이 쌍놈아!" 그림자가 대답했다.

욕을 먹은 셰프투노프가 앞으로 내달렸다. 그러나 그 순간 마리야 일리니치나가 그의 소맷자락을 붙잡았다.

"제발, 스죠파!" 그녀가 속삭였다. "내 남편 나자르카야!"

그녀의 말이 채 끝나기도 전에 모욕당한 역장 앞에 이미 쿠차페토프가 서 있었다. 셰프투노프는 비명을 질렀고, 쇠붙이 같은 것에 부딪히며 화차 밑으로 몸을 숨겼다. 이어서 화차 밑에서 기어 나와 철둑을 따라 달리기 시작했다. 침목을 뛰어넘고 레일에 걸려 넘어지면서 미친 사람처럼, 마치 가시 막대기를 꼬리에 매단 개처럼 급수탑 쪽으로 내달렸

---

2) 앙투안 프랑수아 에바의 보드빌(춤과 노래 따위를 곁들인 가볍고 풍자적인 통속 희극).

다…….

'그런데 저자가 무슨 몽둥이를 들고 있는 거야?' 달아나면서 셰프투노프는 생각했다.

급수탑에 도착한 그는 숨을 돌리려고 멈춰 섰다. 그러나 그 순간 발자국 소리가 들렸다. 뒤돌아보니 몽둥이를 들고 재빨리 움직이는 사람 그림자가 보였다. 극심한 공포에 휩싸인 그는 더 멀리 달아났다.

"기다려! 잠시 서!" 그는 등 뒤에서 쿠차페토프의 목소리를 들었다. "서라! 조심해! 기차야!"

셰프투노프는 앞을 바라보았다. 무시무시하게 번쩍이는 두 개의 눈이 달린 기차가 보였다……. 그 순간 머리칼이 곤두섰다……. 심장이 뛰더니 갑자기 멎어 버렸다. 그는 있는 힘을 다해 눈길 닿는 데로 펄쩍 뛰어올랐다. 그는 4초쯤 공중에 떠 있다가 단단하고 경사진 어떤 물체 위에 떨어졌고, 우엉에 찔리면서 밑으로 떼굴떼굴 굴렀다.

'철둑이군.' 그가 생각했다. '음, 괜찮아. 양반이 쌍놈한테 얻어터지는 것보단 굴러떨어지는 게 낫지.'

잠시 후 물웅덩이를 저벅저벅 걸어오는 크고 묵직한 장화 소리가 오른쪽 귀 언저리에 들려왔다. 누군가 손으로 그의 등을 건드렸다…….

"이게 누구여?" 그는 쿠차페토프의 목소리를 들었다. "스테판 스테파니치 아니신가?"

"용서해 주게!" 셰프투노프가 신음 소리를 냈다.

"무슨 일이유? 왜 이리 놀래슈? 저는 쿠차페토프유! 정말 날 몰라봤슈? 나리를 뒤쫓아 달리면서 소리치고 소리쳤는데……. 나리, 하마터면 기차 밑에 깔리실 뻔했네유. 나리가 달려가는 걸 보고 마샤도 깜짝 놀라서 지금 플랫폼 위에 의식을 잃고 누워 있슈……. 지가 나리를 쌍놈이라고 불러서 놀라셨나유? 화내지 마슈…… 나리를 전철기수3라고 생각했슈……"

"아이고, 이죽거리지 말게……. 복수를 하려면 어서 해……. 마음대로 하게나……." 셰프투노프는 신음 소리를 냈다. "때려…… 날 불구로 만들어……."

"흠…… 무슨 말씀이슈? 나는 볼일이 있어서 나리에게 왔슈. 사업에 대해 말하려고 나리 뒤를 쫓아왔슈……."

쿠차페토프는 잠시 잠자코 있다가 말을 이었다.

"중요한 사업이지유……. 나의 마샤 말로는 나리가 기분 전환으로 자기와 관계했다고 하던디, 그건 괜찮아유. 마리야 일리니치나한테서 나는 대체로 아무것도 얻지 못하니께유. 그러나 공정하게 생각해 보면 나랑 계약을 맺어야 해유. 난

---

3) 철도에서 차량이나 열차를 다른 선로로 이동시키기 위하여 두 선로가 만나는 곳에 장치한 기계장치를 조작하는 사람.

그녀의 남편이고, 문서상으로…… 가장이니께. 미하일라 드미트리치 공작이 그녀와 관계했을 때 나는 한 달에 50루블 받았슈. 나린 얼마 주실 거유? 약속이 돈보다 더 낫지유. 자, 일어나슈……."

셰프투노프는 일어섰다. 몸이 깨지고 망가졌다고 느끼면서 그는 노반 쪽으로 느릿느릿 걸어갔다…….

"얼마 줄 거유?" 쿠차페토프가 말을 이었다. "나리한테는 25루블만 받지유……. 이 담에 나리께 내 조카의 작은 일자리 하나 부탁할게유."

셰프투노프는 아무것도 듣지도 보지도 못하면서 그럭저럭 역까지 도착해서 침대에 쓰러졌다. 다음 날, 잠에서 깬 그는 제모와 견장 하나를 찾지 못했다.

그는 지금까지도 이 일을 부끄러워한다. (1883년)

여자의 복수

누군가 줄을 세게 잡아당겨 종을 울렸다. 지금 묘사하는 사건이 일어난 아파트의 여주인인 나제쥐다 페트로브나는 소파에서 벌떡 일어나 문을 열려고 달려갔다.

'남편인가……?' 그녀는 생각했다.

그러나 문을 열고 보니 남편이 아니었다. 그녀 앞에는 비싼 곰 가죽 외투에 금테 안경을 낀 키가 크고 멋진 남자가 서 있었다. 그는 이마를 찡그리고 졸린 눈으로 심드렁하게 쳐다보았다.

"무슨 일이시죠?" 나제쥐다 페트로브나가 물었다.

"부인, 전 의사입니다. 어떤 사람이 여기로 오라고 날 불렀어요……. 에, 에, 에…… 첼로비티예프 씨…… 첼로비티예프 씨네죠?"

"맞아요. 그러나 정말 죄송합니다, 의사 선생님. 제 남편은 치조염에다 열이 있어요. 남편이 선생님께 편지를 보냈지만 한참을 기다려도 오시지 않아서 참지 못하고 치과 의사한테 갔어요."

"흠…… 남편께서 날 귀찮게 하지 말고 바로 치과 의사에

69

게 갔다 왔으면 좋았을 텐데……."

의사는 얼굴을 찌푸렸다. 침묵 속에서 1분이 지났다.

"번거롭게 하고 괜한 걸음을 하게 해서 죄송해요, 선생님. 선생님이 오실 줄 알았으면 남편은 치과 의사에게 가지 않았을 거예요……. 죄송해요……."

침묵 속에서 또 1분이 지났다. 나제쥐다 페트로브나는 뒤통수를 긁적였다.

'뭘 기다리는지 모르겠네.' 그녀는 문 쪽을 흘금거리면서 생각했다.

"부인, 날 보내주세요!" 의사가 투덜거렸다. "날 붙잡지 말아요. 알다시피 시간은 금입니다……."

"그런데…… 음…… 난 당신을 붙잡지 않았는데요……."

"부인, 난 노동에 대한 대가를 받지 않고는 갈 수 없어요!"

"노동의 대가? 아, 예……." 나제쥐다 페트로브나는 얼굴을 붉히면서 웅얼거렸다. "맞아, 왕진비를 드려야죠, 그래요, 오셨으니까…… 그런데 선생님…… 부끄러운 얘기지만…… 남편이 외출하면서 돈을 몽땅 가지고 갔어요. 그래서 집에 돈이 한 푼도 없어요……."

"흠…… 이상하군……. 어쩌죠? 난 당신 남편을 기다릴 수 없어요! 찾아봐요, 아마 뭔가 있을 겁니다……. 사실 얼마 안 되는 돈인데……."

"그러나 분명히 말씀드리지만 남편이 돈을 모두 가져갔어요……. 부끄럽습니다…… 몇 루블 때문에 이런 난처한 상황에 빠지다니……."

"사람들은 의사의 노동에 대해 이상하게 생각해요. 정말로 이상한…… 마치 우리는 사람이 아니고, 우리의 노동은 노동이 아니라는……. 나는 당신 집에 왔고, 시간을 허비했고…… 노동을 했어요……."

"예, 아주 잘 알아요. 그러나 집에 돈이 한 푼도 없는 때가 있잖아요!"

"아, 그런 경우가 나랑 무슨 상관이 있나요? 부인, 당신은 아주…… 유치하고 비논리적이군요……. 돈을 지불하지 않는다는 건…… 부끄러운 일입니다……. 내가 당신을 치안판사에게 넘길 수 없다는 걸 이용하여…… 정말로, 아주 함부로 말하는군요……. 참 이상하군요!"

의사는 머뭇거렸다. 그는 인간에 대해 부끄러움을 느꼈다……. 나제쥐다 페트로브나의 얼굴이 확 달아올랐다. 그녀는 기분이 언짢아졌다.

"좋아요!" 그녀가 날카로운 어투로 말했다. "잠시 기다리세요……. 아는 가게에 메모를 써 보내서 돈을 빌려 볼게요……. 돈을 지불하겠어요."

나제쥐다 페트로브나는 거실로 가서 가게 주인에게 돈을

빌려 달라는 메모를 썼다. 의사도 모피 외투를 벗고 거실로 들어와 안락의자에 몸을 쭉 펴고 앉았다. 가게 주인의 답신을 기다리면서 두 사람은 말없이 앉아 있었다. 5분쯤 지나 답신이 왔다. 나제쥐다 페트로브나는 쪽지에서 1루블을 꺼내어 의사에게 쑥 내밀었다. 의사의 두 눈이 이글거렸다.

"부인, 장난하시는 겁니까?" 의사는 1루블을 테이블 위에 놓으면서 말했다. "내 하인이 1루블을 받지요. 그러나 실례지만 난 아닙니다……."

"얼마를 드려야 하지요?"

"보통 10루블 받지만…… 당신에게선 5루블만 받겠습니다."

"그런데 5루블을 드릴 수가 없어요……. 내겐 정말 드릴 돈이 없어요."

"가게 주인에게 메모를 써 보내세요. 당신에게 1루블을 빌려 줄 수 있으면 5루블도 줄 수 있지 않겠어요? 마찬가지 아닌가요? 부인, 제발 부탁인데 날 기다리게 하지 마세요. 난 시간이 없습니다."

"이보세요, 의사 선생님…… 당신은 불손하진 않지만…… 정중하지도 않군요! 아니, 당신은 거칠고 비인간적이군요! 아시겠어요? 당신은…… 혐오스러워요!"

나제쥐다 페트로브나는 창 쪽으로 몸을 돌리고 입술을 깨

물었다. 그녀의 두 눈에 굵은 눈물이 맺혔다.

'더러운 놈! 비열한 놈!' 그녀는 생각했다. '짐승 같은 놈! 감히…… 감히! 내가 처한 이 끔찍하고 모욕적인 상황을 이해하지 못하다니. 그래, 기다려라…… 이 망할 놈아!'

그녀는 잠시 생각하고 나서 의사를 향해 얼굴을 돌렸다. 이제 그녀의 얼굴에는 고통과 애원이 어려 있었다.

"의사 선생님!" 그녀는 간청하는 듯한 조용한 목소리로 말했다. "선생님, 당신에게도 감정이 있고 이해심이 있다면…… 이 돈 때문에 날 괴롭히지는 않았을 겁니다……. 돈이 아니라도 나는 아주 괴롭고 고통스러워요."

나제쥐다 페트로브나는 마치 용수철을 누르듯이 관자놀이를 꼭 눌렀다. 머리카락이 그녀의 어깨 위로 흘러내렸다…….

"무식한 남편 때문에 고생하면서…… 이 끔찍하고 고통스런 환경을 견뎌 내고 있는데…… 이젠 교양 있는 남자까지 비난을 퍼부어 대는군요. 오, 맙소사! 참을 수 없어!"

"부인, 이해하세요. 우리 의사의 특수한 상황이…….."

그러나 의사는 자기 말을 다 끝마칠 수 없었다. 나제쥐다 페트로브나가 비틀거리더니 의식을 잃고 의사가 내민 두 손 위에 쓰러졌다……. 그녀의 머리가 그의 어깨 쪽으로 기울어졌다.

"선생님, 여기 난로 쪽으로……." 잠시 후 그녀가 속삭였다. "더 가까이…… 당신에게 모두 말할게요…… 모두……."

*

한 시간쯤 지나서 의사는 첼로비티예프 씨네 아파트에서 걸어 나왔다. 그는 화가 나기도 하고 부끄럽기도 하고 유쾌하기도 했다.

'제기랄…….' 썰매에 앉으면서 그는 생각했다. '집에서 많은 돈을 가지고 나와선 절대 안 돼! 금방 이런 일이 생긴단 말이야!'(1884년)

니노치카
-로맨스

슬며시 문이 열리고 나의 좋은 친구인 파벨 세르게예비치 비흘레네프가 내 방 안으로 들어온다. 그는 늙어 보이는 병약한 젊은이로, 긴 코에 등이 굽고 비쩍 말랐으며 전체적으로 미남형은 아니다. 그 대신 그의 얼굴 표정은 너무 순박하고 부드럽고 애매해서 얼굴을 볼 때마다 다섯 손가락으로 부여잡고 온화함과 부드러운 마음을 느껴 보고 싶은 이상한 욕망이 일어난다. 서재에 틀어박혀 있는 사람들이 다 그렇듯이 그는 조용하고 소심하며 내성적이다. 게다가 지금은 그의 낯빛이 더 창백하고 무슨 일 때문인지 몹시 흥분하고 있다.

"무슨 일인가?" 그의 창백한 얼굴과 살짝 떨리는 입술을 유심히 들여다보면서 내가 물었다. "어디 아픈가, 아니면 아내와 다툰 건가? 안색이 너무 창백해!"

잠시 망설이면서 기침을 하더니 비흘레네프는 한 손을 흔들며 말했다.

"다시 니노치카와…… 성가신 일이 생겼어! 친구, 난 너무 괴로워서 밤새 한숨도 못 잤어. 보다시피 간신히 걸어 다니고 있네……. 누가 내 맘을 알겠어! 다른 사람들은 아무 고통도 느끼지 않고 모욕도 손해도 병도 잘도 견디는데, 난 사소한 일에도 쉽게 힘이 빠지고 기진맥진해진단 말이야!"

"무슨 일이 있었나?"

"사소한 일이야…… 작은 홈드라마지. 원하면 말해 주겠네. 엊저녁에 니노치카가 아무 데도 가지 않고 나랑 집에서 시간을 보내고 싶어 했어. 물론 나는 기뻤지. 저녁이 되면 그녀는 보통 어디론가 모임에 가고, 나 혼자 집에 있곤 했어. 그러니 내가 얼마나 기뻤겠나……. 그러나 자넨 한 번도 결혼해 본 적이 없으니 일터에서 집으로 돌아오면서 삶의 이유를 발견하게 될 때 얼마나 따스하고 안락한 기분이 드는지 알 수 없을 거야…… 아!"

비홀레네프는 가정생활의 매력을 묘사하고 이마의 땀을 닦으면서 말을 이었다.

"니노치카는 나와 저녁 시간을 같이 보내고 싶어 했어……. 자네는 내가 어떤 사람인지 알지 않나? 나는 재미없고 딱딱하고 재치 없는 사람이야. 나와 같이 있는 게 무슨 재미가 있겠나? 나는 항상 도면과 여과기와 흙과 함께 있네. 놀 줄도 모르고, 춤도 추지 못하고, 농담을 하며 시간을 보낼 줄도 모르지……. 할 줄 아는 게 아무것도 없어. 그러나 알다시피 니노치카는 젊고 사교적이야. 젊음은 자신의 권리를 가지고 있어…… 그렇지 않은가? 나는 그녀에게 사진과 여러 가지 물건들을 보여 주기 시작했고, 그러면서 이런저런 얘기를 했네. 그런데 내 책상 서랍에는 옛날 편지들이 있었어. 그중에서 아주 재밌는 편지가 눈에 띄었네! 학창 시절의 친구들, 그 교활한 친구들은 기막히게 편지를 잘 썼지! 읽노라면 배를 움켜쥐고 웃지 않을 수 없어. 나는 이런 편지들을 꺼내어 니노치카가 읽도록 했네. 그녀에게 편지 한 통, 또 한 통, 또 다른 한 통을 건네주었지……. 그러다 갑자기 주는 걸 그만두었네. 한 편지에 '카차가 너에게 인사를 보내'란 구절이 있는 거야. 질투 어린 배우자에게 이런 구절은 날카로운 칼 같은 거지. 나의 니노치카는 치마를 두른 오셀로[2]가 된 거야. "카차가 누구야?", "어찌 된 거야?", "왜지?" 등등의 질문들이 내 불행한 머리 위로 쏟아졌어. 카차는 첫사랑 같은 거고…… 학창 시절의 젊고 풋풋함 같은 거며, 아무 의미가 없는 거라고 나는 니노치카에게 말했네. 젊은이는 누구나 자기의 카차들이 있고…… 이런 것이 없을 수 없지. 그런데 니노치카는 내 말을 듣지 않는 거야. 그녀는 엉뚱한 상상을 하며 눈물을 흘렸고, 울고 나서는 히스테리를 부렸어. "당

---

1) 러시아의 여자 이름 카테리나의 애칭.
2) 셰익스피어가 지은 4대 비극의 하나인 〈오셀로〉의 주인공. 무어 인의 장군 오셀로는 아내인 데스데모나의 정조를 의심하여 죽이지만, 후에 그의 부관 이아고의 계략이었음을 알고 자살한다.

신은 더럽고 추잡해! 나한테 자기 과거를 숨기고 있어. 당신은 지금도 어떤 카차가 있는데 숨기고 있는 거야!" 하고 그녀는 소리쳤어. 나는 그녀를 설득하고 또 설득했지만 소용이 없었어……. 남자는 결코 여자를 설득할 수 없어. 결국 나는 용서를 빌었고, 무릎을 꿇고 설설 기었지만…… 소용이 없었어. 이렇게 우리는 저녁 내내 옥신각신하다가 잠자리에 들었네. 그녀는 자기 소파에서, 나는 내 소파에서. 오늘 아침에 그녀는 날 쳐다보지도 않고 화를 내면서 날 '당신'이라고 부르는 거야. 그리고 어머니에게 갈 거라고 말하더군. 아마 그럴 거야. 난 그녀의 성깔을 알고 있어!"

"음, 좋지 않은 얘기군."

"난 여자를 모르겠어! 좋아, 니노치카가 젊고 도덕적이고 결벽하다고 해. 그리고 카차 같은 이야기에 기분이 나빴다고 해……. 그러나 정말 용서하기 힘든 건가? 내게 잘못이 있다 해도 용서를 구하며 무릎까지 꿇고 설설 기었는데! 자네가 알고 싶다면 말하지. 심지어 난 울기까지 했다네!"

"그래, 여자란 풀리지 않는 수수께끼야."

"친구, 니노치카가 자네 말은 잘 듣지 않나? 그녀는 자넬 존경하고 권위가 있다고 생각해. 간청하건대 그녀에게 가서 자네의 영향력을 행사하여 그녀가 잘못했다고 알아듣게 설명해 주게나……. 난 괴로워, 친구! 이런 일이 내일까지 간다면 난 견딜 수가 없어. 다녀와 주게나, 친구!"

"그렇게 해도 괜찮을까?"

"괜찮고말고! 자네와 그녀는 죽마고우나 다름없잖나? 그
녀는 자넬 신뢰하고 있어……. 제발 부탁하네."

비흘레네프의 눈물 어린 애원에 나는 감동했다. 나는 옷을
입고 그의 아내에게 갔다. 그녀는 자기가 좋아하는 일을 하
고 있었다. 소파에 다리를 포개고 앉아서 예쁜 눈을 가늘게
뜨고 허공을 바라보면서 아무 일도 하고 있지 않았다. 나를
보자마자 그녀는 벌떡 일어나 나를 향해 달려왔다……. 그
녀는 주변을 둘러보더니 재빨리 문을 닫고 깃털처럼 가볍게
내 목에 매달렸다. (독자들이여, 오타라고 생각지 마시라. 나는 비
흘레네프와 남편의 의무를 공유한 지 벌써 일 년이 넘었다.)

"이 교활한 사람, 또 뭘 생각해 낸 거야?" 나는 니노치카를
내 옆에 앉히며 물었다.

"도대체 뭔 말이야?"

"남편에게 또 고통을 안겨 줬잖아! 오늘 남편이 내게 와서
카텐카³에 대해 모두 말했어."

"아하…… 그거! 남편이 하소연할 사람을 찾았군."

"무슨 일이 있었던 거야?"

"별일 아니야……. 엊저녁에 따분했어…… 갈 곳이 없어

---

3) 카테리나의 애칭

서 울화가 치밀었고, 화가 나서 그의 카텐카를 물고 늘어졌지. 난 따분해서 울음을 터뜨렸는데, 자기라면 이 울음을 그에게 어떻게 설명할 거야?"

"이봐, 그건 잔인하고 비인간적인 짓이야. 그는 아주 신경이 예민해. 자기는 말썽을 피워서 그를 괴롭힌 거야."

"괜찮아. 그는 내가 질투하는 걸 좋아해……. 자기는 거짓 질투는 물론 무슨 짓을 해도 눈 하나 깜작하지 않겠지……. 그러나 이런 얘기는 그만해……. 자기가 내 연약한 남편에 대해 얘기하는 게 싫어……. 차나 마셔……."

"그러나 이제 그를 그만 괴롭혀……. 그를 보고 있으면 불쌍한 생각이 들어……. 그는 가정의 행복에 대해 아주 진실하고 성실하게 말했어. 그가 당신의 사랑을 굳게 믿고 있어서 무슨 일이 일어날까 봐 두려워. 어떻게든 감정을 억누르고 애교도 부리며 거짓말이라도 해. 그가 행복을 느끼게 하려면 당신 말 한마디면 충분해."

니노치카는 뾰로통해져 입술을 내밀고 눈살을 찌푸렸다. 그러나 잠시 후, 비흘레네프가 안으로 들어오자 그녀는 수줍게 내 얼굴을 바라보았고, 명랑하게 미소를 띠며 부드럽게 그를 쳐다보았다.

"차 마실 시간에 딱 맞춰 왔네!" 그녀가 남편에게 말했다. "당신은 현명해서 결코 늦는 법이 없어……. 크림 차 마실래요, 레몬 차 마실래요?"

이런 환대를 예상하지 못한 비흘레네프는 감동했다. 그는 아내의 손에 사랑스럽게 입을 맞추고 날 껴안았다. 그의 포옹이 너무나 황당하고 어색해서 나도 니노치카도 얼굴을 붉혔다.

"훌륭한 조정자여!" 행복해진 남편이 명랑하게 말했다. "자네는 아내를 설득했네그려. 사교적인 자네는 사교계를 출입하면서 여자의 섬세한 마음을 잘 알기 때문이야! 하하하! 난 바보고 얼간이야! 한 마디만 하면 되는데 열 마디를 하고…… 손에 키스를 하거나 다른 말을 해야 하는데 불평을 한단 말이야. 하하하!"

차를 마시고 나서 비흘레네프는 자기 연구실로 날 데리고 가서 붙들고 이렇게 웅얼거렸다.

"친구, 어떻게 감사를 표해야 할지 모르겠네. 난 몹시 괴롭고 고통스러웠는데 지금은 너무 행복해! 자네가 날 괴로운 상태에서 구해 준 게 이번이 처음이 아니야. 친구, 내 호의를 거절하지 말게! 내게 물건 하나가 있는데…… 그러니까 내가 직접 만든 작은 기관차야……. 그걸로 전시회에서 메달을 받았어……. 이 메달을 나의 감사와…… 우정의 표시로 받아 주게! 제발 받아 주게나!"

물론 나는 극구 사양했다. 그러나 비흘레네프는 고집을 꺾지 않았고, 나는 어쩔 수 없이 그의 값진 선물을 받았다.

며칠, 몇 주일, 몇 달이 흘러갔다……. 얼마 안 가서 비흘레네프는 이 망할 놈의 추잡한 진실을 알게 되었다. 우연히 진실을 알게 된 비흘레네프는 낯빛이 하얘져서 소파에 누워 멍하니 천장만 바라보았다……. 그러면서 그는 한마디 말도 하지 않았다. 마음의 고통은 어떤 동작 속에 나타나게 마련이다. 그는 소파에서 고통스럽게 좌우로 뒤척이기 시작했다. 품성이 연약한 그는 고작 이렇게 움직일 뿐이었다.

일주일이 지나자 처음 받은 충격에서 다소 벗어난 비흘레네프가 내게로 왔다. 우리 두 사람은 당황하면서 서로를 바라보지 못했다……. 나는 전혀 어울리지 않게 자유연애, 배우자의 이기주의, 운명에의 순종에 대해 허튼 소리를 해 댔다.

"그게 아니라……." 그는 부드럽게 내 말을 잘랐다. "모든 걸 잘 알겠네. 사랑에는 누구도 죄가 없어. 그러나 나는 사태의 다른 측면, 즉 실제적인 측면에 관심이 있네. 이보게, 나는 인생을 전혀 모르고, 사교계의 의례나 계약에 대해 전혀 몰라. 자네가 날 도울 수 있을 거야. 지금 니노치카가 어찌해야 하는지 말해 주게! 계속 내 집에 살아야 할지, 아니면 자네 집으로 가는 게 더 좋을지 말해 주게나!"

우리는 잠시 의논하고 나서 이렇게 결정했다. 니노치카는 계속 비흘레네프의 집에서 살기로 하고, 그녀 생각이 나서

내가 그녀에게로 가면 비흘레네프는 이전에 창고였던 구석
방으로 가기로 했다. 이 방은 약간 눅눅하고 어둡다. 부엌을
거쳐 이 방으로 가는데, 그 대신 누구의 눈에도 띄지 않고 방
안에 콕 틀어박혀 있을 수 있다. (1885년)

까마귀

저녁 여섯 시가 채 되지 않은 시각이었다. 시내를 헤매고 있던 스트레카체프 중위는 커다란 3층집 옆을 지나다가 우연히 2층의 분홍빛 커튼에 눈길을 주었다.

'여기서 마담 두두가 살고 있지…….' 그는 회상했다. '그녀의 집에 가 본 지도 꽤 오래되었군. 잠시 들러볼까?'

그러나 마음을 정하기 전에 스트레카체프는 주머니에서 지갑을 꺼내어 소심하게 들여다보았다. 지갑 속에는 석유 냄새가 나는 구겨진 1루블짜리 지폐, 단추, 2코페이카밖에 없었다.

'적어…… 그러나 상관없어.' 그는 결심했다. '잠깐 들러서 잠시 앉았다 나오자.'

잠시 후에 스트레카체프는 현관에 서서 글리세린 비누와 향수의 진한 냄새를 한껏 들이마셨다. 뭔가 형용할 수 없는 다른 냄새도 풍겼다. 그것은 여자의 방, 소위 고독한 여자의 방에서 맡을 수 있는 냄새였다. 즉, 여자의 향수와 남자의 담배가 뒤섞인 냄새였다. 옷걸이에는 몇 개의 망토와 방수 외투 그리고 남자의 반들거리는 실크해트 하나가 걸려 있었다. 홀로 들어가면서 중위는 작년에도 보았던 똑같은 것을 보았다. 찢어진 악보와 피아노, 시든 꽃이 꽂힌 꽃병, 술이 흘러서 생긴 마루의 얼룩……. 문 하나는 객실로 통했고, 다른 문은 마담 두두가 잠을 자거나 춤 선생인 브론디와 카드놀이를 하는 방으로 통했다. 브론디는 오펜바흐[1]와 아주 닮은 노인이었다. 객실 쪽으로는 곧장 문이 보이고, 문 뒤로는 분홍빛 모슬린 커튼이 드리워진 침대의 가장자리가 보였다. 거기에 마담 두두의 '양녀들'인 바르브와 블란쉬가 살고 있었다.

홀에는 아무도 없었다. 중위는 객실로 향했고, 거기에서 사람을 보았다. 곤두선 머리칼에 흐리멍덩한 파란 눈을 한 젊은이가 어둡고 무시무시한 깊은 구멍에서 방금 기어 나온 듯한 표정으로 이마에 식은땀을 흘리며 소파에 느긋이 기대어 둥근 테이블을 마주하고 앉아 있었다. 그는 새 모직 양벌 한 벌을 맵시 있게 입고 있었다. 양복에는 다리미로 잡은 주름이 여전히 남아 있었다. 죔쇠가 달린 반들반들한 부츠와 붉은 양말을 신고 있는 그의 가슴에서 회중시계 줄이 흔들리고 있었다. 젊은이는 주먹으로 살찐 턱을 괴고 자기 앞에 놓인 셀처 탄산수 병을 멍하니 쳐다보고 있었다. 다른 테이

---

1) 독일 태생의 프랑스 오페레타 작곡가(1819~1880). 작품에 〈천국과 지옥〉, 〈아름다운 엘렌〉, 〈분대장〉, 〈호프만 이야기〉 등이 있다.

블에는 몇 개의 병과 오렌지가 담긴 접시가 놓여 있었다.

객실로 들어온 중위를 보자 이 멋쟁이는 눈을 휘둥그렇게 뜨고 입을 벌렸다. 깜짝 놀란 스트레카체프는 뒤로 한 걸음 물러섰다……. 중위는 이 멋쟁이가 서기 필렌코프임을 간신히 알아보았다. 중위는 바로 오늘 아침 사무실에서 서류에 '카푸스타'를 '코푸스타'로 잘못 썼다고 이 서기를 야단쳤던 것이다.

필렌코프는 천천히 일어나서 두 손으로 테이블을 붙잡고 섰다. 그는 잠시도 중위의 얼굴에서 눈을 떼지 않았고, 내심 긴장해서 얼굴이 새파래졌다.

"자네가 여기에 어떻게 왔나?" 스트레카체프가 엄격하게 물었다.

"장교님, 저는 생일날에…….'' 서기가 눈을 내리깔고 중얼거리기 시작했다. "대체로 병역 의무 시대엔 모두가 평등하고…….''

"어떻게 여기 왔냐고 묻고 있잖아?" 중위가 언성을 높였다. "이 양복은 도대체 뭔가?"

"장교님, 잘못을 느낍니다. 그러나…… 예컨대 병역 의무 시대엔 모두가 평등하고, 게다가 저는 교양인으로서 바르브 양의 생일날에 낮은 계급의 제복을 입고 나타날 수 없었습니다. 세습 명예시민인 저는 집안의 관례에 따라 이 양복을 입었습니다."

중위의 눈이 점점 더 노기를 띠는 것을 보고 필렌코프는 입을 다물고 당장 뒤통수를 얻어맞을 것 같아 머리를 숙였다. 중위는 "꺼져!"라고 말하려고 입을 벌리는 순간, 밝은 노란색 실내복을 입은 금발의 여자가 객실로 들어왔다. 이 여자는 중위를 알아보고 환성을 지르며 그에게 달려왔다.

"바샤! 장교님!"

바르브(마담 두두의 '양녀들' 중 하나였다.)가 중위와 허물없는 사이라는 걸 본 서기는 옷을 단정히 하고 활기를 띠었다. 그는 손가락을 벌리더니 테이블에서 벌떡 일어나 두 손을 흔들어 댔다.

"장교님!" 그는 물을 홀짝이며 말문을 열었다. "사랑하는 사람의 생일을 축하하게 되어 영광입니다. 파리에서도 이런 여자는 찾을 수 없죠. 정말입니다요! 삼백 루블도 아깝지 않아요. 저는 연인의 생일을 맞이하여 실내복을 지어 주었습니다. 장교님, 샴페인 한잔 하십쇼! 새로 태어난 여자를 위하여!"

"그런데 블란쉬는 어디 있나?" 중위가 물었다.

"곧 나올 겁니다, 장교님." 중위가 바르브에게 물었지만 서기가 대답했다. "곧 나와요. 세상에 그런 여자는 없을 겁니다. 어제 코스트로마에서 온 상인이 오백 루블을 주었죠…… 오백 루블은 약해! 처음부터 내 성질을 받아 주기만 한다면 난 천 루블도 주겠어. 제 생각이 틀렸나요? 장교님, 안 그렇습니까?"

서기는 중위와 바르브에게 샴페인 한 잔씩 건네고, 자신은 보드카 한 잔을 비웠다. 중위는 잔을 비웠지만 즉시 정신을 차렸다.

"내가 보기에 넌 쓸데없는 짓을 하고 있군." 중위가 말했다. "여기서 나가서 24시간 영창에 넣어 달라고 데미얀에게 말해!"

"장교님, 제가 천하에 야비한 놈이라고 생각하십니까? 그렇게 생각하십니까? 오, 맙소사! 제 아버지는 세습 명예시민이고 훈장을 받은 사람입니다. 죄송하지만 제 대부(代父)는 장군입니다. 제가 서기라서 야비한 놈이라고 생각하십니까? 한 잔 더 하십쇼……. 부글부글 거품이 이는…… 바르브, 마개를 따! 사양하지 마! 뭐든지 돈을 낼 거야! 현대 교육에서는 모두가 평등해……. 장군의 아들이나 상인의 아들이나 모두들 농군과 마찬가지로 군대에 갑니다. 장교님, 저는 학교도 다녔고, 일도 했고, 장사도 했지만…… 어디서나 쫓겨났습니다. 바르브, 마개를 따! 백 루블을 받아! 가서 한 상자 가지고 와! 장교님, 한 잔 더 드십쇼!"

탐욕스런 얼굴에 키가 크고 살찐 마담 두두가 들어왔다.

오펜바흐를 닮은 브론디가 잰걸음으로 그녀의 뒤를 따라다니고 있었다. 잠시 후 단정한 얼굴에 매부리코를 한 열아홉 살 처녀인 블란쉬도 들어왔다. 얼핏 보기에 유대인 여자 같았다. 서기는 백 루블짜리 지폐를 한 장 더 내던졌다.

"모든 걸 태워라! 태워! 이 꽃병을 깨도 될까요? 사랑 때문에!"

이제 성실한 처녀는 모두 점잖은 짝을 구할 수 있다, 처녀들이 술을 마시는 건 좋지 않다, 내가 얘들에게 술을 마시도록 하는 건 당신들이 점잖다고 생각하기 때문이다, 다른 남자들이었다면 얘들을 여기에 못 앉게 했을 것이다……. 마담 두두는 이렇게 이런저런 얘기를 늘어놓기 시작했다.

술과 옆에 앉은 블란쉬 때문에 머리가 빙빙 돌기 시작한 중위는 서기에 대해 잊어버렸다.

"음악!" 서기가 용감한 목소리로 외쳤다. "음악을 연주해! 120호 명령에 따라 여러분들에게 춤출 것을 제안합니다! 조오용!" 서기는 자기가 아니라 다른 누군가가 외치는 거라고 생각하면서 목청을 다해 계속 소리쳤다. "조오용! 여러분들이 춤추길 바랍니다! 제 성질을 좀 받아 주십쇼! 춤 춰요! 춤!"

바르브와 블란쉬는 마담 두두와 의논했고, 브론디 선생이 피아노에 앉았다. 춤이 시작되었다. 필렌코프는 박자에 맞추

어 발을 구르고 여자들의 네 발 동작을 뒤따라하면서 만족
해하며 울부짖었다.

"찢어! 확실히! 느껴! 잡아 뜯어, 죽었다!"

잠시 후에 일행은 사륜마차를 타고 아르카디야 레스토랑
으로 갔다. 필렌코프는 바르브와 함께, 중위는 블란쉬와 함
께, 그리고 브론디는 마담 두두와 함께 갔다. 그들은 아르카
디야에서 자리를 잡고 저녁을 시켰다. 여기에서 필렌코프는
목이 쉬고 손을 흔들 수 없을 만큼 술을 마셨다. 그는 음울한
모습으로 앉아서 두 눈을 깜빡이며 마치 울려고 하는 것처
럼 말했다.

"난 누구야? 정말 난 사람인가? 난 까마귀야! 세습 명예
시민……." 그는 자신을 심하게 놀려 댔다. "넌 까마귀지,
시…… 시민이 아니야."

술로 정신이 몽롱해진 중위는 서기를 거의 알아보지 못했
다. 단 한번, 그는 뿌연 안개 속에서 서기의 술 취한 얼굴을
보고 눈썹을 찌푸리며 말했다.

"내가 보기엔, 넌 아주 쓸데없는……."

그러나 그는 즉시 생각할 힘을 잃고는 그와 술잔을 부딪쳤
다.

그들은 아르카디야에서 나와 크레스토프 공원으로 갔다.
여기에서 마담 두두는 젊은이들과 작별하면서 남자들의 예

의를 완전히 믿는다고 말한 뒤 브론디와 함께 가 버렸다. 잠시 후 젊은이들은 정신을 차리기 위해 코냑과 리큐어[2]를 넣은 커피를 시켰고, 또 크바스와 보드카와 과립 캐비아를 주문했다. 서기는 제 얼굴에 캐비아를 바르고 말했다.

"이제 난 아랍 인이거나 악마와 같아."

다음 날 아침, 중위는 머리가 무거우며 입안에서 열이 나고 심한 갈증이 생기는 것을 느꼈다. 그는 사무실로 향했다. 필렌코프가 서기 제복을 입고 자기 자리에 앉아서 떨리는 손으로 어떤 서류를 철하고 있었다. 서기의 얼굴은 침울하고 자갈처럼 울퉁불퉁했으며, 뻣뻣한 머리칼은 사방으로 뻗쳐 있었다. 그리고 졸려서 두 눈은 맞붙어 있었다……. 중위를 보자마자 그는 무겁게 몸을 일으키고 한숨을 내쉬더니 똑바로 섰다. 해장을 하지 못해 아주 심기가 나쁜 중위는 얼굴을 돌리고 자기 일에 열중했다. 10여 초 동안 긴 침묵이 흘렀다. 바로 이때 중위의 눈이 서기의 흐리멍덩한 눈과 부딪쳤다. 중위는 서기의 눈에서 모든 것을 읽어 냈다. 붉은 커튼, 가슴이 터질 듯한 춤, 아르카디야, 블란쉬의 옆얼굴…….

"대체로 병역 의무 시대엔……." 필렌코프가 중얼거리기 시작했다. "심지어 교수들도 사병으로 데려갑니다……. 그땐 모두가 평등하고…… 심지어 언론의 자유도……."

---

2) 달고 향기 있는 독한 술.

　중위는 서기를 심하게 꾸짖고 데미얀에게 보내고 싶었지만 한 손을 내젓고는 조용히 말했다.

　"썩 꺼져 버려!"

　이렇게 말하고 중위는 사무실에서 나갔다. (1885년)

사냥꾼

무덥고 답답한 한낮. 하늘엔 구름 한 조각 없다……. 햇볕에 타 버린 풀은 쓸쓸하고 절망적으로 보인다. 설령 비가 온다 해도 다시 푸르러질 것 같지 않다……. 숲은 움직이지 않고 가만히 서 있다. 마치 자기 우듬지로 어딘가를 유심히 들여다보거나 뭔가를 기다리고 있는 듯하다.

숲이 끝나는 풀밭 가장자리를 따라 좁은 어깨에 키가 큰 사십쯤 되어 보이는 남자가 느릿느릿 뒤뚝거리며 걸어가고 있다. 그는 빨간 셔츠에 주인이 물려준 기운 바지를 입고 커다란 장화를 신고 있다. 그는 길을 따라 천천히 걷고 있다. 오른쪽으로는 푸른 풀밭이, 왼쪽으로는 바로 지평선까지 무르익은 호밀의 황금빛 바다가 펼쳐져 있다……. 그의 얼굴은 붉고 땀이 배어 있다. 그의 아름다운 금발 머리 위에는 경마 기수의 모자처럼 빳빳하고 챙이 달린 하얀 모자가 멋지게 얹혀 있다. 분명 어떤 인심 좋은 도련님의 선물이다. 어깨에는 사냥한 것을 담는 그물 망태기를 메고 있는데, 그 속에는 찌부러진 멧닭 한 마리가 들어 있다. 남자는 공이치기를 올린 쌍신총(雙身銃)을 두 손으로 받든 채 덤불 냄새를 맡으

며 앞으로 달리고 있는, 자기의 늙고 비쩍 마른 개를 실눈을
뜨고 바라보고 있다. 주위는 고요하고 바삭거리는 소리 하
나 없다……. 살아 있는 것은 모두 무더위를 피해 숨어 버렸
다.

"예고르 블라스이치!" 별안간 사냥꾼은 조용한 목소리를
듣는다.

그는 몸서리를 치며 뒤를 돌아보고는 이맛살을 찌푸린다.
그의 곁에 마치 땅속에서 솟아난 듯 서른 살쯤 되어 보이는
아낙이 한 손에 낫을 들고 서 있다. 그녀는 남자의 얼굴을 들
여다보려고 애쓰면서 수줍게 웃음을 짓는다.

"아아, 자네군, 펠라게야!" 사냥꾼은 걸음을 멈추고 천천
히 공이치기를 내리면서 말한다. "흠…… 어떻게 여기에 왔
어?"

"여기서 우리 동네 아낙들이 일해요. 그래서 나도 여기
에…… 일꾼으로 왔어요, 예고르 블라스이치."

"그래……." 예고르 블라스이치는 중얼거리며 천천히 앞
으로 걸어간다.

펠라게야는 그의 뒤를 따라간다. 두 사람은 말없이 스무
걸음쯤 걸어간다.

"오랜만이에요, 예고르 블라스이치……." 펠라게야는 사
냥꾼의 움직이는 어깨와 견갑골을 다정하게 바라보며 말한

다. "부활절 주일에 물을 마시러 우리 농가에 들른 이후로 보지 못했어요……. 부활절 주일에 잠깐 들렀는데, 그것도 세상에나…… 술에 취해서…… 욕을 하고 때리더니 가 버렸지요……. 기다리고 기다렸는데…… 당신을 기다리다 지쳐 눈알이 튀어나올 지경이었어요……. 아, 예고르 블라스이치, 예고르 블라스이치! 한 번이라도 들르지 그랬어요?"

"내가 자네한테 가서 뭘 해?"

"물론, 할 거야 없죠. 그렇죠…… 그러나 집안일이…… 어떤지 들여다봐야지요……. 당신은 주인이고…… 와, 저것 봐, 멧닭을 잡았네. 예고르 블라스이치! 좀 앉아서 쉬었다 가도……."

이 모든 얘기를 하면서 펠라게야는 바보처럼 웃으며 예고르의 얼굴을 쳐다본다. 펠라게야의 얼굴에서 행복이 피어오른다…….

"앉자고? 좋지……." 예고르는 냉정한 어조로 말하고 나란히 자라고 있는 두 그루의 전나무 사이에 자리를 잡는다. "왜 서 있어? 자네도 앉지."

펠라게야는 양지바른 곳에 조금 떨어져 앉아서 기쁨에 쑥스러워하며 한 손으로 웃음 머금은 입을 가린다. 한 2분쯤이 침묵 속에서 흘러간다.

"한 번이라도 들르지 그랬어요?" 펠라게야가 조용히 말한다.

"왜?" 예고르는 챙이 달린 모자를 벗고 빨개진 이마를 소매로 닦으면서 한숨을 짓는다. "아무 필요 없어. 한두 시간 들른댔자 시간 낭비일 뿐이고, 자네 속이나 뒤숭숭하게 할 뿐이지. 그리고 늘 시골에서 사는 건 견딜 수가 없어……. 나도 알아, 내가 변덕스런 인간이라는 걸……. 내겐 침대도 있어야 하고, 차도 좋아야 하고, 얘기도 우아해야 해……. 모든 등급의 것들이 내게 있어야 해. 그런데 거기 자네 마을에는 가난, 검댕…… 난 하루도 못 살아. 만약 내가 반드시 자네 집에서 살아야 한다는 명령이 떨어진다면 나는 농가를 불질러 버리든가 자살을 할 거야. 어려서부터 이렇게 제멋대로 살아왔으니 어쩔 수 없지."

"지금은 어디서 살아요?"

"드미트리 이바노비치 나리 댁에서 사냥꾼으로 있어. 나리 식탁에 들새 고기를 바치고 있지. 그러나 그보다는 심심풀이로 날 데리고 있는 거야."

"그건 당신의 진중한 일이 아니에요, 예고르 블라스이치……. 사람들에겐 그게 제멋대로 사는 거지만, 당신에게 그건 마치 수공(手工) 같은 거예요……. 진짜 일은……."

"바보인 자네는 몰라." 예고르는 꿈꾸듯이 하늘을 쳐다보며 말한다. "내가 어떤 사람인지 자넨 한 번도 이해하지 못했고, 아마 평생 이해 못할 거야……. 자네 눈엔 내가 무모하고 타락한 사람으로 보이겠지. 그러나 날 아는 사람에겐 나는 어쨌거나 군 전체에서 최고의 사냥꾼이야. 나리들도 이걸 알고 내 얘길 잡지에다 실었지. 사냥에 관한 한 어떤 사람도 나와는 비교가 안 돼……. 내가 시골 일을 싫어하는 것은 방종이나 오만해서가 아니야. 알다시피 난 아주 어렸을 때부터 총과 개 말고는 아무 일도 몰랐어. 총을 빼앗기면 난 낚싯대를 잡았고, 낚싯대를 빼앗기면 두 손으로 고기를 잡았지. 그리고 말을 사고파는 데 중개도 했고, 돈이 돌 때면 이리저리 시장을 싸다녔어. 자네도 알 거야, 만약 농사꾼이 사냥꾼이나 말 장사꾼으로 나서면 그는 쟁기와는 영영 이별이라는 걸. 마음속에 한번 자유의 정신이 깃들면 그 무엇으로도 그걸 긁어낼 수 없는 법이지. 그래서 나리도 배우나 다른 어떤 예술을 하게 되면 관리도 지주도 될 수 없는 거야. 자넨 촌 아낙이니까 모르겠지만 이건 알아야만 해."

"난 알아요, 예고르 블라스이치."

"울려고 하는 걸 보면, 자네는 모르는 거야……."

"난, 난 울지 않아요……." 펠라게야는 몸을 돌리면서 말한다. "못써요, 예고르 블라스이치! 하루라도 나하고, 불행한 나하고 살면 좋으련만. 내가 당신에게 시집온 지 벌써 12년이에요. 그러나…… 그러나 우리 둘 사이엔 한 번도 사랑이 없었어요! 난…… 난 울지 않아요…….”

 “사랑…….” 예고르는 손을 긁적이면서 중얼거린다. “어떤 사랑도 있을 수 없어. 우린 남편과 아내라는 이름만 있을 뿐이지, 정말로 그렇지 않아? 자네에게 난 거친 사람이고, 내게 자네는 아무것도 모르는 얼뜬 여편네지. 정말로 우리가 짝인가? 나는 자유롭게 제멋대로 살며 놀고먹는 사람이고, 자넨 일꾼에다 무식자로 진흙 속에 파묻혀 살면서 허리도 펴지 못하지. 나는 사냥에서는 내가 첫째가는 사람이라고 생각하고 있는데, 자네는 나를 측은하게 바라보고 있어……. 그러니 어떻게 짝이 되겠어?”

 “그래도 결혼식을 올렸잖아요, 예고르 블라스이치!” 펠라게야가 흐느껴 운다.

 “자진해서 한 게 아니지……. 정말로 잊었어? 세르게이 파블르이치 백작께 감사를 드려…… 그리고 자신에게도. 백작은 내가 총을 더 잘 쏘니까 샘이 나서 한 달 동안 내내 내게 술을 퍼먹였지. 술 취한 사람을 결혼시키는 것은 물론 다른 신앙을 갖게 할 수도 있는 거야. 백작은 분풀이하려고 술 취한 날 끌고 가서 자네하고 결혼시켰어……. 사냥꾼을 소나 돼지를 기르는 아낙하고! 자넨 내가 술 취한 걸 보았는데 왜 시집을 왔어? 농노가 아니니까 반대할 수도 있었잖아! 물론 소나 돼지를 기르는 아낙이 사냥꾼한테 시집오는 건 행복이지. 그러나 분별력이 있어야지. 그래, 지금 와서 괴로워하고 운단 말이야? 백작에게 웃음거리가 되겠지만, 울어…… 벽에 머리라도 찧으라고…….”

침묵이 흐른다. 풀밭 위로 물오리 세 마리가 날아간다. 예고르는 날아가는 물오리들을 바라보며 그것들이 보일 듯 말 듯한 세 개의 점으로 변하여 수풀 너머로 내려앉을 때까지 그것들을 눈으로 쫓는다.

“어떻게 살고 있어?” 그는 오리들에서 펠라게야에게로 눈길을 돌리면서 묻는다.

“지금은 일을 하러 다니고, 겨울엔 양육원에서 아이를 집으로 데려와서 고무젖꼭지로 우유를 먹여요. 한 달에 1루블 50코페이카 받아요.”

“그래…….”

다시 침묵이 흐른다. 추수가 끝난 들판에서 조용한 노랫소리가 들려온다. 그러나 노래는 시작하자마자 끊어진다. 노래하기엔 너무 무더운 것이다…….

“당신이 아쿨리나에게 새 농가를 지어 줬다고 말들 해요.” 펠라게야가 말한다.

예고르는 말이 없다.

“그러니까 그 여자는 당신 맘에 드나 보죠…….”

“자네, 행복이란 그런 거야, 운명이지!” 사냥꾼은 기지

107

개를 켜면서 말한다. "참아, 이 불쌍한 여편네야. 그러나 잘 있게. 너무 지껄였군……. 저녁때까지 볼토보에 가야만 해……."

예고르는 일어서며 기지개를 켜더니 총을 어깨에 멘다. 펠라게야도 따라 일어선다.

"그럼 언제 마을에 오시게요?" 펠라게야가 조용히 묻는다.

"갈 필요가 없지. 멀쩡한 정신으론 절대 안 가. 술 취한 사람에게선 자네도 얻을 게 없지. 난 술 취하면 사나워지니까…… 잘 있어!"

"안녕히 가세요, 예고르 블라스이치……."

예고르는 챙이 달린 모자를 뒤로 젖혀 쓰고 개를 윽박지르더니 계속 자기의 길을 간다. 펠라게야는 그 자리에 서서 그의 뒷모습을 바라본다……. 그녀는 그의 움직이는 견갑골, 건장한 뒷머리, 느릿느릿하고 부주의한 걸음걸이를 바라본다. 그녀의 두 눈에는 슬픔과 애정이 가득하다……. 그녀의 눈길은 키가 크고 여윈 남편의 모습을 살피면서 그를 애무하고 포근히 보듬는다……. 그는 마치 이 눈길을 느끼는 듯이 걸음을 멈추고 뒤돌아본다……. 그는 말이 없다. 그러나 그의 얼굴과 으쓱 올린 어깨를 보고 펠라게야는 그가 자기에게 무슨 말을 하고 싶어 한다는 것을 안다. 그녀는 수줍어하며 그에게 다가가 애원하는 눈길로 그를 쳐다본다.

"받아!" 그는 돌아서면서 말한다.

그는 그녀에게 찢어진 루블 지폐 한 장을 건네고 급히 물러간다.

"안녕히 가세요, 예고르 블라스이치!" 그녀는 기계적으로 지폐를 받아들면서 말한다.

그는 늘여 놓은 가죽띠처럼 길고 곧은길을 따라 걸어간다……. 낯빛이 창백해진 그녀는 동상처럼 꼼짝 않고 서서 그의 한 걸음 한 걸음을 시선으로 붙잡는다. 그러나 그의 셔츠의 붉은 색깔은 바지의 어두운 색깔과 뒤섞이고, 그의 걸음걸이도 보이지 않고 개와 장화를 분간할 수도 없다. 보이는 것은 챙이 달린 모자뿐이다. 그러나…… 별안간 예고르는 오른쪽 풀밭으로 휙 돌아서고, 모자도 초록빛 속으로 사라져 버린다.

"안녕히 가세요, 예고르 블라스이치!" 펠라게야는 이렇게 속삭이며 한 번만이라도 더 하얀 모자를 보려고 발끝으로 선다. (1885년)

나의 아내들
-라울 시냐 보로다가 편집국에 보내는 편지

　존경하는 선생!

　당신 독자들의 웃음을 자아내고 로지 씨와 체르노프 씨 등에게 영광을 안겨 준 오페레타 〈시냐 보로다〉[1]는, 내게는 쓰디쓴 감정 말고는 아무것도 불러일으키지 않습니다. 이 감정은 모욕이 아니라, 그래요, 유감입니다……. 최근 수십 년 동안 신문 잡지와 무대가 아담의 죄와 거짓의 곰팡이로 도배된 것은 솔직히 유감입니다. 오페레타의 본질 또는 작가가 나의 사생활을 침해할 어떤 권리도 없다는 것을 굳이 언급하지 않고, 나는 대중이 나, 라울 시냐 보로다에 대해 잘못 판단할 수 있는 몇몇 사항들에 대해 말하고자 합니다. 이 모든 것이 선동적인 거짓말입니다. 나는 고발을 통해 작가의 뻔뻔스러운 거짓과 이 수치스러운 악덕을 묵과하고 은폐한 렌토프스키의 행위를 폭로하기 전에 당신이 펴내는 존경할 만한 잡지를 통해 이 사항들을 반박할 필요가 있다고 생각합니다. 무엇보다 먼저 말씀드릴 것은, 존경하는 선생, 작

---

1) 〈시냐 보로다〉(사람 이름으로 '푸른 수염'이란 뜻)는 당시 렌토프스키 소유의 극장 에르미타쉬에서 공연된 오페레타이다. 유명한 배우인 로지(1855~1920)가 시냐 보로다의 역할을 맡았고, 체르노프(1858~?)가 열연했다.

가는 오페레타에서 자기 맘대로 나를 호색가로 묘사했는데, 나는 결코 호색가가 아닙니다. 나는 여자를 사랑하지 않습니다. 여자들과 전혀 알고 지내지 않았으면 더 좋았겠지만, 내가 인간이고, 인간적인 모든 것이 내게 낯설지 않다는 것이 내 잘못입니까? 선택의 권리 외에 '필연성의 법칙'이 아직도 사람을 지배하고 있습니다. 나는 둘 중 하나를 선택해야만 했습니다. 즉, 신문 1면에 광고를 내는 의사들이 아주 좋아하는 충동적인 사람이 되든가 결혼하든가 해야 했습니다. 이 어리석은 두 가지 행동에 중간은 없습니다. 실제적인 사람인 나는 두 번째 안에 대해 곰곰이 생각하고 나서 결혼했습니다. 그래요, 나는 결혼했습니다. 나는 결혼 생활 내내 자기 안에 남편과 아내 그리고 장인과 장모나 시어머니 등을 가지고 있고, 여자들을 찾아다닐 필요가 없는 연체동물을 언제나 부러워했습니다. 이 모든 것이 호색과는 무관하다는 걸 동의하실 겁니다. 게다가 작가는 내가 결혼식을 올린 다음 날, 즉 첫날밤을 보내자마자 내 아내들을 독살했다고 이야기하고 있습니다. 이 황당하고 끔찍한 일을 내 탓으로 돌리지 않으려면 내 호적부나 이력서를 살짝 들여다보기만 해도 되었는데, 작가는 그렇게 하지 않고 거짓말을 하는 사람이 되고 말았습니다. 나는 작가의 생각대로 허니문 둘째 날에 즐거움을 위해 아내를 독살한 것도 아니고, 즉흥적

114

으로 독살한 것도 아닙니다. 내가 이 작고 허약한 인간들 중 하나에게 모르핀과 인(燐)이 발린 성냥을 권하기로 결심하기까지 얼마나 많은 도덕적 고뇌와 무거운 의심으로 며칠, 몇 주를 고통스럽게 보내야만 했는지 아무도 모를 겁니다! 돌발적인 짓도, 게으르고 배부른 기사(騎士)의 음탕함도, 잔인함도 아닌, 복합적이며 분명한 이유와 결과가 나로 하여금 내 친절한 의사에게 도움을 청하도록 했습니다. 견딜 수 없이 고통스러웠던 공동생활과 오랜 심사숙고 끝에 내가 가게로 성냥을 사러 사람을 보냈을 때, 내 마음속에는 오페라타가 아닌 극적이고 비감한 오페라가 연주되었습니다. (여자들이여 날 용서하시라! 여자들에게 권총은 격에 맞지 않는 무기라고 나는 생각한다. 쥐와 여자는 인으로 독살해야 한다.) 내가 독살한 일곱 명의 아내들에 대한 아래의 성격 묘사에서 독자와 귀하는 내가 가정의 행복을 위해 잡은 마지막 패가 결코 우습지 않다는 것을 분명히 알게 될 것입니다. 나는 '목욕, 담배, 결혼, 이발에 든 비용'이라는 표제의 내 수첩에 적힌 순서대로 내 아내들을 묘사하고자 합니다.

　- 첫 번째 아내

　첫 번째 아내는 까맣고 긴 곱슬머리에 망아지처럼 눈이 크고 작은 몸집의 여자였다. 늘씬하고 용수철처럼 탄력 있고 아름다웠다. 나는 그녀의 두 눈에 가득한 겸손과 온순 그리고 계속 침묵할 줄 아는 능력에 감동했다. 이것은 희귀한 재능인데, 나는 그 어떤 예술적 재능보다도 이 재능을 더 높이 친다! 지혜롭지 못하고 시야가 좁았지만 진실과 성실성이 충만한 여자였다.

그녀는 푸시킨과 푸가초프, 유럽과 아메리카를 혼동했고, 책을 잘 읽지 않아 아무것도 몰랐다. 늘 모든 것에 놀라워했지만 살아 있는 동안 의식적으로 거짓말을 한 마디도 한 적이 없고, 결코 거짓으로 행동한 적도 없었다. 그녀는 시간과 장소에 구애받지 않고 울어야 할 때 울었고, 웃어야 할 때 웃었다. 그녀는 어리석고 어린 새끼 양처럼 자연스러웠다. 고양이의 사랑의 힘은 속담에도 나올 정도지만, 원한다면 내기를 해도 좋다. 어떤 암고양이도 이 자그마한 여자가 날 사랑한 만큼 수고양이를 사랑할 수 없다. 아침부터 저녁까지 그녀는 끈질기게 내 뒤를 따라다녔다. 마치 내 이마에 악보가 쓰여 있고, 그 악보에 따라 숨을 쉬고 움직이고 말하는 것처럼 한시도 눈을 떼지 않고 내 얼굴을 쳐다보았다……. 그녀의 커다란 눈이 날 보지 않은 시간과 나날들은 인생이란 책에서 영영 유실되고 지워진 것처럼 보였다. 그녀는 말없이 감동하고 놀라워하면서 날 바라보았다……. 내가 지독한 게으름뱅이처럼 코를 고는 밤에, 만약 그녀가 잠을 자면 그

116

녀는 내 꿈을 꾸었고, 만약 잠에서 깨어났다면 구석에 서서 기도를 했다. 만약 내가 소설가였다면, 캄캄한 밤에 아내들이 사랑하는 자기 남편들을 위해 하늘에 보내는 기도가 어떤 말과 표현으로 이루어졌는지 반드시 알아내려고 노력했을 것이다. 그들은 무엇을 원하고 간구하는 걸까? 나는 그들의 기도 속에 많은 논리가 들어 있다고 생각한다.

나는 테스토보나 노보 모스코프스키[2]에서도 그녀의 작은 손가락이 요리했던 것 같은 음식은 결코 맛볼 수 없었다. 그녀는 지나치게 짠 국을 가장 큰 죄로 생각했고, 너무 구워진 비프스테이크를 자신의 보잘것없는 습관이 해이된 결과라고 생각했다. 내가 배고파하거나 음식에 만족해하지 않을지도 모른다는 의심은 그녀에겐 끔찍한 고통 중의 하나였다……. 그러나 그 무엇도 나의 병만큼 그녀를 슬픔에 빠트리진 못했다. 내가 기침을 하거나 설사라도 하는 표정을 지으면 그녀는 얼굴이 창백해지고 이마에 식은땀을 흘리며 이리저리 왔다 갔다 하면서 손가락을 꺾곤 했다……. 내가 잠시라도 집을 비우면 그녀는 내가 마차에 깔렸거나 다리에서 강으로 떨어졌거나 맞아 죽었다고 생각하곤 했다……. 그녀의 기억 속에는 너무나 많은 고통스러운 순간들이 자리하고 있다! 유쾌한 주연 후에 얼큰하게 취해 집으로 돌아와서 행

---

2) 테스토보는 모스크바 구시가이고, 노보 모스코프스키는 모스크바의 신시가이다.

복감에 젖어 가보리오[3]의 소설을 들고 소파에 누워 있을 때, 그 누가 욕설을 하고 심지어 발길질을 해도 나는 습포로 머리를 찜질하는 어리석은 짓과 따스한 솜이불과 한 잔의 피나무차를 포기하지 않았을 것이다!

파리는 당신의 눈앞에서 잠시 날아다니다가 공중으로 날아갈 때만 봐줄 만하다. 그러나 만약 파리가 당신 이마 위에서 기어 다니고, 다리로 뺨을 간질이고, 코 속으로 기어들기 시작하면, 그리고 어떤 손짓을 해도 파리가 개의치 않고 계속 집요하게 이 짓을 계속한다면 결국 당신은 파리를 잡아 귀찮게 하는 원인을 없애려고 할 것이다. 내 아내가 바로 그런 파리였다. 나는 내 눈을 바라보는 끊임없는 시선, 내 입맛에 대한 부단한 감시, 내 코감기, 기침감기, 가벼운 두통에 대한 집요한 추적에 시달렸다. 마침내 나는 견딜 수가 없었다……. 게다가 나를 향한 그녀의 사랑은 그녀에게도 고통이었다. 언제나 고요하고 비둘기같이 온순한 그녀의 눈은 자기 자신을 보호할 수 없음을 말해 주고 있었다. 나는 그녀를 독살했다…….

- 두 번째 아내

두 번째 아내는 항상 웃는 얼굴에 볼에 보조개가 있고 실

---

3) 추리소설 장르를 개척한 프랑스의 작가 에밀 가보리오(1832~1873).

눈을 짓는 여자였다. 매력적인 모습에 아주 비싼 옷을 대단히 맵시 있게 입었다. 첫 번째 아내가 조용하고 집에만 있는 여자였다면, 두 번째 아내는 침착하지 못하고 소란스럽고 활동적인 여자였다. 소설가라면 그녀를 한 가지 신경만으로 이루어진 여자라고 불렀을 것이다. 내가 그녀를 동일한 양의 소다와 산소로 이루어진 여자라고 불러도 전혀 틀리지 않다. 그녀는 뚜껑 따기 직전의 맛있고 시큼한 양배춧국이 든 병과도 같았다. 생리학은 바쁘게 살아가는 유기체를 이해할 수 없다. 반면에 내 아내의 혈액순환은 미국의 괴짜가 세낸 특급열차처럼 빨랐고, 그녀가 잠을 잘 때 맥박은 1분에 120번이나 뛰었다. 그녀는 숨을 쉬는 게 아니라 헐떡였고, 그냥 마시는 게 아니라 벌컥벌컥 들이마셨다. 그녀는 급하게 숨 쉬고 말하고 사랑했다……. 그녀의 생활은 항상 감각에 대한 신속한 반응으로 이루어졌다.

그녀는 피클, 겨자, 후추, 거인 같은 남자, 냉수욕, 광란의 왈츠를 좋아했다. 그녀는 나에게 끊임없는 포사격, 불꽃놀이, 결투, 불쌍한 보베샤[4]를 위한 진군을 요구했다. 실내복에 슬리퍼를 신고 이로 파이프를 물고 있는 나를 보더니, 그녀는 정신 줄을 놓고 '곰 같은' 라울에게 시집온 날짜와 시간을 저주했다. 그녀의 인생에서 중요했던 것을 내가 견뎌 냈

---

4) 오페레타 〈시나 보로다〉에 등장하는 왕의 이름.

고, 왈츠보다 스웨터가 내 얼굴에 더 잘 어울린다고 그녀에게 설명하기란 전혀 불가능했다. 내 모든 주장에 대해 그녀는 손사래와 히스테리로 대답했다. 원하든 원하지 않든, 째지는 듯한 소리와 비난에서 벗어나기 위해 왈츠를 추고 대포를 쏘고 싸워야만 했다……. 곧 그런 생활은 나를 지치게 했고, 나는 의사를 데리러 보냈다…….

- 세 번째 아내

세 번째 아내는 푸른 눈을 한 키가 크고 늘씬한 금발의 여자였다. 그녀의 얼굴에는 순종적인 표정과 동시에 자기만의 장점도 잘 나타나 있었다. 그녀는 항상 공상적인 눈길로 하늘을 쳐다보았고, 매분마다 괴로운 숨을 내쉬었다. 그녀는 규칙적으로 생활했고, '자신만의 신'을 가지고 있었으며, 늘 원칙에 대해 말했다. 모든 일에서 그녀는 원칙을 철저히 지키려고 애썼다…….

"턱수염을 기르고 다니는 건 옳지 않아요." 그녀는 내게 말하곤 했다. "턱수염으로 가난한 사람을 위한 베개를 만들 수 있잖아!"

'맙소사, 왜 괴로워하는 거야? 도대체 이유가 뭐지?' 그녀의 한숨 소리에 귀 기울이면서 나는 자문하곤 했다. '오, 내게 왜 시민적인 의무를 강요하는 거야!'

 사람은 수수께끼를 좋아한다. 이 때문에 나는 금발의 여자를 사랑했다. 그러나 곧 수수께끼는 풀렸다. 이 금발 여자의 일기장이 우연히 내 눈에 띄었다. 나는 일기장에서 이런 훌륭한 문장을 보고 말았다. '나는 회계 소송에 휘말린 불쌍한 사람을 구하려고 날 희생했고, 이성의 목소리에 귀 기울여야만 했다. 그래서 나는 부자인 라울에게 시집왔다. 날 용서해, 나의 폴!' 나중에 밝혀졌지만 폴은 측량사무소에서 일하면서 아주 엉터리 시를 쓰는 남자였다. 그는 더 이상 자신의 둘시네아[5]를 보지 못했다……. 그녀는 자신의 원칙과 함께 살해되었다.

 – 네 번째 아내

 네 번째 아내는 단정했지만 항상 겁먹고 놀란 얼굴을 한 처녀였다. 상인의 딸이었다. 그녀는 피아노로 음계를 치고, '나는 다시 그대 앞에……'라는 로망스를 부르는 끔찍한 습관과 20만 루블의 지참금을 가지고 내 집으로 들어왔다. 잠을 자거나 먹지 않을 때, 또 피아노로 음계를 치지 않을 때면 그녀는 노래를 불렀다. 음계는 내 모든 혈관을 끄집어냈다(나는 지금 혈관이 없다). 그녀가 좋아하는 로망스의 가사

---

5) 돈키호테가 이웃 마을의 아름다운 처녀 알돈사 로렌소를 머리에 그리며 만들어 낸 가공의 왕녀.

'나는 매혹되어 서 있네'를 째지는 듯한 화난 목소리로 불러 대는 바람에 내 귀청이 떨어지고 청각기관이 약해질 정도였다. 나는 오랫동안 참았지만 조만간 자기 자신에 대한 연민이 이길 수밖에 없었다. 의사가 왔고, 음계 소리도 끝났다……

- 다섯 번째 아내

나의 다섯 번째 아내는 긴 코에 매끈한 머리칼과 결코 웃지 않는 엄격한 얼굴을 한 여자였다. 그녀는 근시였고 안경을 썼다. 취미나 쓸데없는 요구도 없었기 때문에 내 맘에 들었다. 그녀는 단순하고 이상하게 옷을 입었다. 가령 비좁은 소매가 달린 검은 원피스, 넓은 허리띠 등…… 그녀의 옷은 왠지 모두 평평하고 다림질되어 있었는데 돌출부가 전혀 없고 잘못 잡힌 주름 하나 없었다! 나는 그녀의 독창성이 맘에 들었다. 그녀는 바보가 아니었다. 그녀는 외국에서, 즉 독일 어딘가에서 공부했고, 버클과 밀[6]을 읽었으며, 한때 학문적 성공을 꿈꾸기도 했다. 그녀는 사변적인 것에 대해서만 말했다……. 유심론자, 실증주의자, 유물론자 같은 단어들이 그녀의 입에서 쏟아져 나왔다……. 처음 그녀와 얘기하면서

---

6) 헨리 토머스 버클(1821~1862)은 영국의 역사가이자 사회학자. 존 스튜어트 밀(1806~1873)은 영국의 철학자이자 경제학자.

나는 눈을 깜빡이며 스스로 바보라고 느꼈다. 그녀는 내 얼굴을 보고 내가 멍청하다고 짐작하면서도 날 깔보지 않았고, 반대로 내가 바보가 되지 않도록 순진하게 날 가르치기 시작했다……. 똑똑한 사람들이 무식한 사람들에게 관대할 때 그들은 아주 멋져 보인다!

우리가 결혼식용 마차를 타고 교회에서 돌아오고 있을 때 그녀는 생각에 잠겨 마차의 창문을 바라보면서 중국의 결혼 풍습에 대해 이야기했다. 첫날밤에 그녀는 내 두개골이 몽골 인의 두개골을 떠올리게 한다는 것을 알아냈다. 곧 그녀는 두개골을 재는 법을 내게 가르쳐 주었고, 학문으로서의 골상학이 전혀 쓸모가 없음을 증명했다. 나는 계속 귀를 기울였다……. 그 후 나의 삶은 듣는 것으로 이루어졌다……. 그녀는 말했고, 나는 아무것도 이해하지 못한 것을 들킬까 봐 눈을 깜빡거렸다……. 밤에 내가 잠자고 있지 않으면 나는 천장이나 내 두개골을 빤히 바라보고 있는 두 눈을 보았다…….

"날 방해하지 마…… 생각 중이니까……." 내가 그녀에게 다정한 태도로 다가가려고 하면 그녀가 말했다.

결혼 후 일주일이 지나서 우리 같은 사람에게 똑똑한 여자는 엄청 고통이라는 확신이 내 머리에 틀어박혔다! 늘 시험 보는 것 같은 기분을 느끼고, 눈앞에서 진지한 얼굴을 보고,

멍청한 말을 할까 봐 걱정하는 일은 정말 엄청난 고통이었다. 어느 날, 나는 도둑처럼 그녀에게 몰래 다가가 그녀의 커피에 청산가리 조각을 집어넣었다. 인(燐) 성냥은 그런 여자에게는 어울리지 않는다!

- 여섯 번째 아내

나의 여섯 번째 아내는 순진하고 때 묻지 않은 성품으로 날 매혹시킨 처녀였다. 그녀는 귀엽고 꾸밈없는 아이였다. 결혼 후 한 달이 지나서 그녀는 유행, 상류사회의 유언비어와 습성, 그리고 파티 참석에 미친 경박한 여자로 밝혀졌다. 내 돈을 분별없이 낭비하고, 동시에 구멍가게 장부까지 꼼꼼히 살펴보는 못된 여자였다. 그녀는 여자용 유행품 점에서 수백, 수천 루블을 썼지만 나물을 사는 데 몇 코페이카를 더 썼다고 요리사를 심하게 야단쳤다. 그녀는 자주 히스테리를 부리고 하녀들의 뺨을 때리는 것을 최고 귀족다운 행동이라고 생각했다. 내게 시집온 이유는 내가 유명했기 때문이고, 결혼하기 이틀 전에도 바람을 피웠다. 나는 창고의 쥐들을 독살하면서 겸사겸사 그녀도 독살했다…….

- 일곱 번째 아내

일곱 번째 아내는 실수로 죽었다. 그녀는 장모를 죽이려고 내가 준비해 둔 독을 우연히 마셨다. (나는 암모니아수로 장모들을 독살하고 있다.) 이런 사고가 일어나지 않았다면 그녀는 지금까지 살아 있을 것이다······.

내 이야기를 모두 끝냈습니다······. 위에 묘사한 모든 것은 오페레타의 작가와 아마도 무식해서 곤경에 빠진 렌토프스키 씨의 불성실을 독자들에게 알리는 데 충분하리라고 생각합니다. 어쨌든 나는 렌토프스키 씨의 서면 해명을 기다리겠습니다. 이만 줄입니다.

라울 시냐 보로다
A. 체혼테[7]가 확인했음

(1885년)

---

7) 체혼테는 체호프의 여러 필명 가운데 하나이다.

마녀

밤이 깊어 갔다. 교회지기 사벨리 그이킨은 늘 암탉과 같은 시간에 잠드는 버릇이 있었지만 이 날은 교회 수위실의 아주 커다란 침대에 누워 아직 잠이 들지 않았다. 알록달록한 사라사 누더기로 기운, 기름에 전 이불 한쪽 끝으로 그의 붉고 뻣뻣한 머리칼이 보였고, 다른 쪽 끝으로는 오랫동안 씻지 않은 커다란 두 발이 삐져나와 있었다. 그는 귀를 기울였다……. 수위실은 울타리 안쪽으로 쑥 들어가 있었는데, 하나뿐인 창문이 들판을 향해 나 있었다. 들판에서는 진짜 전쟁이 벌어지고 있었다. 누가 누구를 죽이고 또 누구의 파멸을 위하여 자연계에서 이런 소동이 일어나고 있는지 알 수 없지만, 그칠 줄 모르는 음산하고 둔탁한 소리로 미루어 볼 때 누군가 몹시 위급해진 모양이었다. 어떤 승리한 힘이 들판을 따라 누군가를 뒤쫓고, 숲 속과 교회 지붕 위에서 미쳐 날뛰는가 하면, 악의에 차서 주먹으로 창문을 두들겨 대고 뭔가를 집어던지고 잡아채는 것이었다. 또 어떤 패배한 힘이 울부짖곤 했다……. 애처로운 울음소리가 때론 창문 너머에서, 때론 지붕 위에서, 때론 페치카 속에서 들려오곤 했다. 그 속에는 도와 달라는 호소가 아닌 우수가, 그리고 이미 늦어서 구원받을 길이 없다는 의식이 울리고 있었다. 눈 더미들은 살얼음으로 덮여 있었다. 이 눈 더미들과 나뭇가지 위에서 눈물 같은 물방울이 떨고 있었고, 큰길과 오솔길은 진창과 눈이 녹으면서 시커먼 흙탕물이 넘쳐흘렀다. 한마디로 대지에는 눈석임이 시작되었지만 하늘은 컴컴한 어둠 사이로 이것을 보지 못하고, 눈이 녹아내리는 대지 위에 힘차게 새 눈송이를 흩뿌리고 있었다. 그리고 바람은 술취한 사람처럼 이리저리 흔들리고 있었다……. 바람 때문에 눈은 대지 위에 내려앉지도 못하고 어둠 속에서 제멋대로 휘날렸다.

그이킨은 이 음악에 귀를 기울이며 얼굴을 찡그렸다. 실제로 그는 창밖의 이 모든 소란이 무엇을 의도하고 있고, 또 누구의 소행인지 알고 있거나 적어도 짐작은 하고 있었다.

"나는 아, 알거든!" 그는 이불 밑에서 손가락으로 누군가를 위협하며 중얼댔다. "나는 다 알아!"

창문가의 등받이가 없는 의자에는 교회지기의 아내 라이사 닐로브나가 앉아 있었다. 다른 의자 위에 놓여 있는 양철 램프는 마치 겁을 먹고 제 힘을 믿지 못하는 듯 그녀의 넓적한 어깨와 아름답고 매력적이며 도드라진 조각 같은 몸뚱이 위에, 그리고 땅에 끌리는 그 굵다란 머리채 위에 희미하게 깜빡이는 불빛을 쏟아내고 있었다. 교회지기의 아내는 거친 아마천으로 자루를 만들고 있었다. 그녀의 손은 재빠르게 움직였다. 하지만 그녀의 몸, 눈빛, 눈썹, 기름진 입술, 하얀 목은 이 단조롭고 기계적인 일에 푹 빠져서 미동조차 하지 않았다. 이따금 그녀는 머리를 들어 지친 목을 펴고 눈보라가 휘몰아치는 창밖을 힐끗힐끗 바라볼 뿐이었다. 그러고는 또다시 아마천 위로 허리를 굽히곤 했다. 희망도 우수도 기쁨도 그 어떤 것도 그녀의 들창코와 보조개가 진 어여쁜 얼굴에 드러나지 않았다. 아름다운 분수도 물을 내뿜지 않을 때는 이렇게 아무것도 드러내지 않는다.

그녀는 자루 하나를 다 만들어 옆에 던져 놓고는 달콤하게 기지개를 켜면서 흐릿하고 움직이지 않는 눈길로 창문을 쳐다보았다…… 유리창에는 눈물 같은 물방울이 흘러내렸고, 또 금방 녹아 버리는 하얀 눈송이들이 흩날리고 있었다. 눈송이는 유리창에 부딪히면서 교회지기의 아내를 힐끗힐끗 쳐다보며 사라진다…….

"어서 누워!" 교회지기가 중얼거렸다.

교회지기의 아내는 말이 없었다. 그러나 갑자기 그녀의 속눈썹이 살짝 움직이며 두 눈에 관심 어린 빛이 반짝였다. 줄곧 이불 속에서 아내의 표정을 살피고 있던 사벨리는 머리를 쑥 내밀고 물었다.

"뭐야?"

"아무것도 아니에요……. 누가 오는 것 같아……." 교회지기의 아내가 나직이 대답했다.

교회지기는 두 팔과 두 다리로 이불을 걷어치우고 일어나 침대 위에 무릎을 꿇고 앉아서 아내를 멍청히 들여다보았다. 램프의 가녀린 불빛이 그의 텁수룩하고 얽은 얼굴을 비추었고, 뻣뻣하고 헝클어진 머리칼을 따라 미끄러져 내렸다.

"들려요?" 교회지기의 아내가 물었다.

눈보라의 단조로운 울음 사이로 들릴락 말락 한 금속성의 가느다란 신음 소리가 들려왔다. 마치 그것은 사람의 뺨에 내려앉으려는데, 그렇게 하지 못하게 한다고 화를 내는 모기의 울음소리와 비슷했다.

"저건 우편마차야……." 사벨리는 엉덩이를 발뒤꿈치에 대고 앉으며 중얼거렸다.

교회에서 3베르스타[1] 떨어진 곳에 역마차 길이 나 있었다. 교회로 난 큰길에서 바람이 불어올 때면 수위실에 사는 사람들에게 방울 소리가 들려왔다.

"맙소사, 이런 날씨에 말을 타고 다니고 싶을까?" 교회지기의 아내가 한숨을 지었다.

"공적인 일인데 좋든 싫든 다녀야지……."

---

1) 미터법 시행 이전 옛 러시아의 거리 단위. 1베르스타는 1.06킬로미터이다.

신음 소리는 한동안 공중에서 들리다가 사라져 버렸다.

"지나갔군." 사벨리는 자리에 누우며 말했다.

그러나 미처 이불을 덮기도 전에 그의 귀에 선명한 방울 소리가 들려왔다. 교회지기는 불안하게 아내를 쳐다보더니 침대에서 벌떡 일어나서 비틀거리며 페치카 옆으로 갔다. 잠시 방울 소리가 들리더니 마치 끊어진 듯 다시 사라져 버렸다.

"들리지 않는데······." 교회지기는 발길을 멈추며 아내를 향해 실눈을 뜨고 중얼거렸다.

그러나 바로 그때 바람이 창문을 두드리자 가느다란 금속성의 신음 소리가 들려왔다······. 사벨리는 얼굴이 창백해지더니 투덜거리며 다시 바닥에 탁탁 소리를 내며 맨발로 걷기 시작했다.

"우편 마차가 길을 잃었군!" 그는 아내를 사납게 흘겨보며 쉰 목소리를 냈다. "들리지? 우편 마차가 길을 잃었어! 나는······ 나는 알고 있어! 내가 모······ 모를 줄 알아?" 그는 중얼거렸다. "난 다 알거든, 이 망할 놈의 여편네야!"

"당신이 뭘 알아요?" 교회지기의 아내는 창문에서 눈을 떼지 않고 나직이 물었다.

"이 마녀야, 이 모든 게 다 네가 한 일인 줄 내가 알아! 다 네가 한 일이야, 이 망할 놈의 여편네야! 이 눈보라도, 우편

마차가 길을 잃은 것도…… 이 모든 걸 네가 다 저지른 거야, 네가!"

"미쳤어! 어리석은 사람 같으니……." 교회지기의 아내는 조용히 말했다.

"난 벌써 오래전부터 네게서 이런 걸 눈치챘어. 내가 장가 들던 그날 이미 네게서 암캐의 피가 흐르고 있다는 것을 알았지!"

"체!" 라이사는 어깨를 으쓱하고 성호를 그으며 놀라워했다. "글쎄, 한 번 더 세례를 받으시구려. 바보 같으니!"

"마녀는 마녀야." 사벨리는 성급히 셔츠 자락에 코를 풀면서 분명치 않은 우는 목소리로 말을 이었다. "비록 네가 내 아내고 성직자의 직분도 가지고 있지만, 나는 네가 누군지 솔직히 말할 거야……. 물론 그렇게 할 거야. 아, 하느님, 대신 용서해 주소서! 지난해 예언자 다니엘라[2]와 그의 제자 세 명을 기리는 축일에 눈보라가 쳤는데 도대체 어떻게 된 거지? 숙련공이 몸을 녹이러 들렀었지. 그리고 그 후 성 알렉세이 제(祭)[3]에 언 강이 깨져 경찰이 왔었지……. 밤새 여기서 그 망할 자식이 너하고 엄청 수다를 떨었어. 그런데 다음 날 아침에 그 자식을 보았더니 눈 밑에 다크서클이 생겼고

---

2) 기원전 6세기에 살았던 선지자. 축일은 7월 21일이다.
3) 알렉세이는 5세기 로마에서 태어나 세속의 삶을 버리고 편력을 하며 경건하게 살았던 성자이다. 3월 30일이 그의 축일이다.

두 볼은 움푹 들어갔더군! 응? 스파소프카[4]에 두 번이나 뇌우가 퍼부은 일이 있었어. 그런데 그 두 번 다 사냥꾼이 와서 자고 갔지. 난 모든 걸 보았어, 이 망할 놈의 여편네야! 모두 다! 아, 네 얼굴이 가재보다도 더 빨개졌구나! 아하!"

"당신이 보긴 뭘 봤다는 거야……?"

"그래, 좋아! 눈보라가 밤낮으로 치던 이번 겨울 크리스마스 전날에 크레타 섬에서 조난당한 열 명 말이야…… 생각나? 귀족단장의 서기 녀석이 길을 잃고, 그 개자식이 여기로 왔었지……. 넌 왜 그렇게 알랑댔어? 체, 서기 따위에게 말이야! 그놈 때문에 화창한 날씨를 흐리게 했단 말이냐! 악마 같은 여편네, 땅에서 보이지도 않는 난쟁이에다 상판대기는 여드름투성이고 모가지는 구부정하고…… 만약에 잘생기기나 했다면 그래도 뭐……. 체, 사탄 같은 년!"

교회지기는 숨을 돌리고 입술을 문지르고 나서 귀를 기울였다. 방울 소리는 들리지 않았으나 지붕 위에서 바람이 휙 일었고, 창문 너머 어둠 속에서 다시 딸랑거리는 소리가 나기 시작했다.

"지금도 역시 마찬가지야!" 사벨리는 계속 말을 이었다. "저 우편 마차가 길을 잃고 헤매는 데는 다 이유가 있어! 우

---

4) 다른 축일들과 마찬가지로 조상의 영혼이 지상에 나타나 자기 가족을 방문하는 때를 의미하는 축일. 8월 둘째, 셋째 주를 구원자 예수 그리스도의 이름을 따라 스파소프카라고 부른다.

편 마차가 너를 찾지 않는다면 내 눈에 침을 뱉어라! 오, 마귀가 제 할 일을 알거든. 훌륭한 조수야! 실컷 헤매다 이리로 오겠지. 내가 아, 알지! 내 눈에 보이거든! 이 사악한 수다쟁이야, 눈먼 음욕을 감출 수는 없는 거야! 눈보라가 치기 시작하자 나는 곧 네 생각을 알아챘어."

"멍청한 소리 그만해요!" 교회지기의 아내가 쓴웃음을 지었다. "그래, 당신의 그 멍청한 생각으론 내가 이 나쁜 날씨를 만들기라도 한단 말이야?"

"흥…… 계속 쓴웃음을 지으시지! 너든 네가 아니든 그저 네 속에서 피가 놀기 시작하면 날씨가 나빠지고, 날씨가 나빠지면 어떤 미친 녀석이든 다 이리로 오게 되는 걸 내가 알고 있지. 매번 그랬어! 그러니 네가 아니면 누가 그랬겠어!"

교회지기는 더 확실한 증거를 찾으려고 이마에 손가락을 갖다 댄 채 왼쪽 눈을 감고 노래하는 듯한 목소리로 말했다.

"아, 이 미친 여자야! 이 저주받을 유다 같은 여자야! 네가 마녀가 아니고 정말 사람이라면 머리로 잘 생각했어야지. 뭔 소리냐 하면, 만약 숙련공도 사냥꾼도 서기도 아니고 그들의 모습을 한 악마라면 어쩔 테야? 응? 너는 잘 생각했어야지!"

"글쎄, 당신도 참 어리석기는, 사벨리!" 교회지기의 아내는 남편을 가엾게 쳐다보며 한숨을 내쉬었다. "아버지가 이곳에 살아 계셨을 때 별별 사람들이 말라리아를 고치러 왔었어요. 농촌에서도 이주민 촌에서도 아르메니아 인 마을에서도 왔었지. 생각해 봐요, 매일 사람들이 왔었지만 누구도 그들을 악마라고 부르지는 않았어. 그런데 누가 일 년에 한 번, 날씨가 나쁜 날 몸을 녹이려고 우리에게 들르기라도 하면 어리석은 당신은 그것을 이상하게 느껴서 별별 생각을 다 하는구려."

아내의 논리는 사벨리의 마음을 움직였다. 그는 맨발을 벌리고 고개를 숙인 채 생각에 잠겼다. 그는 아직 자신의 추측을 확실히 믿지 못했으므로 아내의 진실하고 침착한 어조는 그의 머리를 혼란스럽게 했다. 그러나 그럼에도 불구하고 그는 잠깐 뭔가를 생각하더니 이내 머리를 흔들며 말했다.

"늙은이들이나 다리가 굽은 작자들이 아닌, 항상 젊은 녀석들만 자고 가게 해 달라고 부탁하거든…… 도대체 왜 그런 거야? 그리고 그저 몸만 녹인다면 또 몰라. 그자들이 나쁜 짓을 한단 말이야. 아니, 이 여편네야, 이 세상에 너 같은 여편네들보다 더 교활한 인간들도 없어! 너희들의 참된 지혜라는 것이, 오, 맙소사! 찌르레기의 지혜보다도 작지만 그 대신 마귀의 교활함은, 우 우 우! 맙소사, 아멘! 저기, 우편마차 소리가 나는군. 눈보라가 방금 시작되었지만 난 벌써 네 생각을 다 알았어! 이 암거미 같은 것아, 네가 마법을 부린 거야!"

"글쎄, 왜 이렇게 날 귀찮게 하는 거야, 염병할 작자 같으니!" 교회지기의 아내는 울화통을 터뜨렸다. "왜 이렇게 날 귀찮게 하냐고? 쓰레기 같으니!"

"글쎄, 귀찮게 하는 것은 다름 아니라 오늘 밤에 무슨 일이 일어나면…… 당치도 않지만 무슨 일이 일어나면, 잘 들어! 나는 내일 날이 밝자마자 쟈지코보에 계신 니코짐 신부님을 찾아가서 전부 다 말할 거야. '니코짐 신부님, 이러이러합니다. 너그럽게 용서해 주십시오. 그러나 그 여잔 마녀입니다.' 라고 말이야. '왜냐고요? 흠…… 그 이유를 알고 싶으세요? 용서하십시오. 이러이러합니다.' 이렇게 되면 이 여편네야, 너는 불행해질 거야. 최후의 심판에서는 물론이고 이 지상에 살면서도 벌을 받게 될 거야! 기도 의례서(儀禮書)에 너희 같은 족속에 대해 쓰여 있는 것은 다 이유가 있어!"

갑자기 창문 두드리는 소리가 났다. 전에 없이 그 소리가 얼마나 요란했던지 사벨리는 너무 놀라 낯빛이 하얘지면서 주저앉았다. 교회지기의 아내도 벌떡 일어나더니 얼굴이 하얗게 질려 버렸다.

"제발, 몸 좀 녹입시다!" 낮고 굵은 떨리는 목소리가 들려왔다. "거기 누구 있습니까? 부탁입니다! 길을 잃었어요!"

"거, 누구세요?" 교회지기의 아내가 창밖을 내다보길 저

어하면서 물었다.

"우편 마차요!" 다른 목소리가 대답했다.

"마귀 짓을 한 보람이 있군!" 사벨리가 한 손을 내저었다. "정말, 그대로야! 내 말이 맞았어……. 어디 두고 보자!"

교회지기는 침대 앞에서 두 번이나 깡충깡충 뛰더니 깃털 이불에 나자빠졌다. 그리고 화가 난 듯 씩씩거리며 벽을 향해 얼굴을 돌렸다. 곧 그의 등에서 냉기가 느껴졌다. 삐걱거리며 문이 열리더니 머리에서 발끝까지 온통 눈으로 뒤덮인 키 큰 사람의 모습이 문지방에 나타났다. 그 뒤로 똑같이 하얀 또 하나의 형상이 어른거렸다…….

"꾸러미들을 가지고 들어올까?" 두 번째 사람이 낮고 굵은 쉰 목소리로 물었다.

"그것들을 거기에 놔둬선 안 되지."

이렇게 말하고 나서 첫 번째 사람은 방한용 두건을 풀기 시작했다. 그러나 미처 다 풀지도 않고 모자째 머리에서 벗어서 화를 내며 페치카로 내던졌다. 그리고 나서 외투를 벗어 역시 페치카 쪽으로 던지고는 인사도 없이 교회 수위실로 들어왔다.

그 사람은 다 해진 프록코트 제복에 더러운 붉은색 장화를 신은 금발의 젊은 우편배달부였다. 그는 서성이며 몸을 녹이고 나서 테이블에 앉아 더러운 발을 자루 쪽으로 쭉 뻗고 주먹을 쥐어 머리를 괴었다. 군데군데 홍조를 띤 창백한 얼굴에는 방금 겪었던 고통과 공포의 흔적이 아직도 남아 있었다. 육체적·정신적 고통의 흔적이 생생하게 남아 있는 원한으로 일그러진 얼굴, 눈썹과 콧수염, 둥그스름한 턱수염에서 눈이 녹아내리고 있었다. 그의 얼굴은 아름다웠다.

"고된 놈의 인생살이야!" 우편배달부는 벽을 훑어보며 아직도 따뜻한 곳에 들어와 있다는 것이 믿기지 않는 듯 중얼거렸다. "하마터면 죽을 뻔했어요! 이곳 불빛이 아니었다면 무슨 일이 일어났을지 몰라……. 이 모든 게 언제 끝날지 알 수가 없으니! 이 고된 놈의 인생에는 끝이 없어! 그런데 우리가 어디로 온 거요?" 그는 목소리를 낮추어 교회지기의 아내에게 눈길을 돌리며 물었다.

"칼리노프 장군의 영지에 있는 굴랴예프 언덕이에요." 교회지기의 아내는 몸을 부르르 떨고 얼굴을 붉히며 대답했다.

"이봐, 스테판?" 우편배달부는 커다란 가죽 꾸러미를 등에 지고 들어오다가 문에 걸린 마부를 돌아보았다. "우리는 굴랴예프 언덕에 왔어!"

"그래…… 멀리도 왔군!"

마부는 쉰 목소리로 토막토막 끊어서 한숨을 내쉬듯이 말하며 밖으로 나갔다. 잠시 후 그는 좀 작은 다른 짐짝 하나를 가지고 들어왔다가 다시 나가더니 이번에는 올로페른의 침대 곁에 앉은 유디프[5]를 그린 싸구려 목판화에 나오는 그 길고 납작한 칼과 비슷한, 우편배달부들이 헐거운 가죽 끈에 매달아 차고 다니는 칼을 가지고 들어왔다. 꾸러미들을 벽을 따라 쭉 쌓아 놓고 나서 현관으로 나온 그는 거기 앉더니 담뱃대에 불을 붙였다.

"글쎄, 갈 길이 멀겠지만 차라도 한잔 하시겠어요?" 교회지기의 아내가 물었다.

"어찌 여기서 한가하게 차를 마시고 있겠어요!" 우편배달부는 얼굴을 찌푸렸다. "빨리 몸을 녹이고 가야 해요. 안 그러면 우편열차에 늦을 테니까요. 한 10분쯤 앉았다가 가야지요. 그저 우리에게 길이나 좀 가르쳐 주시오……."

"하느님이 날씨로 벌을 내리셨나!" 교회지기의 아내가 한숨을 내쉬었다.

"글쎄 말입니다……. 그런데 당신들은 여기서 뭐 하시오?"

"우리요? 이곳 사람들이고, 교회에 속해 있어요. 성직자 출신이고요……. 저기 제 남편이 누워 있어요. 사벨리, 일어나 이리 와서 인사해요! 전에는 여기에 교구(敎區)가 있었는데 한 일 년 반 전에 없어졌답니다. 물론 지주들이 여기 살았

---

5) 고대 유대 전설에 따르면, 유디프는 포위된 도시의 주민들을 구하려고 적진에 침투해 아시리아의 장군 올로페른을 유혹하여 그가 잠들자 목을 베었다고 한다.

을 때는 사람들도 많았으니까 교구를 유지할 만했지만 지금
이야 지주들도 없고, 여기서 가장 가까운 마르코프카 마을
이 5베르스타 정도 떨어져 있으니 성직자들이 어떻게 살아
가겠어요! 지금 사벨리는 임시직인데…… 수위 대신이랍니
다. 교회 일을 돌보고 있어요……."

우편배달부는 사벨리가 장군 부인한테 가서 주교에게 전
하는 편지 한 장만 얻어 오면 좋은 자리 하나쯤 얻을 수 있
으련만, 게으르고 사람들을 무서워하는 탓에 장군 부인한테
가지 않는다는 것을 금세 알아차렸다.

"그래도 우린 성직자 출신이에요……." 교회지기의 아내
가 덧붙여 말했다.

"당신들은 어떻게 살아갑니까?" 우편배달부가 물었다.

"교회 근처에 목초지와 채소밭이 딸려 있어요. 그러나 여
기서 얻을 수 있는 것이 얼마 안 돼요……." 그녀는 한숨을
내쉬었다. "쟈지코보의 욕심쟁이 니코짐 신부가 여기서 여
름 니콜라 제(祭)[6]도 겨울 니콜라 제(祭)도 다 맡아 지내요.
어느 누구도 나서서 말하지 않으니까요!"

"거짓말!" 사벨리는 쉰 목소리로 말했다. "니코짐 신부는
성자이시고, 교회의 등불이야. 만일 그분이 가져가신다면 그
것은 교회법에 따라 하시는 거야!"

---

6) 러시아정교의 성자 니콜라에게 여름과 겨울에 제사를 지냈다.

"당신 남편은 화를 참 잘 내는군요." 우편배달부는 쓴웃음을 지었다. "그런데 시집온 지는 오래되었소?"

"대재기(大齋期)[7] 전 마지막 일요일로부터 만 삼 년이 지났어요. 전에 여기서 내 아버지가 교회지기로 있었죠. 그러다가 돌아가실 때가 되어서 아버지는 내게 그 자리를 넘겨 줄 생각으로 주교관구 감독국으로 가서 장가 안 간 교회지기를 내 신랑감으로 보내 달라고 요청했어요. 그렇게 해서 결혼했어요."

"아, 그럼 당신은 꿩 먹고 알 먹은 셈이로군요!" 우편배달부는 사벨리의 등을 바라보며 말했다. "일 자리도 얻고 아내도 얻었으니."

사벨리는 초조하게 발을 바들바들 떨더니 벽으로 더 바싹 붙었다. 우편배달부는 탁자에서 물러나 기지개를 켜고 우편 꾸러미에 걸터앉았다. 잠시 무슨 생각을 하더니 그는 두 손으로 꾸러미들을 주무르고 칼을 다른 곳에 옮겨 놓고는 한쪽 다리를 마룻바닥에 내려뜨리고 몸을 쭉 펴며 누웠다.

"고된 놈의 인생살이야……." 그는 두 손으로 머리를 받치고 눈을 감으며 중얼거렸다. "간악한 타타르 놈일지라도 이런 인생을 살라고 하고 싶지는 않아."

곧 정적이 깃들었다. 사벨리의 코 고는 소리와 고르고 느

_____
7) 부활제에 앞선 7주간.

143

리게 숨을 쉬면서 잠이 든 우편배달부가 숨을 내쉴 때마다 "크흐흐흐……." 하고 내뿜는 낮고 굵고 긴 소리만 들릴 뿐이었다. 이따금 그의 목에서 작은 고리가 삐걱거리는 소리가 났고, 짐짝에 얹어 놓은 다리가 떨리면서 바스락 소리를 냈다.

사벨리는 이불 밑에서 몸을 뒤척이며 천천히 사방을 둘러보았다. 교회지기의 아내는 등받이가 없는 의자에 걸터앉아 두 손바닥으로 양쪽 뺨을 누르고 우편배달부의 얼굴을 바라보고 있었다. 그녀의 눈길은 마치 무언가에 감탄하고 놀란 사람의 눈길처럼 움직일 줄 몰랐다.

"글쎄, 뭘 그렇게 빤히 쳐다보고 있어?" 사벨리는 화를 내며 속삭였다.

"당신이 무슨 상관이야? 누워 있어!" 교회지기의 아내는 금발의 머리에서 눈을 떼지 않고 대답했다.

사벨리는 화가 나서 가슴속 숨을 모두 내쉬고는 벽 쪽으로 확 돌아누웠다. 한 3분쯤 지나자 그는 다시 불안하게 몸을 뒤척이고는 침대 위에 무릎을 꿇고 앉아서 두 손을 베개에 기대고 아내를 곁눈질했다. 아내는 여전히 꼼짝 않고 손님을 바라보고 있었다. 그녀의 두 볼은 창백했고, 눈길은 어떤 이상한 불꽃으로 타오르고 있었다. 교회지기는 캑 소리를 내고 침대에서 배를 깔고 기어 내려왔다. 그러고는 우편배달부에게 다가가 그의 얼굴을 수건으로 가렸다.

"왜 그래요?" 교회지기의 아내가 물었다.

"불빛에 눈이 부시지 않게 하려고."

"그럼 불을 아주 꺼 버려요!"

사벨리는 미심쩍게 아내를 바라보고 램프를 향해 입술을 내밀었다. 그러나 바로 그 순간 그는 갑자기 뭔가를 생각하면서 손뼉을 쳤다.

"그래, 마귀 같은 잔꾀를 부리려는 것 아니야?" 그는 소리를 질렀다. "그렇지? 그래, 이 세상에 여편네들보다 더 교활한 족속이 있을까!"

"이 옷자락이 긴 사탄 같으니!" 분한 나머지 얼굴을 잔뜩 찌푸리고 교회지기의 아내가 씩씩거렸다. "어디 두고 보자!"

그러고 나서 그녀는 더 편하게 자세를 고쳐 앉고는 다시 우편배달부를 물끄러미 바라보았다.

얼굴이 가려진 것도 문제가 되지 않았다. 그녀의 마음을 사로잡은 것은 이 사내의 얼굴이라기보다 전체적인 풍채와 새로움이었다. 그의 가슴은 넓고 건장했으며, 손은 곱고 가늘었다. 균형 잡힌 근육질의 다리는 사벨리의 '칠면조' 같은 두 다리보다 훨씬 더 아름답고 늠름해 보였다. 심지어 비교 자체가 불가능했다.

"설사 내가 옷자락이 긴 악마일지라도," 사벨리는 잠시 멈춰 서서 말했다. "저자들이 여기서 잘 필요는 없지……. 글쎄…… 나랏일을 하고 있는 사람들을 지체시킨 데 대해 우리 역시 책임을 져야 될 거야. 우편물을 가져갈 거면 가져가야지 잠을 잘 필요까지야 없지……. 어이, 여보게!" 사벨리는 현관을 향해 소리를 질렀다. "어이, 마부…… 자네를 어떻게 하라고? 당신들을 데려다 달라는 거요? 일어나요, 우편물을 가지고 잠을 자면 안 돼!"

화가 난 사벨리는 우편배달부에게로 가서 옷소매를 잡아당겼다.

"어이, 이 양반아! 갈 테면 가고 안 갈 테면 안 가도 좋으나…… 자는 것은 안 되오."

우편배달부는 벌떡 일어나 앉더니 흐릿한 눈길로 수위실을 둘러보고는 다시 자리에 누웠다.

"글쎄, 대체 언제 떠날 거요?" 사벨리는 사내의 옷소매를 잡아당기며 혀를 찼다. "우편이라는 것이 제때에 도착해야 우편이 아니겠소? 듣고 있소? 내가 데려다 주리다."

우편배달부는 눈을 떴다. 달콤한 첫잠으로 몸이 훈훈해지고 나른해진 그는 아직도 잠이 완전히 깨지 않은 채 마치 안개 속에서처럼 교회지기 아내의 하얀 목과 움직일 줄 모르는 음탕한 눈빛을 보더니 눈을 감고 마치 이 모든 것이 한바

탕 꿈인 듯 빙그레 웃었다.

"글쎄, 이런 날씨에 어디를 간단 말이에요?" 그는 여자의 부드러운 목소리를 들었다. "잠이나 자요. 편안히 잠이나 자요."

"그럼 우편물은?" 사벨리는 불안해했다. "대체 누가 우편물을 운반할 거야? 네가 운반할 거야? 네가?"

우편배달부는 다시 눈을 뜨고 교회지기 아내의 얼굴에서 보조개가 움직이는 모습을 힐끗 쳐다보았다. 그는 지금 자기가 어디에 있는지 생각해 냈고 사벨리도 알아보았다. 이 추운 어둠 속에서 길을 가야만 한다는 생각이 들자 머리에서부터 온몸을 타고 찬 소름이 돋았다. 그는 잠시 몸을 웅크렸다.

"한 5분쯤 더 잘 수도 있었을 텐데……." 그는 하품을 했다. "이왕 늦었으니……."

"어쩌면 바로 제 시간에 도착할 수도 있을 거요." 현관에서 마부의 목소리가 들려왔다. "아마 시간이 일정치 않으니까 다행히 기차가 늦을지도 몰라."

우편배달부는 몸을 일으키더니 달콤하게 기지개를 켜면서 외투를 입기 시작했다.

사벨리는 손님들이 떠날 채비를 하는 것을 보고 만족한 나머지 바보스런 웃음을 짓기까지 했다.

"좀 도와줘요, 자!" 마루에서 꾸러미를 들어 올리면서 마부가 사벨리에게 외쳤다.

교회지기는 그에게로 뛰어가서 함께 우편 꾸러미를 마당으로 끌어냈다. 우편배달부는 방한용 두건의 매듭을 풀기 시작했다. 교회지기의 아내는 이 사내의 눈을 바라보면서 마치 그의 마음속에 숨어들려고 하는 듯했다.

"차라도 좀 드실 걸요⋯⋯." 그녀는 말했다.

"난 괜찮은데⋯⋯ 글쎄 저 사람들이 떠날 채비를 다 했군요." 그는 아낙의 말에 동의했다. "어차피 늦었으니까."

"글쎄, 당신은 남아 계셔요." 그녀는 눈을 내리뜨고 사내의 옷소매를 건드리며 속삭였다.

우편배달부는 마침내 매듭을 풀고 망설이면서 방한용 두건을 팔꿈치에 걸쳤다. 교회지기 아내의 곁에 서 있자니 그의 마음이 따스해졌다.

"자기는 목이 참⋯⋯ 정말로⋯⋯."

그는 두 손가락으로 그녀의 목을 살짝 건드려 보았다. 그녀가 저항하지 않는 것을 보고 그는 한 손으로 목과 어깨를 쓰다듬었다⋯⋯.

"휴, 정말로⋯⋯."

"남아 계셔요⋯⋯. 차라도 좀 드시고."

"어디다 놓는 거요? 당신도 참 멍청하기는!" 마부의 목소리가 마당에서 들려왔다. "가로로 놔요!"

"남아 계셔요……. 봐요, 날씨가 얼마나 사나운지."

아직도 잠이 덜 깨고 청춘의 애타는 꿈을 완전히 털어 버리지 못한 우편배달부는 별안간 어떤 욕망에 사로잡혔다. 그 욕망을 위해서라면 꾸러미며 우편열차며…… 이 세상 모든 것을 다 잊어버릴 수도 있었다. 마치 도망이라도 치려는 듯, 아니면 어디론가 숨으려는 듯 깜짝 놀란 그는 문을 바라보고 나서 교회지기 아내의 허리를 꽉 껴안았다. 그리고 불을 끄려고 램프 위로 허리를 굽혔다. 그때 현관에서 저벅거리는 장화 소리가 나더니 문지방에 마부가 나타났다……. 마부의 어깨 너머로 사벨리도 보였다. 우편배달부는 얼른 팔을 내리고 마치 깊은 생각에 잠긴 듯 우두커니 서 있었다.

"다 준비되었소!" 마부가 말했다.

우편배달부는 잠시 서 있다가 완전히 잠에서 깨어났다는 듯이 단호하게 머리를 흔들고는 마부의 뒤를 따라갔다. 교회지기의 아내는 홀로 남았다.

"자, 타시오! 길을 가르쳐 줘야지." 이런 말이 그녀의 귀에 들려왔다.

방울 하나가 한가롭게 울리기 시작했고 뒤이어 또 하나가 울렸다. 이렇게 낭랑한 방울 소리가 가늘고 긴 사슬이 되어 수위실 쪽에서 들려왔다.

방울 소리가 차츰 잦아들자 교회지기의 아내는 자리에서 벌떡 일어나서 신경질적으로 이 구석 저 구석으로 서성거렸다. 처음 그녀는 낯이 창백해졌다가 곧 온통 빨갛게 바뀌었다. 그녀의 얼굴은 증오로 뒤틀렸고, 숨결은 떨리기 시작했으며, 눈은 거칠고 맹렬한 원한으로 빛났다. 그리고 마치 우리 안에서처럼 이리저리 왔다 갔다 하는 그녀의 모습은 달궈진 쇠에 놀란 암호랑이 같았다. 그녀는 잠시 멈춰 서서 자신이 살고 있는 처소를 힐끗 쳐다보았다. 거의 방 절반을 차지하고 있는 침대가 벽 전체를 따라 쭉 뻗어 있었고, 더러운 깃털 이불과 뻣뻣한 회색 베개, 이불, 그리고 각양각색의 이름 없는 누더기들이 널려 있었다. 침대는 일정한 모양이 없는 보기 흉한 덩어리 같았다. 마치 사벨리가 자기 머리에 기름을 바르고 싶은 생각이 날 때마다 항상 그의 머리에 삐죽 삐져나온 머리칼과 비슷했다. 침대에서 추운 현관으로 나가는 문까지 단지들이 놓여 있고, 걸레들이 걸려 있는 컴컴한 페치카가 길게 자리하고 있었다. 방금 나간 사벨리를 비롯해 모든 것이 아주 더럽게 기름때가 배어 있고 그을음투성이였다. 이런 상황에서 여자의 하얀 목과 섬세하고 부드러운 살갗을 본다는 것은 기이한 일이었다. 교회지기의 아내는 침대로 달려가서 이 모든 것을 집어던지고 짓밟고 부셔서 가루를 내고 싶다는 듯이 팔을 뻗었다. 그러나 잠시 후,

마치 무슨 더러운 것을 만지고 깜짝 놀란 듯이 그녀는 뒤로 성큼 물러나 다시 서성거리기 시작했다…….

두어 시간쯤 지나서 사벨리가 눈을 흠뻑 뒤집어쓰고 지친 몸으로 돌아왔을 때 그녀는 이미 옷을 벗고 침대 위에 누워 있었다. 눈은 감겨 있으나 얼굴 위로 스치는 미세한 떨림으로 보아 그녀가 아직 잠이 들지 않았다는 걸 그는 알아차렸다. 집으로 돌아오는 길에 사벨리는 이튿날까지 아무 말도 하지 않고 아내를 건드리지 않으리라 스스로 맹세했지만 지금 아내에게 모욕을 주고 싶어 견딜 수가 없었다.

"괜히 마술을 부렸군 그래, 가 버렸으니." 그는 남의 불행을 기뻐하듯 코웃음을 치며 말했다.

교회지기의 아내는 아무 말없이 아래턱만을 부르르 떨었다. 사벨리는 천천히 옷을 벗고 그녀를 타고 넘어 벽을 향해 누웠다.

"내일 네가 어떤 여편네라는 걸 니코짐 신부께 다 얘기할 거야." 그는 활처럼 몸을 웅크리며 웅얼거렸다.

그녀는 얼른 남편을 향해 얼굴을 돌리고 눈을 반짝거렸다.

"이렇게 곁에 눕는 것만 해도 다행인 줄 알아." 그녀는 말했다. "숲 속에서 제 아내를 찾아보라지! 내가 무슨 당신 아내야? 때리기나 하고! 아직도 멍청하고 게으른 자가 내 머릿속을 귀찮게 따라다니니, 아아!"

"그래, 그래…… 잠이나 자!"

"불쌍한 내 팔자야!" 그녀는 통곡하기 시작했다. "당신만 아니었다면 난 아마 장사꾼이나 어느 점잖은 사람한테 시집을 갔을 텐데! 당신만 아니었다면 나는 지금쯤 남편을 사랑하며 살고 있을 거야! 당신 같은 폭군은 눈에 묻혀 큰길에서 얼어 죽지도 않나!"

교회지기의 아내는 오랫동안 울었다. 마침내 그녀는 한숨을 푹 내쉬고는 진정되었다. 창밖에는 여전히 성난 눈보라가 울부짖고 있었다. 페치카 속에서, 굴뚝 속에서, 모든 벽들 뒤에서 뭔가가 울고 있었지만 사벨리에게는 자기 가슴속이나 귓속에서 우는 것처럼 느껴졌다. 오늘 밤에 그는 마침내 자기 아내에 대한 추측을 완전히 확신하게 되었다. 아내가 악마의 힘을 빌려 바람과 우편마차를 마음대로 갖고 논 것을 더 이상 의심하지 않았다. 그러나 정말로 슬픈 것은 이 신비하고 초자연적인 기이한 힘이 자기 옆에 누워 있는 여자에게 지금껏 알아채지 못한 특이하고 묘한 매력을 부여했다는 점이다. 자신이 어리석어서 이것을 미처 알아차리지 못하고 아내를 미화했기 때문에 마치 더 희고 더 매끄럽고 근접할 수 없는 여자가 된 것 같았다…….

"마녀야!" 그는 분개했다. "쳇, 역겹다!"

아내가 조용해지고 고르게 숨 쉴 때까지 기다렸다가 그는 한 손가락으로 아내의 목덜미를 살짝 건드려 보았다……. 한 손으로 아내의 굵게 땋은 머리채를 잡아 쥐었다. 아내는 말을 듣지 않았다……. 그러자 그는 더욱 더 대담해져서 아내의 목을 어루만졌다.

"저리 가!" 아내가 소리를 지르고 팔꿈치로 남편의 미간을 세차게 때리는 바람에 그의 두 눈에서 불꽃이 번쩍 튀었다.

미간의 아픔은 금세 사라졌으나 마음의 고통은 여전히 계속되었다. (1886년)

아가피야

S군에 머무르는 동안 나는 두보프 채소밭의 채소밭지기인 사바 스투카치에게 자주 들르곤 했다. 사람들은 그를 간단히 사프카로 불렀다. 이 채소밭 부근의 강은 소위 '대충' 고기잡이를 하려고 할 때 내가 즐겨 찾던 곳이다. 이런 때는 집을 나서면서 돌아올 날이나 시간도 정하지 않고, 고기잡이 도구와 식량만을 달랑 챙겨서 가져간다. 솔직히 말해 나는 고기잡이보다는 하는 일 없이 여기저기 돌아다니며 배고프면 아무 때나 밥을 먹고, 사프카와 잡담을 나누고, 고요한 여름밤과 오랫동안 마주하는 데 더 관심이 있었다. 사프카는 스물댓쯤 된 젊은이로 키가 크고 잘 생겼으며 부싯돌처럼 강인했다. 그는 신중하고 똑똑한 사람으로 알려졌고, 읽고 쓸 줄도 알았으며, 술은 잘 마시지 않았다. 그러나 이 건강한 젊은이는 일꾼으로서는 한 푼어치의 가치도 없었다. 밧줄처럼 단단한 그의 근육에는 힘뿐만 아니라 물리치기 힘든 지독한 게으름도 넘쳐흘렀다. 그는 모든 시골 사람들이 그렇듯이 자기 오두막집에서 살았고, 분여지(分與地)를 가지고 있었지만 밭을 갈지도 씨를 뿌리지도 않았다. 그렇다고 딱

히 어떤 직업이 있는 것도 아니었다. 그의 늙은 어머니는 문전걸식을 하고 다녔지만 사프카는 하늘의 새처럼 살아갔다. 그는 아침이 되면 점심에는 뭘 먹을지 알지 못했다. 그에게는 의지나 기운 혹은 어머니에 대한 연민이 부족해서가 아니라 그저 일하고픈 마음이 없었고, 일의 효용성을 깨닫지 못했기 때문이었다……. 그의 외모에선 어떤 평온함과 되는 대로 속 편하게 살고자 하는 타고난 배우의 열정이 풍겼다. 사프카의 젊고 건강한 몸은 생리적으로 육체노동에 잘 맞을 것 같았다. 그러나 이 젊은이는 아무짝에도 필요 없는 작은 말뚝을 깎는다거나 아낙들과 달리기 경주를 하는 등 자유롭지만 무의미한 일에 잠시 열중하곤 했다. 그가 가장 좋아하는 자세는 마음을 집중하여 꼼짝 않고 가만히 앉아 있는 것이었다. 그는 한 장소에서 몇 시간 동안 움직이지 않고 한 점을 바라보며 앉아 있을 수 있었다. 갑자기 빠르게 움직여야 할 경우가 생길 때만 그는 열정적으로 움직였다. 예컨대 도망가는 개의 꼬리를 붙잡는다든지, 아낙의 머릿수건을 낚아챈다든지, 커다란 구덩이를 뛰어넘을 때 그랬다. 말할 것도 없이 잘 움직이지 않았으니 사프카는 빈털터리였고, 어떤 홀아비보다도 더 궁색하게 살았다. 시간이 지나면서 그의 체납금은 쌓여만 갔고, 농촌공동체는 그를 노인에게나 걸맞은 자리, 즉 공동 채소밭의 허수아비 경비원으로 보냈다. 사람들이 겉늙었다고 아무리 놀려 대도 그는 태연자약했다. 꼼짝 않고 명상하기에 적합한 이 조용한 자리는 그의 본성에 딱 맞았던 것이다.

나는 어느 쾌청한 5월의 저녁을 바로 이 사프카의 집에서 보내게 되었다. 지금도 기억하는데, 나는 숨 막힐 정도로 마른 풀 냄새가 짙게 풍기는 초막 바로 옆의 찢어지고 다 해진 깔개 위에 누워 있었다. 나는 두 손을 머리 밑에 괴고 앞을 바라보았다. 내 발치에 나무 갈퀴가 놓여 있었다. 갈퀴 뒤에 웅크리고 있는 사프카의 개 쿠치카가 검은 점처럼 눈에 거슬렸다. 쿠치카로부터 4미터쯤 떨어진 곳에서 땅이 가파른 강변 쪽으로 꺼져 버렸다. 누워서는 강을 볼 수 없었다. 단지 이쪽 강변에 빽빽이 들어선 버드나무의 우죽과 구불구불하고 마치 베어 먹은 듯한, 반대편 강변의 가장자리가 보였다. 강변 너머 저 멀리 어두운 언덕 위에 시골 농가들이 마치 깜짝 놀란 어린 자고새들처럼 서로 바싹 달라붙어 있었다. 사프카는 이 농가들 중 하나에서 살았다. 언덕 너머에서 저녁놀이 불타고 있었다. 옅은 자줏빛 띠 하나만이 남아 있었는데, 그 띠도 석탄불이 재로 덮이듯이 작은 구름들로 덮이기 시작했다.

채소밭 오른쪽에 있는 오리나무 숲은 홀연히 불어온 바람에 조용히 속삭이고 이따금 전율하면서 거뭇거뭇해졌고, 왼

쪽으로는 잘 보이지 않는 들판이 펼쳐져 있었다. 눈으로 어둠 속의 들판과 하늘을 식별할 수 없는 지점에서 불빛이 밝게 깜빡이고 있었다. 내게서 좀 떨어진 곳에 사프카가 앉아 있었다. 터키식으로 꿇어앉고 머리를 수그린 채 그는 생각에 잠겨 쿠치카를 바라보았다. 산 미끼를 매단 낚시는 벌써 오랫동안 강물 속에서 꼼짝 않고 있었고, 우리는 그저 휴식하는 것 말고는 아무것도 할 일이 없었다. 결코 지치는 법 없이 언제나 쉬고 있던 사프카는 이런 휴식을 아주 좋아했다. 노을은 아직 완전히 사라지지 않았고, 여름밤은 부드럽고 포근한 애무로 자연을 휘감고 있었다.

모든 것이 깊은 첫잠 속에 빠져들었다. 내가 모르는 어떤 밤새만이 숲 속에서 길고 느릿느릿하게 음절을 또박또박 끊어 소리를 내고 있었다. 그 소리는 '너, 니 키 타 보았어?'라고 묻고는 즉시 '보았어! 보았어! 보았어!'라고 대답하는 것 같았다.

"왜 오늘은 꾀꼬리들이 울지 않지?" 나는 사프카에게 물었다.

사프카는 천천히 나를 향해 얼굴을 돌렸다. 그의 얼굴은 선이 굵고 분명했으며 표정이 풍부하고 여자의 얼굴처럼 부드러웠다. 그러고 나서 그는 다정하고 생각에 잠긴 눈길로 숲과 버드나무를 힐끗 쳐다보더니 주머니에서 천천히 피리를 꺼내어 입에 대더니 암꾀꼬리 소리를 내기 시작했다. 곧바로 그의 피리 소리에 답하기라도 하듯이 맞은편 강변에서 뜸부기가 울기 시작했다.

"나리, 꾀꼬리입니다……." 사프카가 쓴웃음을 지었다. "뜸! 뜸! 마치 낚시를 잡아당기는 소리 같지만, 아마 저놈은 노래하고 있다고 생각하겠지요."

"이 새가 맘에 들어……." 내가 말했다. "알고 있나? 이동할 때 뜸부기는 땅 위를 뛰어다니지. 강과 바다를 건널 때만 날고 평소에는 걸어 다닌단 말이야."

"와, 놀랍네요!" 사프카는 큰소리로 울어 대는 뜸부기 쪽으로 존경 어린 눈길을 보내며 웅얼거렸다. 사프카가 얘기 듣는 것을 아주 좋아한다는 걸 알고서 나는 사냥에 관한 책에서 읽은 뜸부기 얘기를 모두 해 주었다. 어느새 나는 뜸부기 얘기에서 새들의 이동 얘기로 옮겨 갔다. 사프카는 눈 한 번 깜빡이지 않고 내 얘기를 유심히 들었고, 내내 만족스런 미소를 지었다.

"그럼 새들의 고향은 어딘가요?" 그가 물었다. "여긴가요, 다른 곳인가요?"

"물론 여기지. 여기서 태어나고 또 새끼들을 낳아 기르니까 여기가 새의 고향이지. 다만 얼어 죽지 않으려고 저 먼 곳으로 날아가는 거야."

"재미있는데요!" 사프카가 기지개를 켰다. "무슨 얘기든 다 재미있어요. 새든 사람이든…… 돌멩이든 모든 것은 다 나름의 지혜를 가지고 있어요! 아, 그런데 나리, 나리가 오실 줄 알았다면 계집더러 오늘 밤엔 여기 오지 말라고 했을 텐데……. 오늘 밤에 계집 하나가 하도 오겠다고 해서……."

"아, 그렇게 해. 방해하지 않을 테니." 나는 말했다. "나는 숲에 누워 있으면 돼……."

"아, 정말요? 내일 오면 어디 죽을 일이 있는지……. 여자가 여기 앉아서 얘기를 들으면 그저 침이나 질질 흘리겠지요. 여자 앞에서는 진지한 얘기를 할 수가 없어요."

"다리야를 기다리는가?" 잠시 침묵했다가 내가 물었다.

"아뇨…… 오늘밤엔 새 계집이 오겠다고…… 아가피야 스트렐치하……."

사프카는 마치 담배나 수프에 대해 얘기하듯이 예사롭게 말하면서 어물어물 말꼬리를 흐렸다. 나는 깜짝 놀라서 엉거주춤 일어섰다. 아가피야 스트렐치하는 내가 아는 여자였던 것이다……. 그녀는 열아홉이나 스무 살쯤 된 아주 젊은 아낙인데, 젊고 늠름한 청년인 철도 전철기수에게 시집간 지 채 1년도 되지 않았다. 그녀는 시골 마을에서 살았고, 남편은 매일 밤 선로에서 일을 마치면 집으로 잠자러 오곤 했다.

"이봐, 자네와 아낙들과의 연애사는 다 좋지 않게 끝날 거야." 나는 한숨을 내쉬었다.

"뭐, 될 대로 되라지요⋯⋯."

잠시 생각하고 나서 사프카가 덧붙여 말했다.

"계집들에게 말했는데 말을 듣지 않아요⋯⋯. 멍청한 것들이 쓴맛을 덜 봐서."

침묵이 흘렀다. 그 사이에 어둠은 더욱더 짙어졌고, 사물들의 형체도 흐릿해졌다. 언덕 너머 불그레한 노을 띠도 완전히 사라졌고, 별들은 더욱 밝아지고 빛나기 시작했다⋯⋯. 우울하고 단조로운 여치들의 울음소리, 뜸부기의 노랫소리와 메추라기의 외침도 밤의 고요를 깨뜨리지는 못했다. 반대로 그 소리들은 밤의 고요에 커다란 단조로움을 더했다. 새들이나 곤충들이 아니라 하늘에서 우리를 바라보고 있는 별들이 나직이 소리를 내면서 청각을 매혹시키는 것 같았다⋯⋯.

사프카가 먼저 침묵을 깼다. 그는 검은 쿠치카에게서 천천히 눈길을 돌려 나를 쳐다보았다.

"나리는 지루하신 것 같은데, 저녁을 드시죠!"

나의 동의를 기다리지도 않고 그는 배를 깔고 초막 안으로 기어 들어가서 뭔가를 더듬어 찾았다. 초막 전체가 종잇장처럼 흔들리기 시작했다. 잠시 후 초막 밖으로 기어 나온 그는 내 앞에 내가 가져온 보드카와 사기 접시를 내놓았다. 접시에는 구운 달걀들, 돼지기름을 바른 납작하고 둥근 호밀 빵, 검은 빵 조각 등등이 놓여 있었다……. 굵은 잿빛 소금, 돼지기름을 바른 더러운 둥근 빵, 고무처럼 탄력 있는 달걀 이 아주 맛이 있었다.

"자넨 홀아비처럼 살면서 온갖 좋은 것을 많이 가지고 있 군." 접시를 가리키며 내가 말했다. "어디서 났나?"

"계집들이 가져와요……." 사프카가 중얼거렸다.

"왜 여자들이 자네에게 이런 걸 가져오지?"

"그저…… 연민 때문이겠죠……."

음식뿐만 아니라 사프카의 옷에도 여자의 '연민'의 흔적 이 묻어 있었다. 오늘 저녁에 사프카는 새 모직 허리띠에 선 명한 다홍빛 리본을 달고 있었고, 더러운 목에 걸린 그 리본 위에는 구리 십자가가 매달려 있었다. 나는 사프카 앞에서 여자들이 약해지고, 그가 여자들 얘기를 별로 좋아하지 않 는 걸 알았기 때문에 더 이상 캐묻지 않았다. 게다가 얘기할 시간도 없었다. 우리 곁에서 자기 몸을 비벼 대면서 끈질기 게 먹을 걸 던져 주길 기다리던 쿠치카가 별안간 귀를 쫑긋 세우고 으르렁대기 시작했다.

"누군가 여울을 건너고 있군요……." 사프카가 말했다.

3분쯤 지나자 쿠치카가 다시 으르렁대기 시작했고 기침 같은 소리가 났다.

"쉿!" 주인이 개를 향해 소리쳤다.

어둠 속에서 조심스런 발자국 소리가 희미하게 들렸다. 이윽고 숲에서 여자의 실루엣이 나타났다. 어두웠지만 나는 그녀를 알아보았다. 아가피야 스트렐치하였다. 그녀는 조심스럽게 우리에게 다가와 걸음을 멈추고 힘들게 숨을 돌렸다. 그녀는 걸어오느라 힘이 들어서라기보다는 아마 어두운 밤에 여울을 건널 때 누구나 경험하는 공포와 불쾌한 감정 때문에 숨을 헐떡이고 있었다. 초막 옆에 하나가 아닌 두 사람을 보고서 그녀는 가볍게 소리를 지르며 한 걸음 뒤로 물러섰다.

"아…… 너구나!" 사프카가 둥근 빵을 입에 쑤셔 넣으며 말했다.

"나야…… 저예요." 그녀는 뭔가 든 보따리를 땅 위에 떨어뜨리고 나를 곁눈질하며 웅얼거렸다. "야코프가 인사 전하라고 했어요……. 여기, 이게 뭔지……."

"무슨 거짓말이야. 야코프라니!" 사프카는 쓴웃음을 지었다. "거짓말할 것 없어. 나리는 네가 왜 왔는지 아셔. 앉아서 같이 먹자!"

아가피야는 나를 곁눈질하고는 주저하면서 앉았다.

"네가 오늘 밤엔 안 올 줄 알았어……." 긴 침묵 끝에 사프카가 말했다. "왜 앉아만 있어? 먹어! 아니면 보드카라도 한

잔 마실 거야?"

"무슨 말이에요?" 아가피야가 말했다. "난 술꾼이 아녜요……."

"그래도 한잔 마셔……. 가슴이 뜨거워질 거야…… 자!"

사프카는 아가피야에게 찌그러진 술잔을 건넸다. 아가피야는 천천히 보드카를 마셨으나 안주는 먹지 않았다. 그저 크게 한 번 입김을 내뿜었다.

"뭔가를 가져왔군……." 보따리를 풀면서 그는 목소리에 거만하고 익살스런 뉘앙스를 담아 말을 이었다. "계집들은 뭘 가져오지 않고는 못 배겨. 어, 만두와 감자…… 잘들 살고 있군." 사프카는 내게 얼굴을 돌리며 한숨을 내쉬었다. "마을에서 겨울에 저장한 감자를 아직도 가지고 있는 건 여자들뿐이죠."

어둠 속에서 아가피야의 얼굴은 보이지 않았다. 그러나 그녀의 어깨와 머리의 움직임으로 보아 그녀는 사프카의 얼굴에서 눈을 떼지 못하는 것 같았다. 나는 밀회를 방해하는 사람이 되고 싶지 않아서 산책하기로 마음먹고 몸을 일으켰다. 이때 갑자기 숲에서 꾀꼬리가 나지막한 콘트랄토 소리를 냈다. 30초가 지나자 꾀꼬리는 자주 높고 가느다란 단속음을 냈다. 이렇게 목소리를 가다듬은 꾀꼬리가 울기 시작했다. 사프카는 벌떡 일어나서 귀를 기울였다.

"어제 그 꾀꼬리예요!" 사프카가 말했다. "잠깐만요!"

급히 자리를 뜬 사프카는 소리 없이 숲으로 달려갔다.

"꾀꼬리를 잡아서 뭐하려고?" 나는 그의 등 뒤에 대고 소리쳤다. "그냥 내버려 둬!"

사프카는 소리치지 말라는 듯이 한 손을 내젓고는 어둠 속으로 사라졌다. 마음만 먹으면 사프카는 훌륭한 사냥꾼이자 낚시꾼이 될 수 있었다. 그러나 그의 재능도 힘과 마찬가지로 쓸데없이 낭비되곤 했다. 평범한 일을 할 때는 게을렀지만 사냥에 대한 열정을 쓸데없는 기행에 온통 쏟아붓곤 했다. 그는 반드시 두 손으로 꾀꼬리를 잡았고, 사냥용 총으로 꼬치고기를 쏘았다. 또 몇 시간 동안 강가에 서서 커다란 낚시로 작은 물고기를 잡으려고 애쓰곤 했다.

나와 남은 아가피야는 한 번 기침을 하고 나서 손바닥으로 여러 번 이마를 문질렀다……. 보드카를 마셔서 벌써 술이 오르는 모양이었다.

"어떻게 지내, 아가샤?" 오랜 침묵 끝에 더 이상 침묵하는 게 어색해서 내가 물었다.

"잘 지내요……. 나리, 누구한테도 말해선 안 돼요……." 그녀는 갑자기 속삭이는 소리로 덧붙였다.

"그래, 물론이지." 나는 그녀를 안심시켰다. "그런데 넌 정

---

1) 아기피야의 애칭.

말 대담하구나. 아가샤…… 만약 야코프가 알게 되면?"

"그이는 몰라요……."

"그러나 갑자기 알 수도 있잖아?"

"아뇨……. 제가 남편보다 먼저 집에 가면 돼요. 그이는 지금 선로에 있고, 우편열차를 보내고 나서 집으로 돌아오거든요. 여기서도 기차가 지나가는 소리가 들려요……."

아가피야는 다시 한 손으로 이마를 문지르고 사프카가 사라진 쪽을 바라보았다. 꾀꼬리가 울었다. 어떤 밤새가 땅에 스칠 정도로 낮게 날다가 우리를 발견하고 몸을 떨더니 살살 날갯짓을 하며 강 쪽으로 날아갔다.

꾀꼬리는 금세 울음을 멈췄지만 사프카는 돌아오지 않았다. 아가피야는 자리에서 일어나 불안스레 몇 걸음 내딛다가는 도로 자리에 앉았다.

"도대체 어떻게 된 사람이야!" 아가피야가 참지 못하고 말했다. "기회는 늘 있는 게 아닌데……. 전 이제 가 봐야 해요."

"사프카!" 나는 소리쳤다. "사프카!"

메아리조차 대답하지 않았다. 아가피야는 불안하게 몸을 움직이더니 다시 자리에서 일어났다.

"이젠 가야 해요!" 그녀는 흥분한 목소리로 말했다. "이제 기차가 올 거예요. 난 기차가 언제 지나가는지 알아요!"

가련한 여자의 말은 틀리지 않았다. 채 15분도 지나지 않아 소음이 희미하게 들려왔다. 아가피야는 오랫동안 숲을 주시하더니 초조하게 두 손을 움직이기 시작했다.

"그런데 그는 어디 있죠?" 신경질적으로 웃으면서 아가피야가 말했다. "악마가 데려갔나? 저는 가요! 나리, 정말 가요!"

그 사이에 소음은 더욱더 분명해졌다. 이미 바퀴 굴러가는 소리와 기관차의 헉헉대는 소리를 구별할 수 있었다. 그때 기적이 울리더니 기차는 둔중한 소리를 내며 다리를 지나갔다. 1분이 더 지나자 모든 것이 조용해졌다…….

"조금만 더 기다리자……." 단호하게 자리에 앉으며 아가피야가 한숨을 내쉬었다. "그래, 기다리자!"

마침내 어둠 속에서 사프카가 나타났다. 그는 보드라운 채소밭 흙을 맨발로 소리 없이 밟으면서 뭐라고 조용히 흥얼거리고 있었다.

"이게 바로 행복이지 뭐야!" 그는 즐겁게 웃었다. "덤불에다가 한 손으로 그놈을 잡으려고 했는데 입을 다물어 버렸어! 에이, 빌어먹을! 다시 노래하기를 기다리고 기다리다가 그만둬 버렸어……."

사프카는 아가피야 옆 땅 위로 어색하게 나자빠졌다가 균형을 잡으려고 두 손으로 그녀의 허리를 붙잡았다.

"그런데 너는 애 낳는 것처럼 왜 그렇게 잔뜩 찌푸리고 있어?" 사프카가 물었다.

착하고 순박했지만 사프카는 여자들을 무시했고, 함부로 거만하게 대했다. 심지어 자기를 향한 여자들의 감정을 경멸적으로 비웃고 모욕하기까지 했다. 이런 거칠고 경멸적인 태도가 시골 여자들에게는 강력하고 물리칠 수 없는 매력이 되었는지도 모른다. 그는 멋지고 늘씬했으며, 두 눈에는 항상, 심지어 여자들을 경멸적으로 바라보는 눈길에도 은은한 부드러움이 빛났다. 그러나 그의 매력은 외모로만 설명되지는 않는다. 멋진 외모와 특이한 태도 외에 모두가 인정하는 실패자이자 고향집에서 채소밭으로 추방된 불행한 사람이라는 사프카의 처량한 신세도 역시 여자들에게 영향을 주었을 것이다.

"자, 네가 왜 여기 왔는지 나리께 말씀드려!" 여전히 아가피야의 허리를 잡은 채 사프카가 말을 이었다. "자, 말해, 이 여편네야! 허허…… 이봐 아가샤, 보드카 한잔 더 할까?"

나는 몸을 일으켜 이랑 사이로 들어가 채소밭을 따라 걸어갔다. 거뭇한 이랑은 납작한 큰 무덤처럼 보였다. 이랑에서 파헤쳐진 흙냄새와 이슬로 덮이기 시작한 식물들의 부드럽고 습한 냄새가 풍겼다……. 왼쪽에서는 아직도 붉은 불빛이 빛나고 있었다. 그 불빛은 유쾌하게 깜빡거리며 미소를 짓는 것 같았다.

나는 행복한 웃음소리를 들었다. 아가피야의 웃음소리였
다.

'그런데 기차는?' 갑자기 이런 생각이 들었다. '기차는 이
미 오래전에 지나갔는데…….' 잠시 기다렸다가 나는 초막
으로 돌아왔다. 사프카는 움직이지 않고 터키식으로 꿇어앉
아서 겨우 들릴 정도로 무슨 노래를 조용히 흥얼거리고 있
었다. 간단한 가사의 노래로, '아 너는, 오 너는…… 나와 너
는……' 이런 식의 노래였다. 보드카와 사프카의 경멸 어린
애무와 밤의 후덥지근한 공기에 취한 아가피야는 사프카 옆
땅 위에 누워서 자기 얼굴을 발작적으로 그의 무릎에 바싹
붙이곤 했다. 그녀는 감정에 푹 빠져 있어서 내가 오는 것도
알아채지 못했다.

"아가샤, 기차가 지나간 지 벌써 오래되었어!" 내가 말했
다.

"자, 이제 가야지?" 사프카는 머리를 흔들며 내 생각을 지
지했다. "여기서 이렇게 퍼져 있으면 어떡해, 부끄러움도 없
이?"

아가피야는 몸부림을 치고 나서 그의 무릎에서 머리를 떼
고 나를 힐끗 쳐다보더니 다시 그에게 매달렸다.

"가야 할 때가 벌써 한참 지났어!" 내가 말했다.

아가피야는 몸을 뒤척이면서 한쪽 무릎을 세워 엉거주춤 일어섰다……. 그녀는 괴로워하고 있었다……. 어둠 속에서 바라보니 아가피야의 온몸에 30초 동안 갈등과 동요가 스쳐 갔다. 한순간 자기가 어디에 있는지 깨달은 듯 두 다리로 일어서려고 상체를 폈지만 어떤 무자비한 불굴의 힘이 그녀의 온몸을 밀쳐 냈고, 그녀는 다시 사프카에게 매달렸다.

"싫어!" 가슴에서 울려 나오는 깊고 이상한 소리를 내며 아가피야가 웃으면서 말했다. 이 웃음에는 무모한 결심, 무력함 그리고 아픔이 배어 있었다.

나는 조용히 숲으로 걸어가서 내 낚시 도구가 있는 강 쪽으로 내려갔다. 강은 잠들어 있었다. 높은 줄기에 달린 어떤 보드라운 겹꽃이 자기가 잠자고 있지 않다는 걸 알리고 싶어 하는 아이처럼 내 뺨을 부드럽게 건드렸다. 특별히 할 일이 없어서 나는 낚싯줄을 더듬어 찾아서 잡아당겼다. 낚싯줄이 힘없이 들리더니 허공에 매달렸다. 아무것도 잡히지 않은 것이다……. 맞은편 강변과 마을은 보이지 않았다. 어떤 농가에서 불빛이 반짝이더니 이내 꺼져 버렸다. 나는 강변을 뒤져서 낮에 보았던 우묵한 곳을 찾아낸 뒤 안락의자에 앉듯이 그곳에 앉았다. 오랫동안 그렇게 앉아 있었다……. 별들이 흐려져 빛을 잃어 가는 것이 보였고, 서늘한 기운이 가벼운 숨결처럼 땅에 퍼져서 잠에서 깨어난 버드나무 잎을 건드리는 것이 보였다…….

"아가피야!" 마을 쪽에서 누군가의 희미한 목소리가 들려왔다. "아가피야!"

역에서 돌아와 불안해진 남편이 마을을 돌며 아내를 찾고 있었다. 그런데 이 순간 채소밭에서 키득거리는 웃음소리가 들려왔다. 그의 아내는 자신을 망각하고 사랑놀음에 푹 빠져 있었고, 몇 시간의 행복으로 내일 자기를 기다리고 있을 고통을 보상하려 애쓰고 있었다.

나는 그만 잠이 들었다.

내가 깨어났을 때 사프카가 내 곁에 앉아서 내 어깨를 가볍게 흔들고 있었다. 강과 숲, 물에 씻긴 푸르른 양쪽 강변, 마을과 들판— 이 모든 것에 맑은 아침 햇살이 넘쳐흘렀다. 방금 떠오른 햇빛이 가는 나무줄기 사이를 뚫고 내 등을 때렸다.

"지금 고기를 잡고 계신가요?" 사프카가 쓴웃음을 지었다. "자, 일어나세요!"

나는 일어나서 기분 좋게 기지개를 켰다. 막 깨어난 내 가슴은 축축하고 향기로운 공기를 게걸스럽게 들이마시기 시작했다.

"아가샤는 갔나?" 내가 물었다.

"저기 있어요." 사프카가 여울 쪽을 가리켰다.

나는 시선을 돌려 아가피야를 보았다. 원피스를 약간 들어 올리고, 머릿수건이 흘러내려 머리가 헝클어진 아가피야가 강을 건너고 있었다. 그녀는 두 다리를 겨우겨우 움직이고 있었다…….

"고양이는 자기가 누구의 고기를 먹어 치웠는지 알고 있네!" 날 향해 눈을 찡끗해 보이며 사프카가 중얼거렸다. "걸어가네, 기가 죽어서…… 계집들은 고양이처럼 장난을 좋아하고, 토끼처럼 겁이 많아……. 저 바보는 어제 가라고 했을 때 가지 않았지. 이제 여자는 벌을 받고 나는 읍내로 끌려가겠군……. 다시 계집 때문에 싸움질을 해야겠지……."

아가피야는 맞은편 강변에 발을 딛고 들판을 지나 마을로 걸어갔다. 처음엔 아주 용감하게 걷더니 곧 흥분과 두려움에 휩싸였다. 그녀는 소심하게 돌아서더니 걸음을 멈추고 숨을 돌렸다.

"정말, 되게 무서워하는군!" 아가피야의 뒤로 이슬 내린 풀밭을 따라 펼쳐진 선명한 초록빛 띠를 바라보며 사프카가 쓴웃음을 지었다. "가고 싶지 않은 거야! 남편이란 자가 벌써 한 시간 내내 서서 기다리고 있는데……. 그자를 보셨어요?"

사프카는 미소를 지으며 마지막 말을 했지만 나는 심장 언저리가 차가워졌다. 야코프가 마을 끝에 있는 농가 근처의

길 위에 서서 자기 쪽으로 돌아오는 아내를 똑바로 바라보고 있었다. 움직이지 않고 장승처럼 서 있었다. 그는 아내를 바라보며 무슨 생각을 하고 있을까? 아내를 만나면 무슨 말을 하려고 할까? 아가피야는 잠시 서서 마치 우리의 도움을 바라듯이 다시 한 번 뒤를 돌아보고 나서 걸어갔다. 나는 술 취한 사람들이나 멀쩡한 사람들에게서 그런 걸음걸이를 한 번도 본 적이 없었다. 아가피야는 남편의 눈길에 아파서 몸을 비비 꼬는 것 같았다. 그녀는 때론 지그재그로 걸었고, 때론 무릎을 굽히고 두 팔을 흔들면서 한자리에서 서성거렸고, 때론 뒷걸음질을 치기도 했다. 백 걸음쯤 가다가 그녀는 다시 한 번 뒤를 돌아보고 그 자리에 앉았다.

"자넨 덤불 뒤에라도 숨지 그래⋯⋯." 나는 사프카에게 말했다. "혹시 남편이 자넬 보기라도 하면⋯⋯."

"남편은 어차피 아가샤가 누구한테서 오는지 알고 있어요⋯⋯. 계집들이 밤중에 양배추를 가지러 채소밭에 가지 않는다는 건 누구나 다 아는 일이지요."

나는 사프카의 얼굴을 힐끗 쳐다보았다. 혐오스러운 연민으로 찌푸려진 창백한 얼굴이었다. 고통받는 짐승을 볼 때 사람들이 짓곤 하는 그런 표정이었다.

"고양이는 웃고, 쥐는 눈물을 흘리지⋯⋯." 그가 한숨을 내쉬었다.

아가피야는 별안간 벌떡 일어나서 머리를 홱 흔들더니 용
감한 걸음걸이로 남편을 향해 걸어갔다. 그녀는 마음을 다
잡고 작심한 듯했다. (1886년)

약사의 아내

구불구불한 두서너 개의 거리로 이루어진 자그마한 B읍은 깊이 잠들어 있다. 얼어붙은 대기는 고요하다. 멀리 어디선가, 아마 교외에서 가냘프고 높은 쉰 목소리로 개 짖는 소리가 들려올 뿐이다. 곧 날이 밝으리라.

이미 오래전에 모두가 잠들었다. B약국의 주인인 약사 체르노모르딕의 젊은 아내만이 잠 못 들고 있다. 그녀는 벌써 세 번이나 자리에 누웠지만 전혀 잠이 오지 않는다. 무슨 까닭인지 모른다. 그녀는 속옷만 입은 채 열린 창가에 앉아 거리를 내다보고 있다. 마음이 답답하고 따분해서 화가 났다……. 너무 화가 나서 심지어 울고 싶기까지 하다. 그러나 왜 그런지는 모른다. 무슨 덩어리 같은 것이 가슴에 얹혀서 계속 목구멍으로 치밀어 오르는 것 같다……. 그녀로부터 몇 걸음 떨어진 뒤쪽에서 남편이 벽을 향해 누운 채 달콤하게 코를 골고 있다. 탐욕스러운 벼룩이 콧잔등을 물어뜯었지만 그는 느끼지 못하고 심지어 미소까지 짓고 있다. 기침감기에 걸린 읍내 사람들이 모두 자신의 약방에서 줄 서서 감기약을 사는 꿈을 꾸고 있기 때문이다. 지금은 주사를 놓거나 대포를 쏘거나 애무를 해도 그를 깨우지 못할 것이다.

약방이 읍내 변두리에 있어서 약사의 아내는 들판 멀리까지 볼 수 있다……. 그녀는 동쪽 하늘 끝이 조금씩 하얘지며 마치 큰불이 난 것처럼 다홍빛으로 물드는 모습을 바라보고 있다. 멀리 떨어진 관목 숲 뒤에서 커다란 둥근 달이 불쑥 솟아오른다. 붉은 달이다(대개 관목 숲 뒤에서 솟아오르는 달은 왠지 늘 부끄러워한다).

갑자기 밤의 정적을 뚫고 누군가의 발자국과 절그렁거리는 박차(拍車) 소리가 들린다. 사람의 말소리도 들린다.

'장교들이 경찰서장 집에서 야영지로 가고 있군.' 약사의 아내는 생각했다.

잠시 후, 하얀 장교복을 입은 두 사람이 나타났다. 한 사람은 키가 큰 뚱보고, 다른 한사람은 약간 키가 작은 홀쭉이다……. 그들은 울타리를 따라 한 걸음씩 느릿느릿 걸으면서 큰 소리로 무슨 이야기를 하고 있다. 두 사람은 약방 옆을 조용히 지나가면서 약방 창문을 바라보았다.

"약 냄새가 나는데……." 홀쭉이가 말했다. "약방이 있군! 아, 그래…… 지난주에 피마자유를 사러 여기에 왔었어. 이곳 약사는 당나귀 턱에 시뜻한 표정을 하고 있었지. 무슨 턱이 그 모양인지! 바로 그런 턱을 한 삼손이 팔레스타인 사람들을 학살했었지."

"응, 그래⋯⋯." 나지막한 목소리로 뚱보가 말했다. "약사가 자는군. 약사 부인도 자고 있겠지. 옵테소프, 여기 약사 부인은 미인이야."

"봤어. 내 맘에 쏙 들었었는데⋯⋯. 이봐, 그녀는 정말 당나귀 턱을 사랑할 수 있을까? 정말?"

"아니, 아마 사랑하지 않을 거야." 의사는 약사가 가엾다는 듯한 표정을 지으며 한숨을 내쉬었다. "지금 부인이 창문 뒤에서 자고 있어! 옵테소프, 알겠어? 더워서 사지를 쭉 펴고 누워 있겠지⋯⋯. 입을 반쯤 벌리고⋯⋯ 한쪽 다리를 침대에 늘어뜨린 채⋯⋯ 아마, 그 멍청한 약사는 이 보물에 대해 아무것도 모를 거야⋯⋯. 아마, 그자에겐 여자나 페놀병이나 마찬가지겠지."

"이봐, 어때?" 장교가 걸음을 멈추며 말했다. "잠깐 약국에 들러 뭐라도 살까? 약사 부인을 볼지도 몰라."

"무슨 뚱딴지같은 생각이야, 밤인데!"

"그게 어째서? 밤에도 약은 팔아야 해. 자, 들어가자고!"

"그럴까⋯⋯."

약사의 아내는 커튼 뒤에 숨어서 둔탁한 벨 소리를 들었다. 여전히 달콤하게 코를 골며 미소를 짓고 있는 남편을 힐끗 쳐다보고 나서 그녀는 재빨리 옷을 걸치며 맨발에 실내화를 신고 약방으로 달려갔다.

유리문 뒤에 두 그림자가 보였다……. 약사의 아내는 램프 불을 켜고 자물쇠를 따러 문 쪽으로 급히 걸어갔다. 이미 그녀는 전혀 따분하지 않고, 화가 치밀지도 않고, 울고 싶지도 않았다. 그저 심장이 두근거릴 뿐이었다. 뚱보 의사와 마른 옵테소프가 들어왔다. 이제야 그들을 자세히 살필 수 있었다. 배가 불룩한 의사는 거무스레한 얼굴에 턱수염을 기르고 동작이 굼떴다. 그가 조금만 움직여도 가운이 터지는 소리가 나고, 얼굴에 땀이 났다. 장교는 발그레한 얼굴에 수염이 없고, 여자 같은 모습에 영국산 채찍처럼 몸이 유연했다.

"뭘 사시게요?" 가슴 위 옷깃을 여미면서 약사의 아내가 물었다.

"저…… 박하정제(薄荷錠劑) 15코페이카어치 주세요!"

약사의 아내는 천천히 약장에서 통을 꺼내 저울에 달기 시작했다. 두 사람은 눈도 깜빡이지 않고 그녀의 등을 바라보았다. 의사는 배부른 고양이처럼 눈을 가늘게 떴고, 옵테소프는 아주 진지한 표정을 지었다.

"부인이 약방에서 약을 파는 건 처음 봅니다." 의사가 말했다.

"여기선 별일 아니에요……." 약사의 아내가 옵테소프의 발그레한 얼굴을 곁눈질하며 말했다. "남편은 조수가 없어서 제가 항상 도와주고 있지요."

"그래요…… 약방이 자그마하군요. 이런 약통들이…… 몇 개나 됩니까? 그런데 독약 사이를 돌아다니는 게 무섭지 않나요? 으으으!"

약사의 아내는 박하정제를 꾸려서 의사에게 내주었다. 옵테소프는 부인에게 15코페이카를 지불했다. 침묵 속에 30초가 흘렀다……. 사내들은 서로 눈짓을 하다가 문 쪽으로 걸음을 옮겼다. 그리고 다시 눈짓을 주고받았다.

"소다도 15코페이카어치 주세요!" 의사가 말했다.

그녀는 다시 천천히 나른하게 몸을 움직이며 약장으로 한 손을 뻗었다.

"이 약방에는 없나요? 이런 것 말입니다……." 옵테소프는 손가락을 살짝 움직이며 중얼거렸다. "당신도 아실 텐데요? 생기를 북돋는 물 같은 거요……. 셀처 광천수 말입니다. 셀처 광천수 있어요?"

"있어요." 약사의 아내가 말했다.

"브라보! 당신은 여자가 아니라 선녀입니다. 세 병 주세요."

그녀는 서둘러 소다를 포장하고는 문 뒤 어둠 속으로 사라졌다.

"정말 근사한데!" 의사는 눈을 껌뻑이며 말했다. "옵테소

183

프, 저런 파인애플은 마데이라¹ 섬에서도 찾아내지 못할걸. 그렇지? 어찌 생각해? 그런데…… 코 고는 소리 들리지? 그 약사 나리가 주무시고 있군."

잠시 후에 약사의 아내가 돌아와 진열대 위에 병 다섯 개를 세워 놓았다. 그녀는 방금 움막에 갔다 와서인지 얼굴이 빨갛고 약간 흥분되어 있었다.

"쉿…… 조용히." 그녀가 병마개를 딴 뒤 병따개를 떨어뜨리자 옵테소프가 말했다. "소리 내지 말아요. 남편이 깨요."

"깬들 어때요?"

"남편은 저렇게 달콤하게 자고 있는데…… 당신 꿈을 꾸면서…… 당신의 건강을 위해!"

"게다가," 광천수를 마시고 트림을 하면서 의사가 나직이 말했다. "남편들이란 답답한 작자들이죠. 항상 잠이나 자면 좋으련만. 아, 이 물에 붉은 포도주가 있으면 더 좋을 텐데."

"또 뭘 생각해 내실까?" 약사의 아내가 웃었다.

"정말 좋을 텐데! 약방에서 술을 팔지 않는 게 유감이야! 그런데…… 당신은 약처럼 술도 팔아야만 해요. 여기 비눔 갈리시움 루부룸² 있나요?"

"있어요."

---

1) 포르투갈의 섬. 유럽의 휴양지로 유명하다.
2) 프랑스의 붉은 포도주.

"그럼 됐어요! 그걸 주세요! 그걸 이리로 가져와요!"

"얼마나 드릴까요?"

"충분히 줘요. 먼저 1온스씩 물에 타 줘요. 그러고 나서 두고 보죠……. 옵테소프, 그렇지? 처음엔 물을 섞고, 그 다음엔 물 없이……."

의사와 옵테소프는 진열대 옆에 앉아 모자를 벗고 붉은 포도주를 마시기 시작했다.

"사실 말이지 술은 가장 더러운 겁니다. 그러나 당신 같은 미인 앞에서는…… 에 에 에…… 술은 신주(神酒)와 같죠. 부인, 당신은 매혹적입니다! 마음속으로 당신의 손에 키스를 보냅니다."

"마음이 아니라 진짜 당신 손에 키스할 수 있다면 어떤 희생도 감수하겠어요!" 옵테소프가 말했다. "맹세해요. 나는 목숨이라도 바치겠어요!"

"그런 말씀 하지 마세요……." 그녀는 낯을 붉히고 정색을 하며 말했다.

"그러나 당신은 정말 애교 만점이야!" 의사는 눈을 치뜨고 능청스럽게 그녀를 바라보면서 껄껄 웃어 댔다. "아름다운 두 눈이 쏘는 것 같아. 피융! 피융! 축하합니다. 당신이 이겼어요! 우린 즉사했습니다!"

약사의 아내가 그들의 불그레한 얼굴을 바라보고 잡담을

185

들으면서 곧 활기를 띠기 시작했다. 아, 이제 그녀는 즐겁기까지 했다! 그녀는 대화에 끼어들어 깔깔대고 심지어 애교도 떨었다. 사내들의 끈질긴 요청으로 2온스가량의 붉은 포도주를 마시기도 했다.

"장교님들, 야영지에서 좀 더 자주 읍내로 나오세요!" 그녀가 말했다. "여긴 정말로 지루해요. 정말 죽을 지경이에요."

"그러실 테죠!" 의사는 무척 놀랐다. "당신 같은 미인이…… 자연의 기적이 벽촌에 파묻혀 있다니! 그리보예도프3는 '벽촌으로! 사라토프로!'라고 멋지게 표현했죠. 그런데 일어설 때가 되었네요. 알게 돼서 무척 기쁩니다……. 모두 얼마죠?"

약사의 아내가 천장을 향해 두 눈을 치켜뜨고 오랫동안 입술을 움직였다.

"12루블 48코페이카예요." 그녀가 말했다.

옵테소프는 주머니에서 두툼한 지갑을 꺼내어 오랫동안 돈을 센 뒤 값을 지불했다.

"당신 남편은 달콤하게 자는군요……. 꿈을 꾸며……." 옵테소프는 헤어지면서 약사 아내의 손을 잡고 중얼거렸다.

"저는 실없는 말을 듣는 걸 좋아하지 않아요……."

---

3) 그리보예도프(1795~1829)는 러시아의 극작가로, 대표작에 〈지혜의 슬픔〉이 있다.

"어째서 실없다 하시죠? 반대로…… 절대 실없는 말이 아닙니다……. 젊었을 때에 젊었던 사람은 행복하다고 셰익스피어도 말했어요."

"손을 놓으세요!"

마침내 두 사내는 오랫동안 이야기하고 나서 약사 아내의 손에 키스하고, 마치 뭔가 잊어버린 것이 없는지 한참 생각하다가 우물쭈물하며 약방에서 나왔다.

그녀는 재빨리 침실로 달려가서 창문 곁에 앉았다. 그녀는 의사와 옵테소프가 약방을 나가서 천천히 스무 걸음쯤 걷다가 멈춰 서서 뭐라고 속삭이는 모습을 보았다. 무슨 말일까? 그녀의 심장이 두근거리고 관자놀이도 빠르게 뛰었다. 그 이유는 그녀 자신도 모른다……. 마치 저 두 사람이 속삭이면서 자기 운명을 결정이라도 하는 듯 심장이 세차게 고동쳤다.

5분쯤 지나서 의사는 옵테소프와 헤어져서 앞으로 걸어가고, 옵테소프는 약방 쪽으로 되돌아왔다. 그는 한두 번 약방 옆을 왔다 갔다 했다. 문가에 멈춰 섰다가 다시 걸음을 돌렸다……. 마침내 조심스럽게 벨이 울렸다.

"뭐야? 누가 왔어?" 약사의 아내는 별안간 남편의 목소리를 들었다. "벨 소리가 나는데 못 들었어?" 약사가 엄하게 말했다. "도무지 질서가 없단 말이야!"

그는 일어나서 잠옷을 걸치고 반쯤 잠에 취한 채 몸을 흔들며 실내화를 끌고 약방으로 갔다.

"뭘…… 드릴까요?" 그가 옵테소프에게 물었다.

"저…… 박하정제 15코페이카어치 주세요!"

계속 코를 식식거리며 하품을 하고, 걸으면서도 졸고 있는 약사는 판매대에 무릎을 부딪치며 약장으로 가서 약통을 끄집어냈다.

2분쯤 지나서 약사의 아내는 옵테소프가 약방에서 걸어 나오는 것을 보았다. 그리고 몇 걸음 걸어가다가 먼지 쌓인 길 위에 박하정제를 던져 버리는 것을 보았다. 골목에서 의사가 그를 향해 걸어왔다……. 다시 만난 두 사람은 손짓을 해 대며 아침 안개 속으로 사라졌다.

"난 너무 불행해!" 다시 잠자리에 들려고 재빨리 옷을 벗는 남편을 표독스럽게 쳐다보면서 약사의 아내가 말했다. "아, 난 너무 불행해!" 갑자기 쓰라린 눈물을 흘리며 그녀가 되뇌었다. "아무도, 아무도 몰라……."

"판매대 위에 15코페이카를 놓고 왔어." 이불을 뒤집어쓰면서 약사가 중얼거렸다. "손궤 속에 넣어 둬……."

이렇게 말하고 약사는 곧 잠들어 버렸다. (1886년)

불행

공증인 루반체프의 아내 소피야 페트로브나는 스물댓쯤
된 젊고 아름다운 여자로, 이웃 별장에 사는 변호사 일리인
과 함께 조용히 숲 속 길을 거닐고 있었다. 오후 4시가 지난
시각이었다. 오솔길 위 하늘에는 하얀 솜털 구름이 짙게 깔
려 있었다. 그 구름 사이로 맑고 푸른 조각하늘이 군데군데
보였다. 구름은 높다란 노송(老松)의 우죽에 걸린 것처럼 움
직이지 않고 떠 있었다. 고요하고 무더운 날이었다.

저 멀리 숲 속 길이 나직한 철도 노반에 의해 갈라져 있었
다. 오늘은 왠지 총을 든 보초가 노반 위를 걷고 있었다. 노
반 뒤로 녹슨 지붕 위에 여섯 개의 돔이 있는 커다란 교회가
하얗게 보였다.

"여기서 당신을 만나리라고는 예상하지 못했어요." 소피
야 페트로브나는 땅을 바라보고 양산 끝으로 작년에 떨어진
나뭇잎을 건드리며 말했다. "그러나 지금은 만나서 기뻐요.
당신과 마지막으로 진지하게 얘기해야만 해요. 부탁인데 이
반 미하일로비치, 당신이 진정 날 사랑하고 존경한다면 내
뒤를 그만 쫓아다니세요! 당신은 그림자처럼 내 뒤를 따라

다니면서 좋지 않은 눈길로 날 바라보고 사랑을 고백하며,
요상한 편지를 쓰시고…… 이 모든 일이 언제 끝날지 모르
겠어요! 글쎄, 어쩌자고 이러세요, 네?"

일리인은 잠자코 있었다. 소피야 페트로브나는 몇 걸음을
떼고 말을 이었다.

"우리가 안 지 5년째가 되지만 최근 이삼 주 동안 당신은
너무나 변했어요. 나는 당신을 모르겠어요, 이반 미하일로비
치!"

소피야 페트로브나는 곁눈질로 흘끗 동행인을 쳐다보았
다. 그는 눈을 가늘게 뜨고 솜털 구름을 유심히 바라보고 있
었다. 그의 표정은 괴로워하면서 동시에 터무니없는 말을
들어야만 하는 사람의 안색처럼 표독스럽고 변덕스러우며
산만했다.

"당신이 이해할 수 없다니 놀랍군요!" 루반체프 부인은 어
깨를 흠칫하며 말을 이었다. 당신이 전혀 아름답지 않은 장
난을 시작했다는 걸 알아야 해요. 나는 결혼한 몸이고, 남편
을 사랑하고 존경해요……. 딸도 있고요……. 정말로 당신
에겐 이게 아무렇지도 않나요? 게다가 나의 오랜 친구인 당
신은 가족에 대한 내 입장이나…… 일반적인 가족의 기초에
대한 내 입장을 잘 알고 있잖아요…….."

일리인은 화가 나서 투덜대며 한숨을 내쉬었다.

"가족의 기초라……." 일리인은 중얼거렸다. "오, 이런!"

"네, 그래요……. 나는 남편을 사랑하고 존경하고, 어떤 경우든 가정의 평화를 소중히 여겨요. 내 남편 안드레이와 딸을 불행하게 만드느니 차라리 내가 죽어 버리겠어요……. 그러니 부탁이에요, 이반 미하일로비치. 제발 날 조용히 내버려 두세요. 예전처럼 선량하고 좋은 친구가 되어 줘요. 당신 얼굴에 어울리지 않는 한숨과 탄식일랑 그만두고요……. 이제 모든 게 해결됐고 끝났어요! 더 이상 이런 말 하지 말아요. 뭔가 다른 얘길 하도록 해요."

소피야 페트로브나는 다시 일리인의 얼굴을 곁눈질했다. 일리인은 눈길을 위로 향한 채 안색이 창백했고, 화가 나서 떨리는 입술을 깨물고 있었다. 루뱐체프 부인은 왜 일리인이 화를 내고 무엇에 분개하는지 알 수 없었지만, 일리인의 창백한 낯빛을 보고 감동했다.

"화내지 말고 친구가 되어 줘요……." 그녀가 상냥하게 말했다. "알겠죠? 자, 우리 악수해요."

일리인은 그녀의 포동포동한 작은 손을 두 손으로 잡아 만지작거리며 천천히 입술로 가져갔다.

"나는 풋내기가 아닙니다." 일리인은 중얼거렸다. "사랑하는 여인과의 우정에는 전혀 관심이 없어요."

"그만, 그만! 모든 게 해결됐고 끝났다니까요! 벤치까지 왔으니 앉아요……."

소피야 페트로브나의 마음은 달콤한 휴식의 느낌으로 가
득 찼다. 가장 어렵고 미묘한 얘기는 다 했고, 고통스런 문제
도 해결하여 끝냈기 때문이다. 이제 그녀는 가볍게 숨을 내
쉬면서 일리인의 얼굴을 똑바로 쳐다볼 수 있었다. 그녀는
일리인을 바라보았다. 사랑에 빠진 남자에게 사랑받는 여자
의 이기적인 우월감으로 그녀는 흐뭇했다. 사내답고 사나운
얼굴에 크고 시커먼 턱수염을 기른 강하고 거대한 남자, 현
명하고 교양이 있으며 소위 재능 있는 이 남자가 자기 옆에
순순히 앉아서 고개를 숙이고 있는 것이 그녀는 마음에 들
었다.

"아직 아무것도 해결되지 않았고 끝나지 않았어요……."
일리인이 말문을 열었다. "당신은 마치 교과서를 읽듯이 '나
는 남편을 사랑하고 존경해요…… 가족의 기초…….' 하고
말하는군요. 당신이 말 안 해도 나는 이 모든 걸 알고 있고,
당신에게 더 많은 것을 말할 수 있어요. 솔직히 말해 나도 내
행동이 죄스럽고 부도덕하다고 생각합니다. 뭘 더 어쩌겠어
요? 그러나 모두가 이미 알고 있는 것을 말해서 뭡니까?
입에 발린 소리보다는 내가 어떻게 해야 할지 가르쳐 주는
편이 낫지 않을까요?"

"나는 이미 당신에게 떠나라고 말했어요!"

"당신도 잘 알다시피 나는 이미 다섯 번이나 당신 곁을 떠났다가 언제나 도중에 되돌아오곤 했어요! 직행 기차표를 보여 줄 수도 있어요. 모두 다 가지고 있습니다. 그러나 당신한테서 떠날 수가 없어요! 나는 나 자신과 싸우고 또 엄청 싸우고 있지만, 내가 강단이 없고 마음이 연약하고 소심하다면 도대체 무슨 소용이 있겠어요! 천성과는 싸울 수 없어요! 아시겠어요? 싸울 수 없다고요! 내가 여기서 달아난다고 해도 천성이 내 옷깃을 잡는 겁니다. 정말 속되고 추악하고 무력한 존재죠!"

얼굴이 붉어진 일리인이 자리에서 일어나 벤치 옆을 서성이기 시작했다.

"나는 개처럼 으르렁대고 있군!" 일리인은 주먹을 쥐면서 투덜거렸다. "나는 스스로를 증오하고 경멸해! 아아, 방탕한 소년처럼 남의 아내 뒤꽁무니나 쫓아다니며 바보 같은 편지질이나 하고 자신을 비하하고 있다니…… 에휴!"

일리인은 머리를 움켜쥐고 투덜대더니 자리에 앉았다.

"그러나 당신도 진실하지 못해요!" 일리인은 비애를 느끼며 말을 이었다. "만약 당신이 나의 아름답지 않은 장난을 반대한다면 왜 여기에 왔나요? 무엇 때문에 여기 온 거죠? 나는 당신에게 보낸 편지에서 찬성인지 반대인지 분명하고 솔직한 대답만을 원했습니다. 그런데 당신은 솔직한 대답

대신에 매일 '우연히' 나와 만날 기회를 엿보며 교과서에 나오는 말만 되풀이하고 있어요!"

루뱐체프 부인은 깜짝 놀라며 얼굴을 붉혔다. 그녀는 점잖은 부인이 뜻밖에 벌거벗은 몸을 드러내 보였을 때 경험하게 되는 거북함을 별안간 느꼈다.

"당신은 마치 내가 장난을 하고 있다고 생각하는군요……." 그녀는 중얼거리기 시작했다. "난 항상 당신에게 솔직한 대답을 했고…… 오늘도 당신에게 간청했어요!"

"아아, 정말이지 이런 일에 간청을 한다니요? 만약 당신이 '저리 가라'고 딱 잘라 말했다면 난 이미 오래전에 여기에 없었을 겁니다. 그러나 당신은 내게 그렇게 말하지 않았어요. 당신은 단 한 번도 솔직하게 대답한 적이 없어요. 이상하게 애매한 말뿐이었어요! 정말 당신은 날 가지고 노는 건지 아니면 대체……."

일리인은 말끝을 흐리면서 두 주먹으로 머리를 받쳤다. 소피야 페트로브나는 자신의 행동을 처음부터 끝까지 떠올려 보았다. 그녀는 언제나 행동에서 뿐만 아니라 심지어 마음속 깊이 간직한 생각에서도 일리인의 구애를 거절해 왔음을 상기했다. 동시에 변호사의 말에도 일말의 진실이 깃들어 있다고 느꼈다. 그러나 그 진실이 어떤 것인지는 알 수 없었다. 그녀는 아무리 생각해 봐도 그의 불평에 대답할 말이 생각나지 않았다. 그렇다고 가만히 있는 것도 거북해서 그녀는 어깨를 으쓱하고 나서 이렇게 말했다.

"내게도 잘못이 있단 말이군요?"

"당신의 불성실을 비난하는 건 아닙니다." 일리인은 한숨을 내쉬었다. "말하다 보니 그렇게 됐어요……. 당신의 불성실은 당연하고 자연스러운 일이죠. 만약 모든 사람들이 합의하여 갑자기 성실해진다면 모든 것은 뒤죽박죽이 될 겁니다."

소피야 페트로브나는 철학에 관심이 없었지만 화제를 바꿀 수 있는 기회가 와서 기뻐하며 물었다.

"그건 왜 그렇죠?"

"야만인이나 짐승들만이 성실하기 때문이죠. 만약 문명이 여자의 정숙함에 대한 요구를 충족시켰다면 이미 성실함은 어울리지 않아요……."

일리인은 화가 나서 지팡이로 모래를 파헤쳤다. 루반체프 부인은 그의 말에 귀를 기울였지만 대체로 이해할 수 없었다. 그러나 그의 이야기는 마음에 들었다. 루반체프 부인은 무엇보다 재능 있는 남자가 자기처럼 평범한 여자와 '분별 있는' 이야기를 하는 것이 마음에 들었다. 그리고 창백하고 생기 넘치며 여전히 화가 나 있는 젊은이의 얼굴이 변하는 모습을 보는 것도 그녀에게 커다란 만족감을 가져다주었다.

그녀는 많은 것을 이해하지 못했지만 현대인인 일리인의 멋진 대담성은 분명히 느낄 수 있었다. 그는 주저하거나 조금도 당황하지 않고 중요한 문제를 해결하면서 최종적인 결론을 도출해 냈다.

그녀는 이 남자에게 마음이 끌리는 것을 문득 알아채고 깜짝 놀랐다.

"실례지만 난 이해할 수 없어요." 그녀는 서둘러 말했다. "왜 당신은 불성실에 대해 말하는 거죠? 다시 한 번 간청하니 선량하고 좋은 친구가 되어 줘요. 날 조용히 내버려 뒤요. 진심으로 부탁해요!"

"좋습니다. 좀 더 노력해 보도록 하죠." 일리인은 한숨을 내쉬었다. "기꺼이 노력하겠습니다……. 그러나 그 싸움의 결과가 어찌 될지는 나도 모릅니다. 내 이마에 총알을 박을지, 아니면 멍청하게 고주망태가 될지. 어차피 나는 실패를 면할 수 없겠죠. 모든 것에는 한계가 있는데, 천성과의 투쟁도 마찬가지죠. 광기와는 어떻게 싸워야 하죠? 만약 당신이 술을 마신다면 어떻게 그 흥분을 극복할 건가요? 만약 당신의 모습이 내 마음속에 착 달라붙어 밤이나 낮이나 바로 여기 있는 소나무처럼 내 눈앞에 서 있다면 나는 어떻게 해야 하죠? 나의 생각, 희망, 꿈…… 이 모든 것이 나의 것이 아니라 내 마음속에 도사리고 있는 악마의 것이 되었을 때, 이 저

주스럽고 불행한 상태에서 벗어나려면 내가 어떻게 행동해야 하는지 가르쳐 주세요. 나는 당신을 사랑해요. 당신을 너무나 사랑해서 정상에서 벗어났고, 일과 친구들도 버렸고, 나의 신마저 잊어버렸어요! 나는 지금껏 살아오면서 이렇게 사랑해 본 적이 한 번도 없었어요!"

이런 변전을 예상하지 못했던 소피야 페트로브나는 일리인으로부터 물러나서 깜짝 놀라며 그의 얼굴을 바라보았다. 두 눈에는 눈물이 고였고, 입술은 바르르 떨리고 있었다. 그리고 얼굴에는 온통 뭔가 굶주린 듯 간청하는 듯한 표정이 가득했다.

"나는 당신을 사랑해요!" 그는 자신의 눈을 그녀의 겁먹은 듯한 커다란 눈 가까이로 가져가며 중얼거렸다. "당신은 너무나 아름다워요! 나는 괴로워요. 맹세하건대 몹시 괴롭지만 당신의 눈을 바라볼 수만 있다면 평생 이렇게 앉아 있겠습니다. 그러니…… 제발 아무 말도 하지 마세요!"

불시에 일격을 당한 듯한 소피야 페트로브나는 일리인을 제지할 수 있는 말을 급히 생각해 내려고 했다. '가 버리자.' 하고 그녀는 결심했다. 그러나 일어나려고 움직이기도 전에 이미 일리인이 그녀의 발밑에 무릎을 꿇고 있었다……. 그는 소피야의 무릎을 끌어안고 그녀의 얼굴을 바라보며 열정적으로 멋지게 말했다. 공포와 혼란 때문에 그녀는 그의 말

을 알아들을 수 없었다. 그러나 따뜻한 욕탕에 있는 것처럼
무릎이 기분 좋게 조여드는 이 위험한 순간에 그녀는 어떤
사악한 간교함을 느끼며 자신의 감각 속에서 분별력을 찾고
있었다. 그녀는 저항하는 미덕 대신에 세상에 무서울 것 없
는 술꾼에게서나 볼 수 있는 무력, 나태, 공허로 가득 차 있
는 자기 자신에게 화가 났다. 다만 마음속 깊은 곳, 저 멀리
있는 한 조각의 양심이 '너는 왜 떠나지 않느냐? 떠나야만
하지 않느냐? 응?' 하고 짓궂게 놀리고 있었다.

　내면의 분별력을 찾으면서 그녀는 거머리같이 달라붙은
일리인의 손을 어째서 뿌리치지 않았는지 알 수 없었다. 그
리고 혹시 누군가가 그들을 보고 있지나 않은지 일리인과
동시에 황급히 좌우를 살펴본 이유도 알 수 없었다. 뇌물을
주고받는 것을 보았지만 돈을 받고 상사에게 보고하지 않겠
다고 약속한 늙은 수위들처럼 소나무와 구름은 꼼짝도 하지
않고 준엄하게 그들을 바라보고 있었다. 보초가 말뚝처럼
노반 위에 서서 벤치 쪽을 쳐다보고 있는 것 같았다.

　'볼 테면 보라지!' 소피야 페트로브나는 생각했다.

　"그러나…… 그러나 내 말을 들어 봐요!" 마침내 그녀는
절망적인 목소리로 말했다. "이게 무슨 소용이 있겠어요? 앞
으로 무슨 일이 일어날까요?"

　"몰라요, 모르겠어요……." 그는 손을 내젓고 듣기 싫은

질문을 피하면서 속삭였다.

목이 쉰 듯한 요란한 기관차의 기적 소리가 들려왔다. 일상적으로 반복되는 이 외부의 차가운 소리를 듣고 루뱐체프 부인은 정신이 번쩍 들었다.

"이럴 시간이 없어요……. 가 봐야 해요!" 급히 일어서면서 그녀가 말했다. "기차가 오고 있어요……. 내 남편 안드레이가 저 기차를 타고 올 거예요! 남편에게 저녁을 차려 줘야 해요."

소피야 페트로브나는 빨갛게 달아오른 얼굴로 노반 쪽을 바라보았다. 먼저 기관차가 천천히 지나갔고, 그 뒤로 차량들이 보였다. 그것은 루뱐체프 부인이 생각했던 별장행 기차가 아니라 화물 열차였다. 차량들이 하얀 교회를 배경으로 마치 인생의 나날들처럼 꼬리에 꼬리를 물고 길게 이어졌다. 차량은 끝이 없어 보였다.

마침내 차량 행렬이 끝났고, 차장이 탄 불 켜진 마지막 차량이 푸른 숲 너머로 사라졌다. 소피야 페트로브나는 갑자기 몸을 돌렸다. 일리인 때문이 아니라 자신의 소심하고 파렴치한 행동 때문에 모욕을 느낀 그녀는 다른 남자에게 자기 무릎을 껴안게 했다는 수치심으로 얼굴이 화끈 달아올랐다. 지금 그녀는 한시바삐 별장에 있는 가족에게 돌아가야 한다는 생각만 했다. 변호사는 간신히 그녀를 뒤따라갔다.

숲 속 길에서 좁은 오솔길로 돌아서면서 그녀는 일리인의 무릎에서 모래만 보았을 정도로 재빨리 뒤돌아보았다. 그녀는 뒤따라오지 말라고 그에게 한 손을 내저었다.

집으로 달려온 소피야 페트로브나는 5분쯤 자기 방에서 꼼짝 않고 서서 때론 창문을 바라보고, 때론 책상을 바라보기도 했다…….

"몹쓸 년!" 그녀는 자신을 나무랐다. "몹쓸 년!"

그녀는 자신을 나무라면서 모든 것을 세세하게, 하나도 숨김없이 모든 것을 자세히 떠올려 보았다. 그녀는 언제나 일리인의 구애를 거절해 왔지만 그와 얘기하는 것에 마음이 끌렸었다. 뿐만 아니라 그가 자기 발밑에 몸을 던졌을 때 그녀는 이상한 희열을 느끼기까지 했다. 그녀는 자신을 동정하지 않으면서 모든 것을 떠올렸다. 이제야 수치심으로 씨근덕거리면서 그녀는 자기 뺨을 후려갈기면 기분이 나아질 것 같았다.

'가엾은 안드레이!' 그녀는 남편을 떠올리면서 되도록 얼굴에 상냥한 표정을 지으려고 애쓰면서 생각했다. '불쌍한 내 딸 바랴는 자기 엄마가 어떤 여잔지 모를 거야. 날 용서해주오, 사랑하는 사람들아! 나는 정말 당신들을 사랑해…… 정말!'

그리고 자기는 여전히 좋은 아내이자 엄마이고, 일리인에게 말한 가족의 '기초'를 아직 훼손하지 않았음을 자기 자신에게 입증하고 싶어진 소피야 페트로브나는 부엌으로 달려가서 아직 남편을 위해 식탁을 차리지 않은 것을 보고 큰 소리로 요리사를 꾸짖기 시작했다. 그녀는 피로와 허기에 지친 남편의 모습을 떠올리고 남편이 가엾다고 큰 소리로 말하면서 손수 음식을 준비했다. 그녀는 지금까지 한 번도 남편을 위해 직접 식탁을 차린 적이 없었다. 이윽고 딸 바랴를 발견한 그녀는 두 손으로 딸을 안아 올리며 뜨겁게 껴안았다. 딸이 무겁고 차갑게 느껴졌다. 그녀는 이런 걸 의식하고 싶지 않아서 아빠가 얼마나 훌륭하고 정직하며 좋은 사람인지 열심히 설명하기 시작했다.

그러나 곧 안드레이 일리치가 집에 도착했을 때 그녀는 남편과 제대로 인사를 나누지도 못했다. 지나친 거짓 감정은 그녀에게 초조와 고통만 남겼을 뿐 아무것도 입증하지 못하고 사라져 버렸다. 그녀는 창가에 앉아서 괴로워하며 화를 냈다. 사람들은 불행에 처해서야 비로소 자신의 감정과 생각을 지배하기가 얼마나 힘든지 깨닫게 된다. 그 후 소피야 페트로브나는 자기 마음이 "뒤죽박죽이어서 빠르게 날아가는 참새들을 세기 힘든 것처럼 사리를 분별하기 힘들었었다."고 말하곤 했다. 예컨대 남편이 집에 도착한 것이 기쁘지 않았고, 식탁에서 남편의 태도가 마음에 들지 않아서 남편에 대한 증오가 시작되었다고 그녀는 별안간 결론을 내렸다.

허기와 피로에 지친 안드레이 일리치는 수프가 나오길 기다리면서 대뜸 소시지부터 먹기 시작했고, 관자놀이를 움직이며 쩝쩝 소리를 내고 씹으면서 게걸스럽게 먹어 치웠다.

'오, 세상에!' 소피야 페트로브나는 생각했다. '난 남편을 사랑하고 존경하지만…… 왜 저렇게 역겹게 씹어 먹을까?'

감정의 혼란 못지않게 그녀의 생각에도 혼란이 일어났다. 불쾌한 생각과 싸우면서 경험 없는 사람들이 흔히 그렇듯이 루뱐체프 부인은 있는 힘을 다해 자신의 불행을 생각하지 않으려고 애썼다. 그러나 애쓰면 애쓸수록 일리인의 모습, 그의 무릎에 묻은 모래, 솜 같은 구름, 기차 등이 더욱 선명하게 그녀의 상상 속에 떠올랐다…….

'그런데 왜 나는 오늘, 바보같이 거길 갔단 말인가?' 그녀는 괴로워했다. '난 정말로 자신에 대해 책임질 수 없는 그런 여자인가?'

두려움은 두려움을 낳는 법이다. 안드레이 일리치가 마지막 접시를 비웠을 때 그녀는 이미 '모든 것을 남편에게 얘기하고 위험에서 벗어나자.'고 굳게 결심하고 있었다!

"안드레이, 진지하게 상의할 게 있어요." 식사를 끝내고 나서 자리에 누워 쉬려고 프록코트와 장화를 벗고 있는 남편에게 그녀가 말했다.

"뭔데?"

"여길 떠나요!"

"흠…… 어디로? 시내로 돌아가긴 아직 이른데."

"아니, 여행을 가요. 아니면 여행 비슷한……."

"여행이라……." 공증인은 기지개를 켜며 중얼거렸다. "나 자신도 때론 여행을 꿈꾸지만 어디 우리에게 그럴 돈이 있어야지. 그리고 사무실은 누구한테 맡기고?"

잠시 생각하더니 그는 이렇게 덧붙였다.

"당신은 정말로 지루한 모양이지? 가고 싶으면 혼자 가요!"

소피야 페트로브나는 동의했다. 그러나 곧바로 그녀는, 일리인이 이런 기회를 기뻐하면서 자기와 함께 같은 기차의 같은 차량을 타고 가는 상상을 했다……. 이런 생각을 하면서 그녀는 배불리 식사를 했지만 여전히 피곤해하는 남편을 바라보았다. 왠지 그녀의 시선이 줄무늬 양말을 신고 있는, 여자 발처럼 작은 남편의 발에 멎었다. 양쪽 양말 끝에 실밥이 쑥 삐져나와 있었다…….

드리워진 커튼 뒤에서 호박벌이 유리창에 부딪히며 앵앵 소리를 내고 있었다. 소피야 페트로브나는 실밥을 바라보고 호박벌이 앵앵 거리는 소리를 들으며 기차를 타고 가는 자기 모습을 상상했다……. 일리인은 밤이나 낮이나 맞은편에 앉아서 자신의 무력함에 화를 내기도 하고, 심적 고통으로 하얗게 질리기도 하면서 그녀에게서 눈을 떼지 않는다. 그는 자신을 방탕한 소년으로 자처하고, 그녀를 힐난하기도 하며, 자기 머리칼을 쥐어뜯는다. 그리고 어두워지기를 기다렸다가 승객들이 잠들거나 정거장으로 나가는 틈을 타서 그녀 앞에 무릎을 꿇고 숲속의 벤치에서처럼 그녀의 다리를 끌어안는다…….

그녀는 이런 공상을 하고 있는 자신을 보고 깜짝 놀랐다…….

"그러나 나 혼자는 안 가요!" 그녀는 말했다. "당신과 함께 가야만 해요!"

"실없는 소리 그만둬, 소포치카!1)" 루뱐체프는 한숨을 내쉬었다. "사람이 진지하고, 실현 가능한 것만을 원해야지."

무슨 일이 있어도 떠나리라 결심하자 그녀는 자신이 위험에서 벗어났다고 느꼈다. 그녀의 생각도 점점 정상으로 돌아왔고 기분도 좋아졌다. 심지어 모든 일을 생각해 볼 여유도 생겼다. 그러나 아무리 생각하고 공상을 해 봐도 어쨌든 떠나야만 했다! 남편이 잠든 사이에 서서히 밤이 찾아왔다. 그녀는 응접실에 앉아서 피아노를 쳤다. 창밖에 깃든 저녁

---

1) 소피야의 애칭.

의 활기, 음악 소리, 무엇보다 영리한 자신이 불행을 잘 수습했다는 생각에 그녀는 기분이 아주 좋아졌다. '다른 여자들이 내 입장이었다면' 하고 평온해진 양심이 그녀에게 말했다. '아마 그들은 견디지 못하고 회오리바람에 휩쓸려 버렸을 거야.' 그런데 그녀는 부끄러워 어쩔 줄 모르고 괴로워하긴 했지만 지금은 위험에서 벗어나 있고, 수치심도 없다! 그녀는 자신의 정숙함과 결단성에 너무 감동한 나머지 세 번씩이나 거울 속에 비친 자기 모습을 바라보았다.

어두워지자 손님들이 도착했다. 남자들은 카드놀이를 하려고 식당에 자리를 잡았고, 부인들은 응접실과 테라스를 차지했다. 일리인은 맨 나중에 나타났다. 그는 슬퍼 보였고, 병자처럼 침울했다. 그는 소파의 한 귀퉁이에 자리를 잡고 저녁 내내 한 번도 일어나지 않았다. 명랑하고 말하기 좋아하는 그가 오늘은 줄곧 침묵을 지키면서 얼굴을 찌푸리고 눈 주위를 긁고 있었다. 누군가의 질문에 대답해야 할 때 그는 억지로 윗입술에만 미소를 띠고 화를 내며 퉁명스럽게 대답했다. 그는 대여섯 번 재치 있게 말을 했지만 그것도 거칠고 무례했다. 소피야 페트로브나가 보기에 그가 히스테리를 부리는 것 같았다. 이제야 그녀는 피아노 앞에 앉아서 이 불행한 남자가 농담할 입장이 아니고 마음이 아파서 자신의 자리를 찾지 못하고 있다는 걸 처음으로 분명히 깨달았다.

그는 그녀를 위해 출세와 청춘의 최상의 나날들을 망치면서 마지막 남은 돈을 별장에 써 버렸고, 어머니와 누이들을 내 팽개쳤다. 그러나 가장 중요한 것은 자기 자신과의 고통스런 싸움에서 완전히 지쳐 버렸다는 것이다. 일상적인 의미의 단순한 박애 정신 때문이라도 그를 진지하게 대했어야만 했다……

그녀는 마음속에 고통을 느낄 정도로 이 모든 것을 분명히 의식했다. 만약 이 순간에 그녀가 일리인에게 다가가 "안 돼요!"라고 말했다면, 그는 그녀의 목소리에서 거절하기 힘든 힘을 느꼈을 것이다. 그러나 그녀는 그에게 다가가지 않았고 말도 하지 않았으며, 심지어 말할 생각도 하지 않았다……. 젊은 사람의 쩨쩨함과 이기심이 오늘 저녁처럼 강하게 나타난 적이 없었던 것 같았다. 그녀는 불행한 일리인이 바늘방석 위에 있는 것처럼 소파에 앉아 있다는 걸 깨달았다. 그녀는 일리인 때문에 마음이 아팠다. 이와 동시에 고통을 느낄 만큼 자기를 사랑하는 사람이 이 자리에 있다고 생각하자 그녀의 마음은 승리감과 자신의 힘에 대한 자부심으로 가득 찼다. 그녀는 자신의 젊음, 미모, 도도함을 느꼈다. 그리고 어차피 이곳을 떠나기로 했으니 오늘 밤에는 자기에게 자유를 허용하기로 했다. 그녀는 교태를 부리며 쉴 새 없이 깔깔대기도 하고 특별한 감정과 영감을 느끼며 노래도 불렀다. 그녀에겐 모든 것이 즐겁고 우스웠다. 그녀는 벤치에서의 사건과 자기를 바라보던 보초를 떠올리며 즐거워했다. 그녀에겐 손님들도, 일리인의 대담한 재담도, 지금까지한 번도 본 적이 없는 그의 넥타이핀도 우스웠다. 넥타이핀은 다이아몬드 눈이 박힌 붉은 뱀을 형상화한 것이었다. 이뱀이 얼마나 우스웠던지 그녀는 그 뱀에게 키스를 하고 싶을 정도였다.

소피야 페트로브나는 반쯤 술에 취한 듯한 흥분 속에서 신경질적으로 로망스를 불렀다. 그리고 마치 타인의 슬픔을조롱하는 듯 잃어버린 희망과 지난 세월과 노년에 대한 슬프고 우울한 노래를 골랐다.

"노년은 점점 더 가까이 다가오는데……." 하고 그녀는 노래했다. 그러나 그녀는 노년에 대해 전혀 관심이 없었다.

'내 마음속에 어떤 좋지 않은 일이 일어나고 있는 것 같아…….' 그녀는 웃고 노래 부르는 사이에 가끔 이런 생각을했다.

손님들은 12시에 흩어졌다. 일리인은 마지막으로 집에서나갔다. 소피야 페트로브나에게는 아직도 그를 테라스의 맨아래 층계까지 배웅할 수 있는 대담한 용기가 남아 있었다. 그녀는 자신이 남편과 함께 떠난다는 것을 그에게 선언하고싶었고, 이 선언이 그에게 어떤 인상을 자아낼지 보고 싶었다.

달은 구름 속에 숨었다. 그러나 소피야 페트로브나가 그의 외투 자락과 테라스의 커튼이 바람에 나부끼는 것을 볼 수 있을 정도로 주위는 밝았다. 일리인의 창백한 얼굴과 억지로 웃으려고 하면서 윗입술을 삐죽거리는 모습도 보였다…….

"소냐…… 소네치카²…… 나의 소중한 여인!" 그는 그녀가 말하려는 것을 막으면서 중얼거렸다. "나의 사랑스럽고 아름다운 사람!"

그는 갑자기 사랑의 발작에 휩싸여 울먹이는 목소리로 더욱더 부드러운 사랑의 언어를 쏟아냈고, 아내나 애인을 부르듯이 이미 '너'라고 부르기까지 했다. 그녀에겐 뜻밖의 일이었지만, 그는 별안간 한 손으로 그녀의 허리를 껴안고 다른 손으론 그녀의 팔꿈치를 잡았다.

"나의 소중하고 매혹적인 여인……." 그는 그녀의 목덜미에 입맞춤하며 속삭이기 시작했다. "솔직해져서 이제 내게로 와요!"

그녀는 그의 포옹에서 빠져나와 분노와 격분의 모습을 보이려고 고개를 쳐들었다. 그러나 분노는 나타나지 않았다. 그녀가 자랑하던 정숙함과 순수함도 평범한 여자들이 모두 이와 비슷한 상황에서 내뱉는 진부한 말만 하게 할 뿐이었다.

---

2) 소냐, 소네치카 모두 소피야의 애칭.

"당신은 미쳤어요!"

"자, 갑시다!" 일리인이 말을 이었다. "지금 그리고 숲 속의 벤치 옆에서 나는 당신도 나처럼 무력하다는 것을 확신했습니다……. 당신도 벌을 면할 수 없어요! 당신은 날 사랑하면서 괜히 자기 양심과 흥정을 하고 있어요……."

그녀가 자기에게서 떠나려는 것을 보고, 그는 그녀의 레이스 옷소매를 붙들며 재빨리 말했다.

"오늘이 아니면 내일이라도 당신은 사랑의 힘에 따라야 해요! 왜 이렇게 시간을 끄는 거죠? 나의 소중하고 사랑스런 소냐, 이미 판결은 내려졌는데 왜 집행을 미루는 겁니까? 왜 자신을 속이는 거예요?"

소피야 페트로브나는 그에게서 떨어져 나와 날쌔게 문 뒤로 사라졌다. 응접실로 돌아온 그녀는 기계적으로 피아노 뚜껑을 닫고 오랫동안 악보의 속표지를 바라보다가 자리에 앉았다. 그녀는 서 있을 수도 생각할 수도 없었다……. 흥분과 격정 때문에 그녀에게 남은 것은 단 하나, 나태와 우수가 뒤섞인 두려운 연약함뿐이었다. 양심은 그녀에게 '너는 오늘 밤에 미친년처럼 추하고 어리석게 행동했다. 아까 다른 남자가 테라스에서 널 껴안았는데 너는 지금까지도 허리와 팔꿈치 부근에 어떤 야릇한 감촉을 느끼고 있다.'고 소곤거렸다. 응접실에는 아무도 없었고 단지 촛불만 타오르고 있었다. 루뱐체프 부인은 무언가를 기다리고 있는 사람처럼 피아노 앞의 등받이 없는 둥근 의자에 꼼짝 않고 앉아 있었다. 그리고 극도로 피곤한 그녀의 상태와 어둠을 이용하기라도 하듯이 물리칠 수 없는 고통스런 욕망이 그녀를 사로잡았다. 욕망은 마치 구렁이처럼 그녀의 사지와 영혼을 칭칭 휘감았고 매 순간 커지기 시작했다. 이미 욕망은 이전처럼 그녀를 위협하는 것이 아니라 그녀 앞에 적나라한 모습으로 뚜렷이 서 있었다.

그녀는 꼼짝 않고 일리인에 대해 생각하면서 30분쯤 앉아 있었다. 잠시 후 그녀는 느릿느릿 일어나 간신히 침실로 걸어갔다. 안드레이 일리치는 벌써 침대에 누워 있었다. 그녀는 열린 창가에 앉아서 욕망에 몸을 맡겼다. 이미 그녀의 머릿속에 '혼란'은 없었다. 모든 감정과 생각은 일제히 하나의 뚜렷한 목표 주위로 밀어닥쳤다. 그녀는 싸우려고 했지만 금방 한 손을 내저었다. 그녀는 적이 얼마나 강하고 완고한지 이제야 깨달았다. 그 적과 싸우려면 힘과 불굴의 정신이 필요하다. 그러나 그녀의 출생과 교육과 삶은 그녀가 기댈 만한 힘을 전혀 부여하지 못했다.

'부도덕한 년! 몹쓸 년!' 소피야는 자신의 무력감에 욕설을 퍼부었다. '너는 바로 이런 여자였더냐?'

그녀는 자기가 아는 온갖 욕설로 자신을 나무랐고, 창피하고 굴욕적인 많은 진실을 자신에게 말했을 만큼 그녀의 모욕당한 정숙함은 이런 무력감으로 분개했다. 그녀는 자신이 결코 도덕적인 여자가 아니었고, 지금껏 타락하지 않았던 것은 그럴 구실이 없었기 때문이었으며, 그녀가 벌인 하루 동안의 싸움은 장난이자 코미디였다고 스스로에게 말했다…….

'내가 싸워 왔다고 하자.' 그녀는 생각했다. '그러나 도대체 어떤 싸움인가! 매춘부들도 몸을 팔기 전에는 자신과 싸우다가 결국 팔려 나간다. 싸우는 건 좋다. 그러나 우유처럼 하루 만에 응결되었다! 하루 만에!"

자기를 집에서 끌어내리려는 것이 감정이나 일리인의 인격이 아니라 앞에서 자기를 기다리고 있는 자신의 감각이라는 것을 인정하지 않을 수 없었다……. 별장에 사는 방탕한 부인들이 얼마나 많은가!

"어미를 잃은 새끼 새처럼." 창밖에서 누군가 목쉰 소리로 나직이 노래했다.

'만약 가야 한다면 바로 지금이다!' 소피야 페트로브나는 생각했다. 그녀의 심장은 갑자기 아주 세차게 뛰기 시작했다.

"안드레이!" 그녀는 거의 외치다시피 말했다. "여보, 우리…… 우리 떠나는 거죠? 네?"

213

"그래…… 혼자 떠나라고 이미 말했잖아!"

"그러나 여보……." 그녀가 말했다. "만약 나와 함께 가지 않는다면 당신은 날 잃을지도 몰라요. 아마 나는 사랑에 빠진 것 같아!"

"누구랑?" 안드레이 일리치가 물었다.

"누구랑 사랑에 빠지든 당신에겐 마찬가지 아닌가!" 소피야 페트로브나가 소리쳤다.

안드레이 일리치는 침대에서 일어나 두 다리를 침대 밑으로 늘어뜨리고는 깜짝 놀라서 아내의 어두운 모습을 바라보았다.

"실없는 소리!" 그는 하품을 했다.

안드레이는 믿을 수 없었지만 그래도 깜짝 놀랐다. 잠시 생각하고 나서 아내에게 몇몇 대수롭지 않은 질문을 던진 뒤, 그는 가정과 부정(不貞)에 대해 자기 의견을 말했다……. 그리고 10분쯤 맥없이 얘기하다가 잠자리에 누워 버렸다. 그의 금언은 아무 소용이 없었다. 이 세상엔 많은 의견들이 있는데, 그중 태반은 불행을 겪지 않은 사람들의 의견인 것이다!

늦은 시간이었지만 창밖에는 아직도 별장 거주자들이 거닐고 있었다. 소피야 페트로브나는 소매가 없는 가볍고 긴 덧저고리를 어깨에 걸치고 잠시 서서 생각에 잠겼다…….

그녀에겐 잠자고 있는 남편에게 이렇게 말할 수 있는 결단력이 아직 남아 있었다.

"당신, 자요? 나는 산책하러 가요……. 같이 안 갈래요?"

이것은 그녀의 마지막 희망이었다. 대답을 듣지 못한 채 그녀는 밖으로 나왔다. 바람이 불고 선선했다. 그녀는 바람도 어둠도 느끼지 못했다. 그저 걷고 또 걸었다……. 불가항력적인 힘이 그녀를 앞으로 떠밀었고, 만약 걸음을 멈추기라도 한다면 그녀의 등을 밀칠 것만 같았다.

"음탕한 년!" 그녀는 기계적으로 중얼거렸다. "몹쓸 년!"

소피야는 숨을 헐떡거리며 부끄러워서 어쩔 줄 몰랐고, 자기 발의 감각조차 느끼지 못했다. 그러나 그녀를 앞으로 밀친 것은 그녀의 수치심보다도, 이성보다도, 공포보다도 더 강한 것이었다……. (1886년)

아뉴타

가구가 딸린 아파트 '리사본'의 가장 싼 방에서 의과대학 3학년 학생인 스테판 클로치코프가 방 안을 이리저리 거닐면서 열심히 해부학을 암기하고 있었다. 끊임없이 집중해서 암송하는 바람에 그의 입안은 바싹 마르고 이마에는 땀이 났다.

창문 언저리가 얇은 얼음무늬로 덮인 창가에는 그와 동거하는 아뉴타가 등받이 없는 의자에 앉아 있었다. 온순한 회색 눈에 몹시 창백하고 몸집이 작고 마른 스물댓쯤 된 까만 머리의 여자였다. 그녀는 등을 구부리고 남자 셔츠의 깃에 붉은 실로 수를 놓고 있었다. 빨리 끝내야 할 일이었다……. 복도의 시계가 식식거리며 오후 2시를 쳤지만 방 안은 아직도 치워지지 않은 채였다. 구겨진 이불, 내던져진 베개들, 책들, 옷, 가득한 비눗물 위에 담배꽁초가 둥둥 떠다니는 커다랗고 더러운 대야, 마루의 먼지— 이 모든 것은 일부러 뒤섞고 구겨서 한 무더기로 쌓아 놓은 것 같았다…….

"오른쪽 폐는 세 부분으로 이루어진다……." 클로치코프가 암송했다. "각 경계들! 흉곽의 앞쪽 벽 상부는 네 번째나 다섯 번째 늑골에 이르고, 측면으로는 네 번째 늑골에……
뒤로는 척추 견갑골에 이른다…….”

클로치코프는 방금 암송한 내용을 머릿속에 그려 보려고
애쓰면서 천장을 올려다보았다. 그러나 분명히 이해가 되지
않자 그는 조끼 위로 자신의 상부 늑골들을 더듬어서 만져
보았다.

“이 늑골들은 피아노의 건반과 비슷하군.” 그는 말했다.
“헷갈리지 않으려면 반드시 그것들에 익숙해져야 해. 먼저
골격을 열심히 연구해야 하고, 사람의 몸에서…… 이봐, 아
뉴타 늑골 좀 찾아보게 해 줘!”

아뉴타는 수놓는 것을 멈추고 재킷을 벗더니 몸을 쭉 폈
다. 클로치코프는 그녀를 마주 보고 앉아서 눈살을 찌푸리
고 그녀의 늑골을 세기 시작했다.

“흠…… 첫 번째 늑골은 만져지지 않는군……. 그건 쇄
골 뒤에 있으니까…… 바로 이게 두 번째 늑골이군……. 그
렇지…… 바로 이게 세 번째…… 바로 이게 네 번째……
흠…… 그렇지…… 왜 몸을 움츠리는 거야?”

“당신 손가락이 차요!”

“자, 자…… 그렇다고 죽지는 않을 테니 몸을 돌리지
마……. 그렇다면 이게 세 번째 늑골이고, 이게 네 번째
고…… 겉보기에 당신은 아주 말랐는데 늑골은 잘 만져지지

않는군. 이게 두 번째고…… 이게 세 번째…… 아니, 이렇게 헷갈려서야 분명히 알 수가 없어…… 그려 봐야겠어. 내 목탄 조각이 어디 있지?"

클로치코프는 목탄 조각을 집어서 아뉴타의 가슴 위에 늑골의 위치에 따라 몇 개의 평행선을 그었다.

"아주 좋아. 한눈에 보이는군……. 자, 이제 타진(打診)을 할 수 있겠어. 일어서!"

아뉴타는 일어서서 턱을 치켜들었다. 클로치코프는 타진하기 시작했다. 그는 타진에 너무 열중해서 아뉴타의 입과 코와 손가락이 파래지는 것을 알아채지 못했다. 아뉴타는 덜덜 떨면서도 의대생이 자기가 떠는 것을 알아차리고 목탄으로 줄을 그으며 타진하는 것을 멈출까 봐, 그리고 시험을 망칠까 봐 두려워했다.

"이제 모든 게 분명해." 타진을 끝낸 클로치코프가 말했다. "목탄을 지우지 말고 그렇게 앉아 있어. 그동안 나는 좀 더 외워야 하니까."

의대생은 다시 왔다 갔다 하면서 암송하기 시작했다. 가슴 위에 검은 줄이 그어져 마치 문신이라도 한 것 같은 아뉴타는 추워서 몸을 움츠리고 앉아서 생각하고 있었다. 아뉴타는 대체로 말수가 아주 적었고, 늘 입을 다문 채 줄곧 생각에 잠겨 있었다……

지난 6, 7년 동안 가구 딸린 전세방을 떠돌아다니면서 그녀는 클로치코프 같은 대학생들을 대여섯 명이나 알고 있었다. 지금 그들은 모두 공부를 끝내고 사회로 나갔다. 그리고 점잖은 사람들이 으레 그렇듯이 벌써 오래전에 그녀를 잊어버렸다. 그들 중 한 사람은 파리에 살고 있고, 두 사람은 의사가 되었고, 네 번째 사람은 화가, 그리고 다섯 번째 사람은 이미 교수가 되었다고 한다. 클로치코프는 여섯 번째 사람이다……. 곧 이 사람도 공부를 마치고 사회로 나갈 것이다. 분명히 클로치코프 앞에는 멋진 미래가 펼쳐질 테고, 아마도 그는 훌륭한 사람이 될 것이다. 그러나 현재는 아주 나빴다. 클로치코프에게는 담배도 차도 없었고, 설탕 네 조각만 남아 있었다. 가능한 빨리 자수를 끝내서 주문한 여자에게 갖다 주고 25코페이카를 받아 차와 담배를 사야만 한다.

"들어가도 되겠나?" 문 뒤에서 목소리가 들렸다.

아뉴타는 재빨리 어깨에 모직 숄을 둘렀다. 화가인 페티소프가 들어왔다.

"자네에게 부탁이 있네." 그는 이마에 드리워진 머리칼 아래로 야수처럼 눈을 번뜩이며 클로치코프를 향해 말을 꺼냈다. "부탁 좀 들어주게나! 자네의 아름다운 숙녀를 두어 시간만 빌려 주게! 알다시피 난 그림을 하나 그리고 있는데, 여자 모델 없이는 도무지 그릴 수가 없어."

"아, 기꺼이 빌려 주겠네!" 클로치코프는 승낙했다. "따라 가, 아뉴타!"

"거기서 무슨 꼴을 당하라고!" 아뉴타가 나직이 말했다.

"자, 됐어! 저 사람은 예술을 위해 부탁하는 거야. 어떤 허튼 짓을 하려는 게 아니고. 당신이 도와줄 수 있다면 도와주는 게 어때?"

아뉴타는 옷을 입기 시작했다.

"그런데 자넨 뭘 그리고 있나?" 클로치코프가 물었다.

"프시케. 좋은 주제지. 그런데 왠지 잘 되지 않네. 늘 여러 모델들을 그려야만 해. 어제는 파란 발을 한 모델을 그렸지. 왜 발이 파라냐고 물었더니 양말 때문에 물이 들었다고 하더군. 자네는 줄곧 암송하고 있군. 인내심이 있으니 자넨 행복한 사람이야."

"의학은 암기하지 않고는 어떻게 해 나갈 수 없는 거라네."

"흠…… 미안한 말이지만 클로치코프, 자넨 정말 돼지처럼 살고 있군. 자네가 사는 방식은 끔찍해!"

"어쩌라고? 달리 살아갈 도리가 없어. 아버지한테서 한 달에 겨우 12루블을 받고 있어. 그러니 그 돈으로는 제대로 살아갈 수가 없네."

"그건 그래……." 이렇게 말하더니 화가는 혐오스럽게 얼굴을 찌푸렸다. "그러나 더 잘 살 수 있어……. 교양인은 반드시 미학자가 되어야만 하네. 그렇지 않나? 그런데 자네 방은 도대체 이게 뭔가! 침대는 정리되지 않았고, 저 구정물에 먼지에…… 접시에는 어제 먹다 남은 수프가 있고…… 퉤!"

"옳은 말이야." 의대생은 이렇게 말하고 당황해했다. "아뉴타가 오늘은 치울 겨를이 없었어. 내내 바빴거든."

화가와 아뉴타가 밖으로 나가자 클로치코프는 소파에 누웠고, 누운 채 암기하기 시작했다. 그러다가 그는 본의 아니게 잠이 들었고, 한 시간 후에 잠에서 깨어나 주먹으로 머리를 괴고 우울한 생각에 잠겼다. 그는, 교양인은 반드시 미학자가 되어야만 한다는 화가의 말을 떠올렸다. 그러자 실제로 그의 환경이 이제 지긋지긋해 보였다. 그는 자신이 진찰실에서 환자들을 받고, 훌륭한 부인인 아내와 함께 널찍한 식당에서 차를 마시는 미래를 마음속으로 그려 보았다. 그러자 담배꽁초가 둥둥 떠다니는 구정물 통이 극도로 추잡하게 보였다. 아뉴타도 못생기고 지저분하고 불쌍한 여자로 보였다……. 그래서 그는 무슨 일이 있어도 빨리 그녀와 헤어져야겠다고 결심했다.

화가의 방에서 돌아온 그녀가 털외투를 벗고 있을 때, 그는 일어나서 그녀에게 진지하게 말했다.

"나 좀 봐, 자기야…… 앉아서 내 말 좀 들어. 우린 헤어져야만 해! 한마디로 말해 나는 더 이상 당신과 살고 싶지 않아."

아뉴타는 화가에게서 너무나 지치고 기진맥진해서 돌아왔다. 모델로 오랫동안 서 있어서 그녀의 얼굴은 파리하고 더 홀쭉해졌으며, 턱은 더 뾰족해진 것 같았다. 그녀는 의대생의 말에 아무 대답도 하지 않고 그저 입술만 떨고 있었다.

"어쨌거나 조만간 우리가 헤어져야만 한다는 건 자기도 알고 있지?" 의대생이 말했다. "자기는 친절하고 좋은 여자야. 어리석지도 않으니 이해하겠지……."

아뉴타는 다시 털외투를 입고서 말없이 수놓던 것을 종이에 둘둘 말았고, 실과 바늘을 한데 모았다. 그녀는 창가에서 설탕 네 조각이 든 봉지를 보고 그것을 테이블 위에 있는 책 옆에 놓았다.

"이건 당신의…… 설탕이에요……." 그녀는 나직이 말하고는 눈물을 감추려고 얼굴을 돌렸다.

"아니, 왜 우는 거야?" 클로치코프가 말했다.

그는 당황해서 방 안을 서성이면서 말했다.

"자기는 이상한 여자야, 정말…… 우리가 헤어져야 한다는 건 자기도 알고 있잖아? 우린 평생을 같이 살 수는 없어."

아뉴타는 이미 자기 보따리를 모두 싸들고 작별 인사를 하려고 그를 향해 돌아섰다. 그러자 그는 그녀가 불쌍해졌다.

'일주일 더 여기서 살게 할까?' 그는 생각했다. '정말로 일주일만 더 살게 하자. 일주일 후에 떠나라고 해야지.'

자신의 연약한 성격에 화를 내면서 그는 그녀에게 거칠게 소리쳤다.

"그런데 왜 그렇게 서 있는 거야? 갈 테면 가고, 가기 싫으면 털외투를 벗고 있어! 그냥 남아 있어!"

아뉴타는 말없이 조용히 털외투를 벗고 나서 살그머니 코를 풀고는 한숨을 쉬었다. 그리고 언제나 앉아 있던 그녀의 자리인 창가의 등받이 없는 의자로 조용히 걸어갔다.

대학생은 교과서를 끌어당기고 다시 방 안을 이리저리 걸어 다니기 시작했다.

"오른쪽 폐는 세부분으로 이루어진다……." 그는 암송했다. "흉곽의 앞쪽 벽 상부는 네 번째나 다섯 번째 늑골에 이른다……."

복도에서 누군가가 목청껏 소리쳤다.

"그리고리, 사모바르1!" (1886년)

---

1) 러시아 특유의 찻물을 끓이는 주전자.

아낙들

교회 바로 맞은편, 라이부제 마을에는 돌로 쌓은 토대 위
에 2층 양철 지붕 집이 서 있다. 아래층에는 쥬쟈라는 별명
으로 불리는 주인 필립 이바노프 카쉰이 가족과 함께 살고
있다. 여름엔 아주 덥고 겨울엔 아주 추운 그 집 위층에는 지
나가는 관리들, 상인들, 지주들이 묵어가곤 했다. 쥬쟈는 대
로변에 터를 세내어 선술집을 운영하며 타르, 꿀, 가축, 고풍
스런 부인용 모자도 팔고 있다. 그는 벌써 팔천 루블쯤 모아
서 시내 은행에 예치해 놓았다.

쥬쟈의 장남 표도르는 농군들 말마따나 고참 기계공으로
공장에서 일하다가 멀리 산속으로 들어갔고, 지금은 손이
미치지 않는 먼 곳에 있다. 표도르의 아내 소피야는 못생기
고 병약한 아낙으로, 시아버지 집에서 눈물을 달고 살면서
일요일마다 치료받으러 병원에 다닌다. 쥬쟈의 둘째 아들인
곱사등이 알료쉬카도 아버지 집에서 살고 있다. 최근에 그
는 가난한 집에서 데려온 바르바라와 결혼했다. 바르바라는
젊고 아름답고 건강한 아낙으로 멋쟁이였다. 관리들과 상인
들이 쥬쟈의 집에 머무를 때면 언제나 바르바라에게 사모바

르를 가져오게 하고 침구를 펴게 했다.

어느 유월 저녁, 해가 지고 마른풀, 따끈한 두엄, 신선한 우유 냄새가 대기에 퍼질 때 수수한 짐수레 하나가 쥬쟈의 마당 안으로 들어왔다. 짐수레에는 세 사람이 타고 있었다. 삼베 양복을 입은 서른 살가량의 남자와 그 옆에 뼈 단추를 단 길고 검은 프록코트를 입은 일곱이나 여덟 살쯤 되어 보이는 소년 그리고 마부를 대신하여 붉은 셔츠를 걸친 젊은이가 앉아 있었다.

젊은이는 말들을 풀어서 거리로 데리고 나가 잠시 걷도록 했다. 여행자는 손을 씻고 교회를 향해 기도를 하고는 짐수레 옆에 깔개를 깔고 소년과 앉아서 저녁을 먹었다. 여행자는 천천히 점잖게 식사를 했다. 평생 많은 여행자들을 보아 온 쥬쟈는 여행자의 몸놀림에서 그가 수완이 있고 진지하며 자존심이 강한 사람임을 알아봤다.

쥬쟈는 조끼만 입고 모자도 쓰지 않은 채 바깥 현관에 앉아 여행자가 이야기하길 기다렸다. 그는 저녁마다 여행자들이 잠자기 전에 들려주는 온갖 이야기에 익숙해져 있었고, 또 그런 이야기를 좋아했다. 그의 아내 아파나시예브나와 며느리 소피야는 처마 밑에서 암소의 젖을 짜고 있었다. 다른 며느리 바르바라는 위층의 열린 창가에 앉아서 해바라기 씨를 먹고 있었다.

"이 꼬마는 당신 아들인가?" 쥬쟈가 여행자에게 물었다.

"아뇨, 양자입니다. 고아예요. 영혼을 구원받으려고 입양
했어요."

이야기가 시작되었다. 쥬쟈는 이야기를 통해 여행자가 시
내에서 온 소시민으로 집이 한 채 있고, 이름은 마트베이 사
비치로, 지금 독일 이주민들에게서 빌린 채소밭을 살펴보러
가고 있으며, 소년의 이름이 쿠지카라는 것을 알아냈다. 밤
이 되었으나 무덥고 답답해서 아무도 자고 싶어 하지 않았
다. 어둠이 깔리고 하늘 여기저기에 흐릿한 별들이 깜빡이
자 마트베이 사비치는 어디서 쿠지카를 데려왔는지 말문을
열었다.

"할아버지, 이건 아주 상세한 이야기입니다." 마트베이 사
비치가 말문을 열었다. "그동안 일어났던 모든 일을 다 얘기
하자면 밤을 새워도 부족할 겁니다. 10년 전, 우리가 살던 집
바로 옆집 ─지금은 양초 공장과 제유소(製油所)입니다─ 에
늙은 과부 마르파 시모노브나 카프룬체바가 살았어요. 그녀
에겐 아들이 둘 있었는데, 하나는 철도 기수로 일했고 다른
아들 바샤는 나와 동갑내기로 엄마 집에서 살고 있었죠. 돌
아가신 바샤 아버지는 여러 마리의 말과 다섯 대의 짐마차
를 가지고 있었는데, 시내로 삯짐 마차꾼을 보내곤 했어요.
과부는 이 일을 그만두지 않았고, 고인 못지않게 짐마차꾼

231

들을 잘 다루었죠. 그래서 어떤 날에는 5루블을 받고 삯꾼들이 시내로 가기도 했습니다. 젊은이도 수입이 약간 있었어요. 순종 비둘기들을 길러서 사냥꾼들에게 팔았거든요. 늘 지붕 위에 서서 빗자루를 위로 던지고 휘파람을 불며 하늘 높이 공중제비를 하곤 했지만, 그에겐 모든 게 성에 안 차서 더욱더 높이 오르고 싶어 했습니다. 바샤는 검은머리방울새와 찌르레기도 잡았고, 새장도 손으로 만들었어요…… 다 시시한 일이었죠. 쓸데없는 일에 신경을 쓰다 보니 한 달에 10루블쯤 벌었어요. 이렇게 세월이 흘러서 노파는 다리가 마비되어 몸져눕게 되었어요. 이 때문에 집안 살림은 안주인 없이 방치되었고, 눈 없는 사람 신세와 같았습니다. 노파는 급히 바샤를 장가보낼 생각을 했지요. 바로 중매쟁이를 불러 대충 얘기를 했고, 바샤가 신부를 보러 갔지요. 바샤는 과부 사모흐발리하의 딸 마센카에게 청혼을 했고 곧 성사가 되었죠. 모든 일이 일주일 안에 일사천리로 진행되었습니다. 몸집이 작고 작달막한 열일곱 살의 젊은 처녀는 하얀 얼굴에 상냥하고 성품은 지주의 딸 같았죠. 오백 루블가량의 돈, 암소 한 마리, 침대 등 지참금도 괜찮았어요…… 노파는 즉시 신부의 속내를 알아채고 결혼식을 올린 뒤 사흘째 되는 날에 성지인 예루살렘으로 향했어요. 그 뒤로 병이 났는지, 숨은 쉬고 있는지 아무 소식이 없었어요. 젊은 부부는 노파를 추도하고 새 인생을 시작했습니다. 반년쯤 행복하게 살았는데, 그들에게 갑자기 불행이 닥쳤어요. 엎친 데 덮친 격으로 바샤는 군 입대자를 가리는 제비뽑기를 하러 관청에 가야만 했죠. 재수 없이 걸린 바샤는 군대에 끌려갔고, 심지어 특혜도 받지 못했어요. 머리를 박박 밀린 바샤는 폴란드로 보내졌어요. 하느님의 뜻이니 어쩌겠어요! 마당에서 아내와 헤어질 때만 해도 괜찮았는데, 마지막으로 비둘기들이 사는 건초 창고를 힐끗 쳐다보면서는 바샤의 눈에서 눈물이 비 오듯 쏟아졌어요. 그 모습을 쳐다보기가 민망할 정도였어요. 마센카는 적적해서 친정어머니를 데려왔죠. 어머니는 바로 저기 있는 쿠지카가 태어날 때까지 마센카와 같이 살다가 오보냔에 사는 출가한 다른 딸네 집으로 갔어요. 마센카는 아이와 혼자 남게 되었죠. 다섯 명의 짐마차꾼들은 늘 술에 취해 있었고 막돼먹은 사람들이었습니다. 말들과 짐마차는 방치되었고, 울타리는 무너지고 굴뚝의 검댕에는 불이 붙을 것만 같았죠. 이건 여자가 할 일이 아닙니다. 그녀는 일이 생길 때마다 이웃인 내게 와서 부탁했습니다. 나는 그녀에게 가서 문제를 해결해 주고 충고도 해 주었죠……. 물론 이런 일이 아니라도 그녀의 집에 잠시 들러 차를 마시고 이야기도 나누었죠. 나는 젊고 지적인 남자였고, 모든 것에 대해 말하길 좋아했어요. 그녀도 교양 있고 정중했죠. 그녀는 깨끗한 옷을 입고 여름에는 양산을 쓰고 다녔어요. 할아버지, 장황하게 떠들 것 없이 한마디로 말해 채 1년도 지나지 않아 사람의 적인 악마가 내 마음을 흔들어 놓았습니다. 그녀에게 가지 않는 날은 기분이 좋지 않고 심심했어요. 그래서 그녀에게 들락거릴 온갖 구실을 만들어 냈죠. '이제, 겨울 창틀을 끼워야 한다.' 하고 온종일 그녀의 집에서 느긋하게 일하면서 일부러 내일 하루 더 오려고 창틀을 두 개 남겨 놓는 겁니다. 또는 '바샤의 비둘기를 세어 놓지 않으면 몇 마리가 없어질지 몰라요.' 모든 게 이런 식이었죠. 늘 울타리를 통해 그녀와 얘기하곤 했고, 결국 멀리 돌아다니지 않으려고 쪽문을 만들어 놓았습니다. 이 세상에는 여자 때문에 많은 악과 온갖 추잡한 일이 생기죠. 우리 같은 죄인들뿐만 아니라 성인들도 유혹에 빠지곤 합니다. 마셴카는 내가 계속 자기 집에 드나들도록 했어요. 그녀는 남편을 기억하고 자신을 지키는 대신에 날 사랑했습니다. 그녀도 심심해하고 늘 울타리 주변을 거닐면서 틈 사이로 우리 집 마당을 쳐다본다는 것을 알게 되었죠. 내 머리는 온갖 환상으로 빙빙 돌았습니다. 부활제가 있는 주의 목요일, 동트기 전 시장 가는 길에 그녀의 집 대문 옆을 지나는데 갑자기 악마가 장난을 친 겁니다. 그녀의 집 쪽문 위에 붙은 살창을 통해 보니 벌써 잠에서 깬 그녀가 마당 한가운데 서서 오리들에게 먹이를 주고 있었어요. 나는 참지 못하고 그녀를 불렀죠. 그녀가 다가와 살창 사이로 날 쳐다보았어요. 하얀 얼굴에 살짝 잠기운이 감도는 사랑스러운 눈…… 너무 내 맘에 들었습니다. 우리가 대문가에 있는 게 아니라 명명일 파티에 온 것처럼 나는 그녀에게 찬사를 늘어놓았어요. 그녀는 얼굴을 붉히고 웃으면서 줄곧 내 얼굴을 똑바로 쳐다보며 눈도 깜빡이지 않았어요. 나는 이성을 잃고 내 사랑의 감정을 그녀에게 고백하기 시작했습니다……. 그녀는 쪽문을 열어 나를 안으로 들였고, 그날부터 우리는 부부처럼 살게 되었죠."

곱사등이 알료쉬카가 거리에서 마당 안으로 헐떡거리면서 들어오더니 아무도 쳐다보지 않고 바로 집 안으로 들어갔다. 잠시 후에 그는 손풍금을 가지고 도로 뛰어나왔다. 그리고 주머니 속의 동전을 쩔렁이고 달려가면서 해바라기 씨를 까먹으며 대문 뒤로 사라졌다.

"저 사람은 누구죠?" 마트베이 사비치가 물었다.

"내 아들 알렉세이야." 쥬쟈가 대답했다. "놀러가는 거야, 나쁜 놈. 곱사등이로 태어난 놈이라서 우린 저 녀석을 그다지 책망하지 않지."

"늘 아이들과 어울려 돌아다닌다오." 아파나시예브나가 한숨을 쉬었다. "사육제 전에 장가를 보냈고, 장가보내면 좋아지리라 생각했는데 더 나빠졌수."

"소용없어. 괜히 남의 집 처녀 좋은 일만 했지." 쥬쟈가 말했다.

교회 뒤쪽 어딘가에서 멋지고 슬픈 노랫소리가 들렸다. 노랫말은 알아들을 수 없었고 목소리만 들려왔다. 두 명의 테너와 한 명의 베이스였다. 모두들 그 목소리에 귀를 기울여서 마당 안은 점점 더 조용해졌다…… . 두 명이 큰소리로 웃어 대면서 노래는 중단되었다. 그러나 세 번째 테너가 계속 노래를 부르며 아주 높은 음을 냈고, 마치 그 음이 하늘에 닿기라도 한 것처럼 모두들 저도 모르게 하늘을 쳐다보았다. 집에서 나온 바르바라는 마치 햇빛을 피하듯 한 손으로 두 눈을 가리고 교회 쪽을 바라보았다.

"신부의 아들들과 교사예요."

다시 세 명의 목소리가 같이 노래를 부르기 시작했다. 마트베이 사비치는 한숨을 내쉬고 얘기를 계속했다.

"할아버지, 그 뒤 일은 이렇게 되었어요. 2년쯤 지나서 우리는 바르샤바에서 온 바샤의 편지를 받았습니다. 그가 건강을 회복하도록 상관이 집으로 보내 준다는 내용이었습니다. 그는 몸이 편치 않았어요. 그즈음에 나는 어리석은 짓을 그만두었고, 좋은 신붓감을 소개받았어요. 그러나 어떻게 연인과 관계를 끊어야 할지 몰랐습니다. 매일 마셴카와 얘기하려고 했지만, 여자가 징징 짜지 않게 하려면 어떻게 그녀에게 다가가야 할지 몰랐어요. 그런데 편지 덕분에 나는 자유롭게 행동할 수 있게 되었죠. 우리는 같이 편지를 읽었고, 그녀는 얼굴이 눈처럼 새하얘졌어요. '다행스런 일이야. 이제 너는 다시 남편에게 돌아가야 해.' 하고 내가 말했습니다. 그러나 그녀가 '남편과 살지 않겠다.'고 말해서 '그는 네 남편이 아니냐?'고 내가 말했죠. '말은 쉬울지 모르지만……나는 한 번도 그를 사랑한 적이 없고, 억지로 그에게 시집왔다.'고 그녀가 말하더군요. 그래서 '이 바보야, 회피하지 마라. 너는 교회에서 그와 결혼식을 올렸지 않냐?'고 내가 말했죠. '결혼식을 올렸지만 난 너를 사랑하고 죽을 때까지 너랑 살 거야. 사람들더러 비웃으라고 해……. 난 상관없어.' 이렇게 그녀가 말했어요. 그래서 나는 '신자인 너는 성경을 읽었을 텐데 거기에 뭐라고 쓰여 있지?'라고 물었죠."

"시집을 왔으면 남편과 살아야만 해." 쥬쟈가 말했다.

"나는 이렇게 말했죠. '남편과 아내는 한몸이야. 우리는 죄를 지었지만 양심은 있어야지. 하느님을 무서워해야만 해. 우린 바샤에게 죄를 지었어. 바샤는 온유하고 소심한 사람이니 우릴 죽이진 않을 거야. 최후의 심판에서 지옥불에 떨어지는 것보다는 이 세상에서 남편 때문에 고통을 당하는 게 더 낫지.' 그러나 그녀는 내 말을 듣지 않았고, 무슨 말을 해도 자기 고집을 피우며 '난 널 사랑해.' 하고는 더 이상 아무 말도 하지 않았습니다. 삼위일체제(三位一體祭) 전날, 토요일 아침 일찍 바샤가 왔어요. 울타리 사이로 모든 게 보였죠. 바샤는 집 안으로 뛰어 들어갔다가 잠시 후 두 손으로 쿠지카를 안고 나와 웃기도 하고 울기도 하면서 아이에게 입을 맞추더군요. 그는 건초 창고를 바라보면서 비둘기들에게 가 보고 싶었지만 쿠지카를 손에서 내려놓는 게 안쓰러웠던 겁니다. 그는 부드럽고 감성적인 사람이었죠. 하루가 별일 없이 조용히 잘 지나갔습니다. 종야기도식(終夜祈禱式)을 알리는 종소리가 들려왔어요. 내일이 삼위일체제니까 그들이 대문과 울타리를 초목으로 장식하리라는 생각이 들더군요. 그러나 왠지 일이 잘못되고 있다는 예감이 들어 나는 그들에게 갔습니다. 바샤는 방 한가운데에 앉아서 술 취한 사람처럼 눈을 굴리며 뺨에 눈물을 흘리고 두 손을 떨고 있었어요. 그는 보따리에 가락지 빵, 목걸이, 꿀과자 등 온갖 선물들을 꺼내어 바닥에 늘어놓았습니다. 그때 세 살이었던 쿠지카는 주위를 기어 다니며 꿀과자를 집어먹고 있고, 마셴카는 창백한 낯빛으로 페치카 옆에 서서 온몸을 떨며 '난 네 마누라가 아니고 너와 살고 싶지 않다.'고 중얼거리면서 온갖 어리석은 말들을 다 하더군요. 나는 바샤에게 무릎을 꿇고 말했어요. '우린 자네에게 죄를 지었네, 바실리 막시므이치. 제발 용서해 줘!' 그리고 자리에서 일어난 마셴카에게 이렇게 말했죠. '마리야 세묘노브나, 이제 당신은 바실리 막시므이치를 잘 보살피고 봉양해야만 하오. 그리고 유순한 아내가 되시오. 자비로운 남편이 내 죄를 용서할 수 있도록 날 위해 하느님께 기도해 주오.' 마치 천상의 천사로부터 암시라도 받은 것처럼 나는 그녀에게 훈계를 하고 너무 감상적으로 말하다가 한 줄기 눈물을 흘리기까지 했습니다. 이틀쯤 지나서 바샤가 내게 와 이렇게 말했어요. '자네와 아내를 용서하겠네. 그녀는 군인의 아내이고, 젊은 여자야. 자신을 지키기가 힘들지. 이런 일은 그녀가 처음도 아니고 마지막도 아닐 거야. 다만 당신들 사이에 아무 일도 없었던 것처럼 티를 내지 말고 살기를 바라네. 그녀가 날 다시 사랑할 수 있도록 나는 모든 면에서 그녀의 비위를 맞추도록 노력할 거야.' 그는 내게 한 손을 내밀고 차를 마시더니 명랑한 모습으로 돌아갔습니다. 다행히 모든 것이 잘 되어서 나도 기뻤죠. 그러나 바샤가 마당에서 나가자마자 마센카가 왔어요. 진짜 형벌이었습니다. 그녀는 내 목에 매달려 울면서 '제발 날 버리지 마. 너 없이는 살 수 없어.'라고 간청했어요."

"에이, 비열한 여자 같으니!" 쥬쟈가 한숨을 내쉬었다.

"나는 그녀에게 소리를 지르고 발을 구르며 현관으로 끌어낸 뒤 문고리에 자물통을 채웠습니다. 그러고는 '남편에게 가! 사람들 앞에서 날 그만 망신시키고, 하느님을 두려워해!'라고 소리쳤죠. 매일 이런 일이 벌어졌어요. 한번은 아침에 마구간 가까운 문가에 서서 굴레를 고치고 있는데, 갑자기 그녀가 맨발에 치마만 걸치고 쪽문을 통해 마당에 있는 내게 곧장 달려와서 두 손으로 굴레를 잡고 온몸에 타르를 묻힌 채 몸을 부들부들 떨면서 울며불며 말하는 겁니다……. '난 역겨운 사람과 살 수 없어. 그럴 자신이 없어! 네가 날 사랑하지 않으면 차라리 날 죽여!' 나는 화를 내며 굴레로 두어 번 그녀를 내리쳤어요. 이때 바샤가 쪽문으로 뛰어 들어오면서 '때리지 마! 때리지 마!'라고 절망적인 목소리로 외쳤어요. 그는 달려오면서 미친 사람처럼 손을 흔들었고, 있는 힘을 다해 그녀를 주먹으로 쳐서 땅에 넘어뜨리고는 발로 밟아 댔습니다. 내가 말리자 그는 고삐를 집어 들고 고삐로 때리기 시작했어요. 그는 망아지를 패듯 계속 때리면서 '히 히 히' 하고 비명을 질러 댔어요."

"고삐를 집어 들어 그렇게 당신을 때렸다면……." 바르바라가 물러가면서 중얼거렸다. "아낙 하나를 죽여 버렸군, 저 주받을 사람들……."

"조용히 해!" 쥬쟈가 바르바라를 향해 소리쳤다. "암말 같으니!"

"히히히!" 마트베이 사비치가 말을 이었다. "마당에서 마부가 뛰어왔고, 내가 일꾼을 소리쳐 불렀죠. 우리들 셋이서 바샤에게서 마셴카를 떼어 내어 손으로 받쳐 들고 집으로 데려갔습니다. 치욕스런 일이었죠! 그날 저녁에 나는 상황을 알아보려고 가 보았어요. 그녀는 침대에 누워서 온몸을 감싸고 물찜질을 하고 있었죠. 눈과 코만 내놓고 천장을 바라보고 있더군요. 내가 '안녕하오, 마리야 세묘노브나!' 하고 말했지만 그녀는 잠자코 있었어요. 바샤는 다른 방에 앉아서 머리를 부여잡고 울면서 말했어요. '난 악한이야! 인생을 망쳤어! 주여! 죽여 주소서!' 나는 마셴카 옆에 반 시간쯤 앉아서 그녀에게 훈계를 하고 위협도 했습니다. 정의로운 사람들은 저 세상에서 천국에 가고, 그녀는 방탕한 여자들과 함께 불지옥에 떨어질 거라고 말했죠……. 남편에게 대들지 말고 그의 발밑에 엎드려 빌라고도 했어요. 그러나 그녀는 말 한마디 하지 않았고, 눈조차 깜박이지 않더군요. 마치 말뚝에게 말하는 것 같았어요. 다음 날, 바샤가 콜레라에 걸린 것 같았는데 저녁 무렵에 죽었다는 겁니다. 장사를 지냈죠. 마셴카는 공동묘지에 오지 않았고, 뻔뻔스런 자기 얼굴과 멍 자국을 보이고 싶어 하지 않았죠. 곧 사람들 사이에 바샤가 그냥 죽은 게 아니라 마셴카가 그를 죽였다는 말들이 돌았어요. 이 소문을 당국도 알게 되었죠. 바샤의 무덤을 파헤쳐서 그의 배를 가르고 내장을 꺼내어 뱃속에서 비소(砒素)를 찾아냈지요. 사태는 분명했고 확실했습니다. 경찰이 와서 마센카를 잡아갔고, 그녀와 함께 순진무구한 쿠지카도 데려갔어요. 그녀는 감방에 갇혔죠. 경솔한 행동으로 화를 자초한 그녀에게 하느님이 벌을 내린 겁니다……. 여덟 달쯤 지나서 그녀는 재판을 받았어요. 지금도 기억하는데, 수건을 쓰고 하얀 파자마를 입은 그녀가 깡마르고 창백한 낯빛에 날카로운 눈을 하고 긴 의자에 앉아 있었죠. 쳐다보기가 불쌍했습니다. 뒤에서 군인이 총을 들고 있었어요. 그녀는 실토하지 않았습니다. 법정에서 어떤 사람은 그녀가 남편을 독살했다고 했고, 다른 사람은 남편이 괴로워서 음독자살했다고 했어요. 나는 증인으로 불려 나갔습니다. 나는 질문을 받고 모든 것을 양심에 따라 말했어요. 숨길 필요가 없었죠. 그녀는 남편을 사랑하지 않았고, 성격이 강한 여자였습니다……. 아침부터 재판이 시작되었고, 밤이 돼서야 그녀에게 13년 동안 시베리아 감옥형에 처한다는 판결이 내려졌어요. 그 후 마센카는 우리가 사는 마을의 감방에서 3개월쯤 복역했죠. 나는 차와 설탕을 가지고 그녀를 보러 가곤 했어요. 그녀는 나를 보자 온몸을 부들부들 떨고 두 손을 내저으면서 '꺼져! 꺼져!'라고 중얼거리곤 했어요. 내가 쿠지카를 빼앗아 갈까 봐 두려워하는 것처럼 그녀는 아이를 꽉 끌어안았어요. '너는 오래 살 거야! 아, 마샤, 마샤, 타락한 여자 같으니! 너에게 정신 차리라고 했을 때 내 말을 안 듣더니

지금 이렇게 불평하고 있군. 죄를 지었으니 너 자신을 탓해.'
이렇게 훈계를 하자 그녀는 '꺼져! 꺼져!'라고 말하면서 쿠
지카를 안고 벽 쪽으로 바싹 달라붙었어요. 그녀가 우리 마
을에서 현으로 이송될 때 나는 기차역까지 그녀를 배웅하
러 갔다가 영혼의 구원을 위해 1루블을 그녀의 보따리에 쑥
찔러주었죠. 그러나 그녀는 시베리아까지 가지 못했습니
다…… 현에서 열병에 걸려 감방에서 죽고 말았어요."

"개 같은 년은 개처럼 죽어야지." 쥬쟈가 말했다.

"쿠지카는 집으로 되돌아왔어요……. 나는 생각하고 생각
한 끝에 그를 내 집에 데려왔습니다. 어쩌겠어요? 비록 죄인
의 자식이지만 세례를 받은 산 생명이고…… 불쌍하니까요.
나는 쿠지카를 점원으로 만들 겁니다. 그리고 내 자식들이
생기지 않으면 그 애를 상인으로 만들 거예요. 지금은 어디
를 다니든 그 애를 데리고 다니죠. 장사 일에 익숙하게 하려
고요."

마트베이 사비치가 얘기하고 있는 동안 쿠지카는 대문 옆
에 갈대를 깔고 앉아서 두 손으로 머리를 괴고 하늘을 쳐다
보고 있었다. 멀리 어둠 사이로 보이는 그는 작은 나무 그루
터기 같았다.

"쿠지카, 이리 와서 자!" 마트베이 사비치가 쿠지카를 향
해 소리쳤다.

"그래, 이제 잘 시간이군." 자리에서 일어나면서 쥬쟈가
말했다. 그는 큰 소리로 하품을 하고 나서 덧붙여 말했다.
"사람들은 늘 자기 생각대로 살면서 순종하지 않지만, 이렇
게 그분의 뜻대로 되는 거야."

마당 위 하늘에는 벌써 달이 떠다녔다. 달은 빠르게 한쪽
방향으로 흘러갔고, 달 아래 구름은 다른 쪽으로 흘러가고
있었다. 구름은 더 멀리 흘러갔다. 달은 여전히 마당 위에 떠
있었다. 마트베이 사비치는 교회를 향해 기도했고, 편안한
밤을 축원하고 나서 짐수레 근처의 땅 위에 누웠다. 쿠지카
도 기도를 하고 짐수레 안에 누워서 프록코트로 몸을 덮었
다. 더 편안해지려고 자신의 건초 속에 보조개를 짓이기고
몸을 너무 구부리는 바람에 쿠지카의 팔꿈치가 짐수레 바퀴
에 닿았다. 쥬쟈가 아랫방에 촛불을 켜고 안경을 낀 채 책을
들고 구석에 서 있는 모습이 마당에서도 보였다. 그는 오랫
동안 책을 읽으면서 절을 했다.

타곳 손님들은 잠이 들었다. 아파나시예브나와 소피야는
짐수레로 다가와 쿠지카를 바라보기 시작했다.

"고아가 잠을 자네." 노파가 말했다. "깡마른 것이 뼈만 남
았어. 친엄마도 없고, 길을 가면서 누가 이 애를 먹이겠어!"

"아마 내 아들 그리슈트카가 두 살 더 많겠군." 소피야가
말했다. "어미도 없이 공장에서 노예 생활을 하겠지. 아마 공

장 주인이 때릴 거야. 아까 이 애를 봤을 때 나는 그리슈트카를 떠올렸고, 심장의 피가 바싹 말라붙었어."

잠시 침묵이 흘렀다.

"아마 엄마를 기억하지 못하겠지."

"어떻게 기억하겠어요!"

소피야의 두 눈에서 굵은 눈물이 흘러내렸다.

"가락지 모양으로 웅크렸네……." 감동과 연민으로 훌쩍거리다가 웃으면서 소피야가 말했다. "나의 불쌍한 고아!"

쿠지카가 갑자기 몸부림을 치더니 눈을 떴다. 그는 자기 앞에서 주름투성이에다 눈물범벅이 된 못생긴 얼굴을 보았고, 자기 옆에서 이가 없고 뾰족한 턱에 매부리코를 한 노파의 얼굴을 보았다. 그리고 그들 위에서 구름과 달이 떠다니는, 한없이 깊은 하늘을 보고는 깜짝 놀라서 갑자기 비명을 질렀다. 소피야도 비명을 질렀다. 두 사람에게 메아리가 대답했고, 무더운 대기 속에 불안함이 퍼졌다. 경비가 이웃집 문을 두드렸고, 개가 짖어 대기 시작했다. 마트베이 사비치는 잠을 자며 뭐라고 웅얼대면서 다른 쪽으로 돌아누웠다.

쥬쟈도 노파도 이웃집도 경비도 잠든 늦은 밤에 소피야가 대문 밖으로 걸어 나와 긴 의자에 앉았다. 그녀는 마음이 답답했고, 울어서 머리가 아팠다. 거리는 넓고 길었다. 오른편으로 2킬로미터, 왼편으로도 그 정도는 되었다. 끝은 보이지 않았다. 달은 벌써 마당 위를 지나가 교회 뒤에 떠 있었다. 거리의 한쪽은 달빛이 가득했고, 다른 한쪽은 그림자로 거뭇거뭇했다. 포플러와 찌르레기 새집의 긴 그림자가 거리 끝까지 뻗어 있었고, 검고 무시무시한 교회 그림자가 널찍하게 깃들어서 쥬쟈의 대문과 집을 반쯤 덮고 있었다. 인적이 없고 고요했다. 거리의 끝에서 이따금 들릴락 말락 한 음악 소리가 실려 왔다. 아마 알료쉬카가 켜는 손풍금 소리일 것이다.

교회에 딸린 채소밭 주변 그늘 속에서 누군가가 서성이고 있었는데 누군지는 분간할 수 없었다. 사람이나 암소, 아니면 아무도 없는지도 모른다. 그저 커다란 새가 나무들 사이에서 바스락거리는지도 모른다. 그러나 바로 그때, 그늘 속에서 한 형체가 걸어 나오더니 멈춰 서서 남자 목소리로 뭐라고 말한 뒤 교회 부근의 골목으로 사라졌다. 잠시 후, 대문에서 4미터쯤 떨어진 곳에 또 다른 형체가 나타났다. 그 형체는 교회에서 곧장 대문을 향해 걸어오다가 소피야를 보고는 걸음을 멈췄다.

"너, 바르바라 아니야?" 소피야가 물었다.

"그래, 나예요."

바르바라였다. 그녀는 잠시 서 있다가 벤치로 다가와서 앉았다.

"어디 갔다 오는 거야?" 소피야가 물었다.

바르바라는 아무 대답도 하지 않았다.

"설마 젊은 아낙이 나쁜 일을 저지르지는 않았겠지?" 소피야가 말했다. "마셴카가 발과 고삐로 어떻게 얻어터졌는지 들었지? 그런 일이 생기지 않도록 조심하는 게 좋을걸."

"그러라지."

바르바라는 수건으로 입을 막고 웃으면서 속삭였다.

"방금 신부의 아들과 놀았다오."

"헛소리하고 있네."

"정말이에요."

"못써!" 소피야가 속삭였다.

"그랬다고 해…… 뭘 후회하겠어요? 죄를 지었다 쳐도 이렇게 사는 것보단 벼락 맞아 죽는 게 났지. 난 젊고 건강한데 남편은 곱사등이에다 역겹고 엄격한 것이 저주받을 쥬쟈보다도 더 나빠. 처녀로 살면서 빵 한 조각도 제대로 먹지 못하고 맨발로 다니다가 악당들로부터 벗어나서 알료쉬카의 부유함에 홀렸고, 통발에 걸린 물고기처럼 노예 신세가 되었지만, 이 너절한 알료쉬카와 자느니 차라리 독사 같은 놈과 자는 게 더 좋았을 거예요. 형님의 인생은 어때요? 보지나 않았으면 말이나 않지. 형님의 남편 표도르는 형님을 공장에서 시집으로 쫓아 보낸 뒤 다른 여자를 데려왔고, 형님에게서

247

아이를 빼앗아서 노예로 넘겼지요. 형님은 말처럼 죽도록 일하면서도 좋은 소리 한 번 듣지 못했어. 평생 혼자서 근근이 살아가면서 신부의 딸과 놀아 주는 대가로 50코페이카짜리 은전이나 몇 개 받고…… 차라리 동냥을 받는 것이 더 나아. 그리고 우물에 머리를 처박는 게 더 낫지…….”

"못써!" 소피야가 다시 속삭였다.

"그러라지."

교회 뒤편 어딘가에서 다시 슬픈 노래를 부르고 있었다. 전과 똑같은 세 목소리로, 두 명의 테너와 한 명의 베이스였다. 역시 노랫말은 알아들 수 없었다.

"야밤의 노래꾼들……." 바르바라가 웃기 시작했다.

바르바라는 밤마다 신부의 아들과 어떻게 놀았는지, 신부의 아들이 자기에게 무슨 말을 했고, 그에게 어떤 친구들이 있는지, 지나가는 관리들이나 상인들과 어떻게 놀았는지 소곤소곤 얘기하기 시작했다. 슬픈 노래에서 자유로운 인생이 길게 퍼져 나갔다. 소피야는 웃기 시작했다. 바르바라의 얘기를 듣고 있자니 수치스럽기도 하고 무섭기도 하고 달콤하기도 하고 샘나기도 했다. 자기도 젊고 예뻤을 때 죄를 짓지 않은 것이 유감스럽기까지 했다…….

낡은 교회의 경내에서 자정을 알리는 종소리가 들렸다.

"잠자러 가야지." 자리에서 일어나면서 소피야가 말했다.

"안 그러면 우리가 없는 걸 쥬쟈가 알게 될 거야."

두 사람은 조용히 마당 안으로 걸어갔다.

"나는 자리를 뜨는 바람에 그 뒤 마센카에 대해 무슨 얘기를 했는지 못 들었어." 창 밑에 잠자리를 펴면서 바르바라가 말했다.

"감방에서 죽었대. 남편을 독살했고."

바르바라는 소피야 옆에 누워서 잠시 생각하다 말했다.

"내가 알료쉬카를 죽였다면 후회하지 않았을 텐데."

"헛소리 그만하고 잠이나 자!"

소피야가 잠들려고 하는데 바르바라가 그녀에게 바싹 붙어서 귀에 대고 속삭였다.

"쥬쟈와 알료쉬카를 죽입시다!"

소피야는 흠칫 몸을 떨고 아무 말도 하지 않았다. 그러고 나서 뜬 눈을 깜박이지도 않고 오랫동안 하늘만 쳐다보았다.

"사람들이 알게 될걸."

"모를 거예요. 쥬쟈는 이미 늙어서 죽을 때가 됐고, 알료쉬카는 술독에 빠져 죽었다고 할걸요."

"무서워…… 하느님이 벌하실 거야."

"그러라지……."

잠이 오지 않는 두 아낙은 잠자코 생각에 잠겼다.

"추워." 온몸을 떨기 시작하면서 소피야가 말했다. "아마 곧 날이 새겠어…… 자나?"

"아뇨…… 형님은 내 말을 따르지 마오." 바르바라가 속삭이기 시작했다. "그 저주받을 자들을 증오하지만 나도 내가 뭘 말하는지 모르겠어. 자요, 벌써 놀이 지네……. 자요……."

두 아낙은 입을 다물고 마음을 가라앉힌 뒤 곧 잠이 들었다.

노파가 맨 먼저 눈을 떴다. 그녀는 소피야를 깨웠다. 두 아낙은 암소 젖을 짜러 처마 밑으로 갔다. 완전히 술에 취한 곱사등이 알료쉬카가 손풍금을 잃어버린 채 돌아왔다. 무릎과 가슴에 먼지와 짚이 덕지덕지 묻어 있었다. 아마 집에 오다가 넘어진 것 같았다. 그는 몸을 비틀거리며 처마 밑으로 가서 옷도 벗지 않고 큰 썰매 속으로 쓰러지더니 금방 코를 골기 시작했다. 교회의 십자가와 유리창이 벌써 동녘에 떠오른 태양의 선명한 불빛으로 물들고, 마당으로 통하는 이슬 맺힌 풀밭을 따라 몇 그루의 나무와 용두레 그림자가 뻗어 있었다. 이때 마트베이 사비치가 벌떡 일어나 부산을 떨었다.

"쿠지카, 일어나!" 그가 소리쳤다. "마구를 채워야지! 빨리!"

아침의 소동이 시작되었다. 주름 장식의 갈색 원피스를 입은 젊은 유대인 여자가 물을 먹이려고 말을 마당 안으로 데려왔다. 용두레가 애처롭게 삐걱댔고, 물통이 부딪혔다……. 잠에 취해 맥 빠진 모습의 쿠지카가 이슬을 뒤집어쓴 채 짐수레 위에 앉아 느릿느릿 프록코트를 입으면서 우물 속 물통의 철썩거리는 소리에 추위를 느끼며 몸을 잔뜩 웅크렸다.

"아주머니!" 마트베이 사비치가 소피야에게 소리쳤다.

"가서 마구를 채우라고 젊은이에게 말해요."

이때 쥬쟈도 출납구에서 소리쳤다.

"소피야, 유대인 여자한테 물값으로 1코페이카 받아! 나쁜 버릇이 붙었어, 인간쓰레기들 같으니!"

거리에서 양들이 이리저리 뛰어다니며 매애매애 울어 댔다. 아낙들이 목동에게 소리쳤고, 목동은 피리를 불며 채찍을 철썩 내리치거나 묵직하고 목쉰 낮은 목소리로 아낙들에게 대답했다. 양 세 마리가 마당 안으로 뛰어들었다가 대문을 찾지 못하고 울타리를 들이받았다. 요란한 소리에 잠을 깬 바르바라가 침구를 얼싸안고 집 쪽으로 갔다.

"양이라도 내쫓아!" 노파가 바르바라에게 소리쳤다. "마님!"

"마님이라니! 나는 폭군인 당신들을 위해 일하고 있는데." 집 안으로 사라지면서 바르바라가 웅얼거렸다.

짐수레에 기름칠을 하고 말들이 매어졌다. 쥬쟈가 두 손으로 주판을 들고 집에서 나와 현관 계단에 앉더니 숙박과 귀리와 물값으로 얼마를 받아야 할지 주판을 놓기 시작했다.

"할아버지, 귀리값이 비싸요." 마트베이 사비치가 말했다.

"비싸면 사지 마. 우리 상인들은 강요하지 않아."

여행자들이 떠나려고 짐수레 쪽으로 다가갔을 때, 예기치 못한 일이 생겨서 잠시 지체하게 되었다. 쿠지카의 모자가 없어진 것이다.

"야 이놈의 새끼, 모자를 어디에 놨어?" 마트베이 사비치가 화를 내며 소리쳤다. "어디 있는 거야?"

깜짝 놀라서 쿠지카의 얼굴이 일그러졌다. 그는 짐수레 주위를 이리저리 뛰어다녔지만 모자를 찾지 못하고 대문 쪽으로 갔다가 다시 처마 밑으로 갔다. 노파와 소피야가 모자 찾는 걸 도와주었다.

"네놈의 귀를 잘라 버릴 테다!" 마트베이 사비치가 소리쳤다. "이 천하의 등신같은 놈!"

모자는 짐수레 밑바닥에서 발견되었다. 쿠지카는 옷소매로 모자에서 마른풀을 털어 내고 조심스럽게 머리에 썼다. 뒤에서 자기를 칠까 봐 무서워하는 것처럼 그는 여전히 얼굴에 놀란 표정을 띠고 짐수레 속으로 기어 들어갔다. 마트베이 사비치가 성호를 그었고, 젊은이는 고삐를 잡았다. 짐수레가 움직이더니 마당에서 굴러가기 시작했다. (1891년)

사랑에 대하여

다음 날, 아침 식사로 아주 맛있는 만두와 왕새우 그리고 양고기 커틀릿이 나왔다. 모두가 식사하고 있는 동안 요리사 니카노르가 점심으로 뭘 원하는지 손님들에게 물어보려고 위층으로 올라왔다. 그는 뒤룩뒤룩한 얼굴에 눈이 작고 면도를 한 중키의 사내였는데, 면도를 하지 않은 콧수염은 마치 잡아 뜯어 놓은 것 같았다.

알료힌은 아름다운 펠라게야가 이 요리사에게 푹 빠져 있다고 말했다. 요리사가 술꾼인데다 성질이 난폭해서 그녀는 그에게 시집갈 마음은 없었지만 결혼하지 않고 같이 사는 것에는 찬성했다. 그러나 신심이 아주 깊은 그는 종교적 신념 때문에 결혼하지 않고 사는 것에 동의하지 않았다. 그는 자기에게 시집오라고 그녀에게 요구하면서 다른 것은 원하지 않았다. 또 술에 취하면 그녀에게 욕설을 퍼붓고 심지어 때리기까지 했다. 그가 술에 취하면 그녀는 위층에 숨어서 흐느껴 울곤 했다. 그러면 알료힌과 하인들은 필요할 경우 그녀를 보호하려고 집을 떠나지 않았다.

모두들 사랑에 대해 말하기 시작했다.

"사랑은 어떻게 생겨날까요?" 알료힌이 말했다. "왜 펠라게야는 기질이나 외모가 자기와 더 잘 어울리는 다른 누군가를 사랑하지 않고 하필 니카노르 같은 화상 ―우리 집에서는 모두들 그를 화상이라고 부르죠― 을 사랑하게 됐을까요? 사랑에서는 개인의 행복이 중요한 문제니 만큼 이 모든 것은 알 수 없고, 누구든 자기 맘대로 해석할 수 있겠죠. 지금까지 논쟁의 여지가 없는 단 하나의 진실이 있다면, '사랑의 신비는 위대하다'는 겁니다. 사람들이 사랑에 대해 쓰고 이야기했던 다른 모든 것들은 해명이 아니라 오히려 해결되지 않은 문제들을 제기한 것에 불과하죠. 어느 한 경우에 적합해 보이는 설명도 다른 열 가지 경우엔 적합하지 않아요. 내 생각에 가장 좋은 방법은 일반화하려고 애쓰지 말고 각각의 경우를 따로따로 설명하는 겁니다. 의사들이 말하는 것처럼 각각의 경우를 개별화해야만 해요."

"아주 옳은 말씀입니다." 부르킨이 동의했다.

"우리처럼 교양 있는 러시아 인들은 해결되지 않은 이런 문제들에 열중하는 경향이 있어요. 흔히 사람들은 사랑을 시화(詩化)하고 장미나 꾀꼬리로 장식하는데, 우리 러시아 인들은 사랑을 숙명적인 문제들로 장식하죠. 그것도 가장 재미없는 문제를 고르죠. 모스크바에서 내가 아직 대학생이었을 때 아름다운 애인이 있었는데, 그녀는 내 품에 안길 때

마다 내가 그녀에게 돈을 얼마나 줄지, 지금 소고기 1푼트가
얼마인지를 생각했어요. 우리도 별로 다를 것이 없어서 사
랑을 하게 되면 이것이 정당한지 아닌지, 현명한 것인지 어
리석은 것인지, 이 사랑은 앞으로 어떻게 될지 등등을 끊임
없이 자문하곤 하죠. 나는 이런 것이 좋은 건지 나쁜 건지 잘
모르지만, 이것이 사랑을 방해하고 우리를 불만족스럽게 하
며 초조하게 한다는 것은 알죠."

　그는 뭔가 말하고 싶어 하는 것 같았다. 외롭게 사는 사람
들은 기꺼이 이야기하고 싶은 그 무언가가 늘 마음속에 있
기 마련이다. 도시에 사는 독신자들은 그저 잠깐 이야기를
나누려고 일부러 목욕탕이나 레스토랑에 들러서 이따금 목
욕탕 일꾼이나 식당 종업원에게 정말 재미있는 이야기를 들
려주곤 한다. 시골에 사는 독신자들은 보통 자기를 찾아온
손님들 앞에서 마음을 털어놓곤 한다. 지금처럼 창밖에 잿
빛 하늘과 비에 젖은 나무들만 보이는 날씨에는 아무 데도
갈 수 없고, 그저 이야기를 하거나 듣는 것 말고는 아무것도
할 것이 없다.

　"난 소피노에 살면서 이미 오래전부터 농장 일을 돌보고
있습니다." 알료힌이 말문을 열었다. "대학을 졸업하고 나서
부터였죠. 난 육체노동을 좋아하지 않는 사람으로 길러졌고,
기질적으로 탁상공론을 좋아했어요. 이곳에 왔을 때 영지는

저당 잡혀 있었습니다. 아버지가 내 교육에 많은 돈을 쓰셔서 약간 빚을 졌기 때문이었죠. 그래서 나는 그 빚을 다 갚을 때까지 이곳을 뜨지 않고 일하리라 결심했어요. 그 후 나는 여기서 일하기 시작했죠. 솔직히 그다지 내키지는 않았어요. 이곳의 토지는 산출량이 적어요. 그래서 농사일에서 손해 보지 않으려면 농노들이나 일용 농부들의 노동을 이용해야만 해요. 거의 다 마찬가지지만 농부들이 하는 식으로 농지를 경영해야 합니다. 말하자면 가족과 함께 자신이 직접 들에 나가 일해야 해요. 여기에 어중간한 것은 없습니다. 그러나 그때 나는 그런 세세한 것에 신경 쓰지 않았어요. 나는 단 한 평의 땅도 놀리지 않으려고 이웃 마을의 농부들과 아낙들을 모두 끌어모아서 정말 억척스럽게 일했습니다. 나도 땅을 갈고 씨를 뿌리고 풀을 베었어요. 이렇게 일하면서 나는 따분해했고, 배가 고파서 채소밭에서 오이를 훔쳐 먹는 시골 고양이처럼 혐오스럽게 얼굴을 찌푸리기도 했습니다. 몸뚱이가 아팠고, 걸으면서 졸기도 했어요. 처음에는 이런 노동 생활을 나의 문화적 습관과 쉽게 조화시킬 수 있을 것 같았죠. 그러려면 살아가면서 일정한 외적 질서만 지키면 된다고 생각했어요. 나는 위층의 현관방에서 살았고, 아침과 점심을 먹고 나서 리큐어를 넣은 커피를 가져오도록 했으며, 잠자리에 들면서 〈유럽 통보〉를 읽었습니다. 그런데 어느 날, 이반 신부가 와서 단숨에 내 리큐어를 다 마셔 버렸고, 〈유럽 통보〉마저 신부의 딸들이 가져가 버렸어요. 여름에 특히 풀을 베는 동안에 나는 내 방 침대까지 갈 수가 없었어요. 헛간이나 썰매 위, 그것도 아니면 숲 속의 파수막 등 아무 데서나 쓰러져 자곤 했으니까요. 이런 상황에서 무슨 책을 읽을 수 있겠어요! 나는 점차 아래층으로 내려와 하인들의 부엌에서 식사를 하기 시작했죠. 이전의 사치스러운 생활에서 내게 남아 있는 것은 아버지를 위해 일해 왔던 하인들, 잘라 버리면 내 마음이 아플 것 같은 하인들뿐이었습니다.

처음 몇 해 동안 나는 이 지방의 명예 치안판사로 선출되었어요. 이따금 시내로 가서 치안판사 회의나 순회재판소 회의에 참석해야 했는데, 그것은 무척 즐거운 일이었죠. 특히 겨울에 두세 달가량 외출하지 않고 시골에 틀어박혀 지내다 보면 검은 프록코트가 그리워지게 됩니다. 그런데 순회재판소에는 프록코트, 정복, 연미복을 입은 사람들이 많았어요. 모두 제대로 교육을 받은 법률가들로, 그들과 함께 이야기를 나눌 수 있었죠. 썰매에서 잠을 자고 하인들의 부엌에서 식사를 한 후 깨끗한 속옷에 가벼운 단화를 신고 앞가슴에 쇠줄을 늘어뜨린 채 안락의자에 앉는다는 것은 정말 대단한 호사였죠!

시내에서는 사람들이 나를 친절히 맞아 주었고, 나도 그들과 기꺼이 교제했습니다. 그중 가장 친밀하고, 솔직히 가장 유쾌했던 것은 순회재판소 의장인 루가노비치와의 교제였어요. 당신들도 그를 알 겁니다. 참 좋은 사람이죠. 그 유명한 방화 사건이 일어난 직후였어요. 법정 심리가 이틀 동안 계속되어서 우리는 지쳐 있었습니다. 루가노비치가 나를 보며 말했어요.

'자, 어때요? 우리 집으로 식사나 하러 갑시다.'

이것은 뜻밖의 제안이었죠. 왜냐하면 루가노비치와 나는 약간, 그저 공적으로만 알고 있었을 뿐 그의 집에 한 번도 들른 적이 없었기 때문입니다. 나는 옷을 갈아입으려고 잠깐 숙소에 들렀다가 식사를 하러 갔습니다. 바로 거기에서 나는 루가노비치의 아내인 안나 알렉세예브나와 인사할 기회를 가졌어요. 그 당시 그녀는 아직 젊어서 스물두 살밖에 되지 않았고, 반년 전에 태어난 첫아이가 하나 있었어요. 지나간 과거의 일인지라 대체 그녀의 무엇이 그렇게 대단했고 어떤 점이 그토록 내 마음에 들었는지 지금은 뭐라 분명히 말하기 어렵지만, 그때 함께 식사를 하면서 나는 그녀의 일거수일투족에서 지우려야 지울 수 없는 강한 인상을 받았습니다. 나는 지금껏 한 번도 본 적이 없는, 젊고 아름답고 상냥하고 지적이며 매혹적인 여자를 보았던 겁니다. 나는 금방 그녀에게서 친근하고 낯익은 느낌을 받았죠. 마치 언젠가 어린 시절에 어머니의 장롱 위에 놓여 있던 앨범 속에서 그 얼굴, 그 상냥하고 총명한 눈을 보았던 것 같았어요.

방화범 사건에서 네 명의 유대인들이 유죄 판결을 받았는데, 내 생각에 이건 전혀 터무니없는 판결이었어요. 식사를 하는 동안 나는 몹시 흥분했고 마음이 괴로웠는데, 내가 무슨 얘기를 했는지 지금은 기억이 나지 않는군요. 안나 알렉세예브나만이 줄곧 고개를 젓다가 남편에게 이렇게 말했어요.

'드미트리, 어떻게 그런 일이 있을 수 있어요?'

루가노비치는 호인이지만 누구든 재판에 회부된 사람은 죄가 있으며, 판결의 정당성에 대한 의혹은 오직 법적 절차를 밟아 서면으로만 표명해야지 식사 중이나 대화 중에 언급해서는 안 된다는 견해를 갖고 있는 단순한 사람들 중 하나였어요.

'나와 당신이 방화를 한 것이 아니니 우리가 재판을 받거나 감옥에 갈 일은 없을 거요.' 그는 부드럽게 말했습니다.

그들 부부는 내게 더 많이 먹고 마시게 하려고 애를 썼습니다. 몇몇 사소한 일, 예컨대 부부가 함께 커피를 끓인다든지 말을 다 하지 않고도 서로를 이해하는 걸 보고 나는 그들이 화목하고 행복하게 살고 있으며 손님을 반긴다는 것을 알 수 있었어요. 식사 후에 그들은 함께 피아노를 쳤고, 잠시 후 어두워져서 나는 숙소로 돌아왔습니다. 초봄의 일이었어요. 그 후로 나는 여름 내내 아무 데도 가지 않고 소피노에서 지냈고, 시내에 대해 생각할 겨를이 없었어요. 그러나 늘씬한 금발 여인에 대한 추억은 늘 내 마음속에 남아 있었죠. 그녀에 대해 생각하지는 않았지만 그녀의 가벼운 그림자가 이미 내 마음속에 드리워져 있었던 겁니다.

늦가을에 시내에서 자선 공연이 있었습니다. 나는 도지사의 특별석으로 갔어요. (막간에 거기로 와 달라는 부탁을 받았었지요.) 거기서 도지사 부인과 나란히 앉아 있는 안나 알렉세예브나를 보았어요. 또다시 나는 그녀의 미모와 사랑스럽고 부드러운 눈동자를 보고 지우려야 지울 수 없는 강렬한 인상을 받고 친근감을 느꼈어요.

우리는 나란히 앉아 있다가 로비를 서성였습니다.

'많이 여위셨어요.' 그녀가 말했습니다. '어디 편찮으셨나요?'

'어깨 신경통이 있어서 비 오는 날이면 잠을 잘 자지 못해요.'

'기운이 없어 보여요. 봄에 우리 집에 식사하러 오셨을 때는 훨씬 젊고 건강하셨는데……. 그때는 힘이 넘쳤고, 이야기도 많이 하셨고, 참 재미있으셨어요. 고백하는데 당신에게 약간 마음이 끌렸답니다. 왠지 여름 내내 종종 당신 생각이 났어요. 그리고 오늘 극장에 갈 채비를 하면서 어쩐지 당

신을 만날 것 같은 생각이 들더군요.'

이렇게 말하면서 그녀는 웃기 시작했다.

'그런데 오늘은 기운이 없어 보여요.' 그녀는 되풀이하여 말했습니다. '그래선지 나이도 들어 보이고요.'

다음 날, 나는 루가노비치 씨네서 아침 식사를 했습니다. 식사 후에 그들은 월동 준비를 하러 별장으로 떠났는데 나도 함께 갔지요. 나는 그들과 함께 시내로 돌아왔고, 그들의 집에서 조용하고 가족적인 분위기에서 차를 마셨습니다. 그때 벽난로의 불길이 타올랐고, 젊은 엄마는 딸아이가 잘 자고 있는지 살피려고 왔다 갔다 했습니다. 이 일이 있고 나서 나는 시내에 갈 때마다 루가노비치 씨네 집에 들르곤 했죠. 그들은 내게 익숙해졌고, 나도 그들에게 익숙해졌습니다. 보통 나는 그 집 식구처럼 예고도 없이 집에 들어서곤 했어요.

'거기 누구세요?' 멀리 떨어진 방에서 너무나 아름답게 느껴지는 목소리가 들려오곤 했습니다.

'파벨 콘스탄티노비치 씨입니다.' 하녀와 유모가 이렇게 대답하죠.

안나 알렉세예브나는 걱정스런 얼굴로 내게 와서 매번 이렇게 물었어요.

'왜 이렇게 오랫동안 오시지 않았어요? 무슨 일이라도 있었나요?'

263

그녀의 눈길, 내게 내민 우아하고 고결한 손, 그녀의 실내복, 머리 모양, 목소리, 걸음걸이는 언제나 내 생활에 새롭고 신선하며 중요한 어떤 인상을 불러일으켰습니다. 우리는 오랫동안 이야기를 나누다가 각자 자신의 일에 대해 생각하면서 오랫동안 침묵하곤 했죠. 혹은 그녀가 날 위해 피아노를 치기도 했어요. 집에 아무도 없을 때면 나는 거기에 남아 그들을 기다리면서 유모와 이야기를 하거나 아이와 놀아 주기도 하고, 아니면 서재의 터키제 소파에 누워 신문을 읽기도 했습니다. 그러다 안나 알렉세예브나가 돌아오면 나는 현관에서 그녀를 맞이하고, 그녀가 사 가지고 온 물건들을 받아들었죠. 왠지 나는 항상 소년처럼 사랑과 환희로 가득 차서 그 물건들을 집 안으로 나르곤 했어요.

'아낙은 근심거리가 없으면 새끼 돼지를 사들인다.'는 속담이 있죠. 루가노비치 씨네는 근심거리가 없었어요. 그래서 그들은 나와 친해진 겁니다. 내가 오랫동안 시내에 나오지 않으면 그건 내가 아프거나 내게 무슨 일이 일어났다는 것을 의미했으므로 그들 부부는 매우 걱정하곤 했어요. 그들은 여러 언어를 아는 교양인인 내가 학문이나 문학에 종사하지 않고 시골에 틀어박힌 채 동분서주하며 일은 많이 하는데 돈은 벌지 못한다고 늘 걱정하곤 했습니다. 그들은 내가 고통을 겪고 있으며, 내가 말하고 웃고 먹는 것도 다 나의 고통을 감추기 위해 그러는 거라고 생각했어요. 심지어 기분이 좋은 즐거운 순간에도 나는 그들의 탐색하는 듯한 눈길을 느끼곤 했죠. 그들은 실제로 내가 힘든 일을 당할 때나 어떤 채권자가 나를 핍박할 때 혹은 급히 지불할 돈을 마련하지 못했을 때 특히 안쓰러워했습니다. 부부는 창가에서 소곤거리다가 남편이 내게로 와서 진지한 표정으로 이렇게 말하곤 했어요.

'파벨 콘스탄티노비치, 지금 돈이 필요하다면 사양하지 마시고 우리에게서 빌려 가길 나와 아내는 바랍니다.'

그러고 나서 그의 귀는 흥분으로 빨갛게 물들곤 했어요. 그리고 부부가 창가에서 똑같은 방식으로 소곤거리다 남편이 귀가 빨개져서 내게로 와서 이렇게 말하기도 했습니다.

'나와 아내는 이 선물을 받아 주시길 간청합니다.'

그러면서 장식용 단추, 담배 케이스나 램프를 주곤 했어요. 나도 그 답례로 시골에서 잡은 새, 버터, 꽃을 그들에게 보냈습니다. 그런데 그들은 둘 다 재산이 많았어요. 처음에 나는 자주 돈을 빌렸고, 내 성격이 그다지 까다롭지 않아서 빌릴 수 있는 곳이면 어디든 가리지 않고 빌려 썼지만 루가노비치 부부에게서는 무슨 일이 있어도 빌리지 않으려고 했죠. 그런데 왜 이런 얘길 하는지 모르겠군요!

나는 불행했습니다. 집에서도 들에서도 헛간에서도 나는

그녀 생각만 했어요. 나는 거의 노인이나 다름없는(그녀의 남편은 마흔 살이 넘었습니다.) 재미없는 남자와 결혼하여 그의 아이까지 낳은, 젊고 아름답고 총명한 여인의 비밀을 이해하려고 노력했습니다. 그리고 따분하고 상식적으로 생각하며 재미없고 선량하며 어수룩한 남자, 무도회나 야회(夜會)에서 위엄 있는 사람들 곁에 서서 온순하고 무관심한 표정을 짓는 활기 없고 불필요한 듯한 남자, 마치 팔려고 데려온 듯한 남자, 그러나 자기에겐 행복해질 권리가 있고 그녀에게서 아이를 가질 권리가 있다고 믿는 남자의 비밀을 이해하려고 노력했습니다. 나는 그녀가 왜 내가 아닌 그를 만났고, 왜 우리의 인생에서 이처럼 무서운 실수가 일어났는지 알아내려고 애썼습니다.

시내에 갈 때마다 나는 그녀의 눈을 보고 그녀가 날 기다렸다는 것을 알 수 있었죠. 벌써 아침부터 어떤 특별한 느낌이 들어서 내가 올 것을 예감했다고 그녀 자신이 고백하기도 했어요. 우리는 오랫동안 이야기하거나 침묵하기도 했지만 우리의 사랑을 서로에게 고백하지는 않았고 소심하게 열심히 사랑을 감추었습니다. 우리는 우리의 비밀을 우리 자신에게 드러낼지도 모르는 모든 것을 두려워했죠. 나는 다정하고 깊이 그녀를 사랑했어요. 그러나 만일 이 사랑과 대항하여 싸울 힘이 우리에게 부족하다면 우리의 사랑이 앞으로 어떻게 될지 나는 깊이 생각하고 자문하곤 했죠. 조용하고 슬픈 내 사랑이 그녀의 남편과 아이들, 나를 너무나 사랑하고 믿는 이 집의 모든 사람들의 행복한 일상을 갑자기 잔혹하게 깨 버릴 것 같지는 않았어요. 우리의 사랑은 과연 정당한가? 그녀가 나를 따라온다면 어디로 가지? 내가 그녀를 어디로 데려갈 수 있을까? 만일 내가 멋지고 재미있게 살고 있다면, 예컨대 조국의 해방을 위해 투쟁하는 사람이거나 저명한 학자, 배우, 화가라면 또 모른다. 그러나 희망도 즐거움도 없는 평범하고 단조로운 환경에서 똑같이 평범한 다른 환경이나 더욱더 단조로운 환경으로 그녀를 데리고 가야 할지도 모르지 않는가? 그리고 우리의 행복은 얼마나 오랫동안 지속될까? 내가 병들거나 죽으면, 혹은 정말로 우리의 사랑이 식어 버리면 도대체 그녀에게 무슨 일이 생길까? 나는 늘 이런 생각을 했는데 아마 그녀도 이와 비슷한 생각을 했을 겁니다. 그녀는 남편, 아이들 그리고 사위를 아들처럼 사랑하는 자기 어머니에 대한 생각을 했겠죠. 만약 그녀가 자신의 감정에 빠졌다면 진실이든 거짓이든 말해야만 했을 테죠. 그녀의 입장에선 어느 경우든 똑같이 무섭고 불편했을 겁니다. 그리고 그녀의 사랑이 내게 행복을 가져다줄지, 안 그래도 힘들고 온갖 불행으로 가득 찬 내 인생을 더욱 복잡하게 할지도 모른다는 생각에 그녀는 괴로워했습니다. 그녀

는 자신이 나에 비해 그다지 젊지도 않고, 새로운 생활을 시
작하기엔 그다지 부지런하거나 활기차지도 않다고 생각했
어요. 내가 훌륭한 주부이자 내조자가 될 수 있는 영리하고
아름다운 처녀와 결혼해야 한다고 그녀는 남편과 말하곤 했
어요. 그러나 그녀는 곧 시내를 다 뒤져도 그런 처녀를 찾지
못할 거라고 덧붙이곤 했습니다.

그러는 사이에 세월은 흘러갔습니다. 안나 알렉세예브나
에겐 벌써 아이가 둘이나 있었어요. 내가 루가노비치 씨네
집에 가면 하녀는 공손히 미소를 띠었고, 아이들은 파벨 콘
스탄티노비치 아저씨가 오셨다고 외치며 내 목에 매달리
곤 했어요. 모두가 즐거워했죠. 그들은 내 마음속에 어떤 일
이 일어났는지 몰랐고, 나 역시 즐거워하고 있다고 생각했
습니다. 모두들 나를 고결한 사람이라고 생각했죠. 어른들
도 아이들도 고결한 사람이 방 안을 서성이고 있다고 느꼈
고, 이것은 그들의 나에 대한 태도에 어떤 특별한 매력을 부
여했습니다. 마치 내가 있어서 그들의 생활이 더욱 맑아지
고 아름다워졌다고 생각하는 것 같았어요. 나와 안나 알렉
세예브나는 함께 극장에 다니곤 했는데 그때마다 걸어서 갔
습니다. 우리는 어깨를 맞대고 1층 정면 일등석에 나란히 앉
곤 했어요. 나는 그녀의 손에서 말없이 오페라글라스를 받
아 들었는데, 이럴 때면 '그녀가 내 가까이 있다.', '그녀는

내 여자다.', '우리는 상대방이 없이는 살 수 없다.'고 느꼈
어요. 그러나 어떤 이상한 오해로 우리는 극장을 나오면서
매번 작별 인사를 하고 남남처럼 헤어졌습니다. 시내에서
이미 우리에 대해 이러쿵저러쿵 말들이 많았지만 그건 전혀
사실이 아니었어요.

요 몇 년 동안 안나 알렉세예브나는 더욱 자주 어머니나
언니한테 다녀오곤 했습니다. 그녀는 이미 우울증을 앓고
있었고, 자기 인생이 불만족스럽고 망가졌다고 느꼈어요. 그
리고 남편도 아이들도 보고 싶어 하지 않았죠. 그녀는 이미
신경쇠약 치료를 받고 있었어요.

우리는 침묵하고 계속 침묵했지만 사람들 앞에서 그녀는
내게 맞서 이상하게 화를 내곤 했어요. 내가 무슨 말을 하건
그녀는 내 말에 동의하지 않았고, 내가 누구와 논쟁을 벌이
면 내 적수의 편을 들었습니다. 내가 무엇을 떨어뜨리면 그
녀는 싸늘하게 '축하해요.'라고 말했죠.

그녀와 극장에 가면서 내가 오페라글라스를 가져가는 걸
잊기라도 하면 그녀는 잠시 후 이렇게 말했어요.

'당신이 잊어버릴 줄 알았어요.'

다행인지 불행인지 우리 인생에는 이르든지 늦든지 간에
끝나지 않는 것은 아무것도 없습니다. 우리에게 이별의 시
간이 다가왔어요. 루가노비치가 서쪽에 있는 어떤 도(都)의

의장으로 임명되었기 때문이죠. 가구와 말, 별장을 팔아야
했어요. 별장에 갔다 돌아오면서 마지막으로 정원과 초록색
지붕을 보려고 뒤돌아섰을 때 모두가 슬픔에 잠겼습니다.
나는 별장하고만 헤어지는 것이 아님을 깨달았어요. 의사의
권고대로 8월 말에 안나 알렉세예브나를 요양차 크림반도
로 보내고, 얼마 후에 루가노비치는 아이들을 데리고 서부
지방으로 떠나기로 했습니다.

　우리는 모두 함께 안나 알렉세예브나를 전송했습니다. 그
녀가 이미 남편과 아이들과 작별 인사를 하고, 세 번째 종이
울리기까지 아주 짧은 시간만 남았을 때 나는 그녀가 하마
터면 잊고 떠날 뻔했던 여행 바구니 하나를 선반에 올려 주
기 위해 그녀의 칸막이 객실로 뛰어 들어갔습니다. 이제 작
별 인사를 해야만 했어요. 칸막이 객실에서 우리의 눈길이
마주쳤을 때 우리는 더 이상 참을 수가 없었어요. 나는 그녀
를 껴안았고, 그녀는 내 가슴에 얼굴을 파묻었어요. 눈에서
눈물이 하염없이 흘러내렸습니다. 그녀의 얼굴, 어깨, 눈물
에 젖은 손에 입맞춤을 하면서 ―오, 나와 그녀는 얼마나 불
행했던가!― 나는 그녀에게 사랑을 고백했습니다. 그리고
마음속에 쓰라린 고통을 느끼며 우리의 사랑을 방해한 모든
것이 얼마나 쓰잘 데 없고, 하찮고, 거짓된 것이었는지 깨달
았지요. 사랑을 할 때는 그 사랑을 논하면서 일반적인 의미

의 죄나 선, 행복이나 불행보다 더 중요하고 가장 높은 것에서 출발해야만 하고, 그렇지 않으면 절대 논해서는 안 된다는 것을 나는 깨달았습니다.

나는 마지막으로 입맞춤하고 그녀의 손을 꼭 쥐었죠. 그리고 우리는 영원히 헤어졌습니다. 기차는 이미 가고 있었어요. 나는 옆 객실에 앉아서 ―그곳은 비어 있었습니다― 다음 역에 닿을 때까지 내내 흐느껴 울었습니다. 그러고 나서 소피노에 있는 집으로 걸어서 갔지요⋯⋯."

알료힌이 이야기하는 사이에 비가 그치고 해가 얼굴을 내밀었다. 부르킨과 이반 이바느이치는 발코니로 나갔다. 발코니에서는 정원과 햇빛을 받아 거울처럼 빛나는 넓은 수역의 경치가 아름답게 보였다. 그들은 넋을 잃고 경치를 바라보면서 자기들에게 아주 솔직하게 이야기를 해 준 선하고 영리한 눈을 가진 이 남자가 학문이나 자기 인생을 더 즐겁게 해 줄 수 있는 일에 종사하지 않고 괜히 동분서주하며 이 드넓은 영지에 틀어박혀 사는 것을 안타까워했다. 그리고 그가 칸막이 객실에서 그녀와 헤어지면서 그녀의 얼굴과 어깨에 키스했을 때 그 젊은 부인이 얼마나 슬픈 얼굴을 했을지 생각했다. 그들은 둘 다 시내에서 그녀를 만난 적이 있었고, 심지어 부르킨은 그녀와 아는 사이로 그녀가 아름답다고 생각해 왔던 것이다. (1898년)

271

개를 데리고 다니는 부인

해변에 새 얼굴, 개를 데리고 다니는 부인이 나타났다고 말들 했다. 벌써 2주일 동안 얄타에서 지내면서 이곳에 익숙해진 드미트리 드미트리치 구로프도 새 얼굴들에 흥미를 갖기 시작했다. 그는 베르나의 야외 카페에 앉아서 해변을 따라 걸어가는 젊은 부인을 보았다. 키가 그리 크지 않은 금발의 부인으로 베레모를 쓰고 있었다. 하얀 스피츠 한 마리가 그녀의 뒤를 따라가고 있었다.

그 후에도 그는 시립공원과 작은 공원에서 하루에 몇 번씩 그녀와 우연히 마주치곤 했다. 그녀는 언제나 똑같은 베레모를 쓰고 혼자 산책을 했고, 하얀 스피츠를 데리고 다녔다. 아무도 그녀가 누군지 알지 못했다. 그녀는 그저 '개를 데리고 다니는 부인'으로 불렸다.

'그녀가 남편이나 친구 없이 여기에 와 있다면 그녀와 알고 지내는 것도 나쁘지는 않을 거야.' 구로프는 생각했다.

그는 아직 마흔이 되지 않았지만 벌써 열두 살짜리 딸 하나와 중학생 아들 둘이 있었다. 그는 아직 대학교 2학년 때 일찍 결혼했는데, 지금은 아내가 그보다 한 배 반은 더 나이

275

들어 보였다. 아내는 짙은 눈썹에 키가 크고 직설적이며 거만하고 듬직했는데, 자칭 사색가였다. 그녀는 책을 많이 읽었고, 편지에서 경음부호[1]를 쓰지 않았으며, 남편을 드미트리가 아니라 지미트리라고 불렀다. 그는 은근히 아내를 어리석고 속이 좁고 촌스럽다고 생각했으며, 그녀를 두려워하여 집에 있기를 싫어했다. 그는 이미 오래전부터 아내를 배신하기 시작했으며, 종종 바람을 피우곤 했다. 아마 그래서 그런지 그는 여자들에 대해 거의 언제나 나쁘게 말했다. 그가 있는 자리에서 여자들에 대한 이야기가 나오면 그는 여자들을 이렇게 부르곤 했다.

"저급한 인종!"

그는 여자들을 마음 내키는 대로 부를 만큼 쓰디쓴 경험을 충분히 했다고 여겼지만 '저급한 인종' 없이는 단 이틀도 살 수 없었다. 남자들의 모임에서 그는 따분하고 기분이 좋지 않았으며, 남자들과는 별로 말도 하지 않았고 냉담했다. 그러나 여자들과 함께 있을 때 그는 자유를 느꼈고, 여자들과는 무슨 말을 하고 어떻게 행동해야 할지 알았다. 심지어 여자들과 아무 말을 하지 않더라도 마음이 편했다. 그의 외모와 성격, 기질에는 뭔지 모를 매력적인 것이 있었는데 그것

---

1) 볼셰비키혁명 이후 개정 철자법이 도입되기 전에 경자음으로 끝나는 단어의 끝에 경음부호(ъ)를 써야만 했다. 어떤 사람들은 이 규칙을 무시하고 개인 서신에서 경음부호를 쓰지 않았다.

이 여자들의 마음을 끌고 유혹했다. 그도 이 점에 대해 알고 있었는데, 그 역시 어떤 힘에 의해 여자들에게 이끌렸다.

몇 번의 경험, 정말로 쓰디쓴 경험을 통해 그는 모든 남녀 사이의 친교가 처음엔 생활에 아주 유쾌한 변화를 가져다주고 정겹고 가벼운 모험으로 생각되지만 점잖은 사람들, 특히 동작이 굼뜨고 우유부단한 모스크바 인들의 경우엔 반드시 아주 복잡하고 커다란 문제로 발전하고, 결국 곤란한 상태에 빠진다는 것을 배웠다. 그러나 매력적인 여자와 새로 만날 때마다 쓰디쓴 경험은 이상하게도 슬그머니 기억에서 사라졌고, 그저 즐겁게 살고 싶었고, 모든 것이 단순하고 재미있게 보였다.

어느 날 저녁 무렵에 그가 정원에서 식사를 하고 있는데 베레모를 쓴 그 부인이 옆 테이블에 앉으려고 천천히 다가왔다. 그녀의 표정, 걸음걸이, 옷차림, 머리 모양으로 보아 그녀는 예절 바른 계층 출신이고, 결혼했으며, 얄타에는 처음인데 혼자 왔고, 여기서 따분하게 지내고 있다는 것을 알 수 있었다……. 이 지방이 풍기문란하다는 이야기는 대부분 사실이 아니라서 그는 그런 이야기를 경멸했고, 대개 그런 이야기는 할 수만 있다면 기꺼이 불륜을 저지르고 싶어 하는 사람들이 지어낸 것임을 알고 있었다. 그러나 그 부인이 서너 걸음 떨어진 옆 테이블에 앉자 그는 쉽게 여자를 유혹하여 산속으로 여행을 떠나는 이야기들을 떠올렸다. 그리고 신속하고 순간적인 관계라든가 이름도 성도 모르는 미지의 여인과의 로맨스에 대한 유혹적인 상념에 사로잡혔다.

그는 부드럽게 손짓으로 스피츠를 불렀고, 개가 다가오자 손가락으로 위협했다. 스피츠는 으르렁대기 시작했다. 구로프가 다시 개를 위협했다.

부인은 그를 한 번 쳐다보더니 이내 눈을 내리떴다.

"물지 않아요." 이렇게 말하고 그녀는 얼굴을 붉혔다.

"뼈를 줘도 되나요?" 그녀가 괜찮다고 고개를 끄덕이자 그는 부드럽게 물었다.

"얄타에 오신 지 오래되었나요?"

"닷새쯤 되었어요."

"나는 여기서 지낸 지 벌써 2주째랍니다."

잠시 침묵이 흘렀다.

"시간은 빠르게 지나가는데 이곳은 정말 지루해요!" 그녀가 그를 보지 않고 말했다.

"보통 이곳이 지루하다고 말들 하죠. 벨료프나 쥐즈드라² 같은 곳에서 살면서 지루해하지 않던 사람도 여기에 오면 '아, 지루해! 아, 이 먼지투성이!'라고 말합니다. 그라나다³에서

---

2) 중부 러시아의 작은 도시들.
3) 스페인 안달루시아 지역의 유명한 관광 도시. 19세기에 러시아 인들은 그라나다와 스페인을 낭만적이고 이국적이며 신비로운 곳과 동일시했다.

278

온 것처럼 말이죠."

그녀가 웃었다. 그러고 나서 두 사람은 모르는 사람들처럼 말없이 식사를 계속했다. 식사 후에 그들은 나란히 걸으면서 행선지나 화제에 구애받지 않는 자유롭고 만족한 사람들처럼 가벼운 농담을 하기 시작했다. 그들은 산책하면서 이상한 빛을 띠고 있는 바다에 대해 이야기했다. 아주 부드럽고 따뜻한 보랏빛 바닷물 위로 달이 금빛 띠를 드리우고 있었다. 그들은 뜨거운 해가 졌는데도 몹시 무덥다는 얘기를 했다. 구로프는 자기가 모스크바 출신이며, 인문학을 공부했지만 은행에서 일하고 있다고 말했다. 한때 사립 오페라단에서 가수가 되려고 준비했으나 그만두었고, 모스크바에 집이 두 채 있다는 얘기도 했다. 그는 그녀로부터 그녀가 페테르부르크에서 자랐고, S시로 시집가서 그곳에서 벌써 2년째 살고 있으며, 앞으로 한 달쯤 얄타에 더 머무를 거고, 역시 휴식을 원하는 남편도 이곳에 올지 모른다는 사실을 알았다. 그녀는 남편이 어디에서 근무하는지, 즉 도청(道廳)인지 도의회인지 설명할 수 없자 그녀 자신도 우스워했다. 구로프는 그녀의 이름이 안나 세르게예브나라는 것도 알아냈다.

그 후 자기 호텔 방으로 돌아온 그는 그녀를 떠올리면서 아마 내일도 그녀와 만나게 될 거라고 생각했다. 반드시 그럴 것이다. 잠자리에 들면서 그는 그녀가 바로 얼마 전까지만 해도 여대생이었고, 지금 자기 딸처럼 공부했을 거라는 생각을 했다. 그리고 그녀가 웃거나 낯선 사람과 대화할 때 여전히 소심하고 어색해하던 모습을 떠올렸다. 분명 그녀는 난생 처음 혼자서 이런 상황, 예컨대 사람들이 뒤따라오면서 그녀를 쳐다보고 그녀가 짐작조차 할 수 없는 어떤 은밀한 목적을 가지고 그녀에게 말을 걸어오는 상황에 처했을 것이다. 그는 그녀의 가늘고 연약한 목과 아름다운 회색 눈동자를 떠올렸다.

'어쨌거나 그 여자에겐 뭔가 애련한 데가 있어.' 이렇게 생각하고 나서 그는 잠이 들었다.

2

서로 알게 된 지 한 주일이 흘렀다. 휴일이었다. 방 안은 무더웠고, 거리에는 회오리바람이 불어 먼지가 일고 모자가 벗겨졌다. 하루 종일 목이 말라서 구로프는 자주 카페에 들락거렸고, 안나 세르게예브나에게 시럽을 탄 물이나 아이스크림을 권했다. 어디에도 몸을 둘 곳이 없었다.

저녁이 되어 바람이 좀 잦아들자 그들은 배가 들어오는 것을 보려고 방파제로 나갔다. 부두에는 많은 사람들이 산책을 하고 있었다. 그들은 꽃다발을 들고 누군가를 마중하려고 모여 있었다. 옷을 잘 차려입은 얄타 사람들의 두 가지 특징이 특히 눈에 띠었는데, 나이가 지긋한 부인들은 젊은이들처럼 옷을 입고 있었고 장군들이 많았다.

바다에 파도가 심해서 배는 이미 해가 진 뒤 늦게 도착했다. 게다가 부두에 배를 대기 전에 배의 방향을 돌리는 데 오랜 시간이 걸렸다. 안나 세르게예브나는 마치 아는 사람이라도 찾는 것처럼 오페라글라스로 배와 승객들을 바라보다가 구로프를 바라볼 때면 눈이 빛났다. 그녀는 말이 많았고 짤막한 질문을 했는데, 그녀 자신도 뭘 물었는지 금방 잊어버렸다. 그러다가 인파 속에서 오페라글라스를 잃어버렸다.

옷을 잘 차려입은 군중들이 흩어졌고 벌써 사람들이 보이지 않았다. 바람도 완전히 잦아들었다. 구로프와 안나 세르게예브나는 아직 배에서 내리지 않은 누군가를 기다리는 듯 계속 서 있었다. 안나 세르게예브나는 입을 다문 채 구로프를 바라보지 않고 꽃향기를 맡고 있었다.

"저녁이 되니까 날씨가 좀 좋아졌군요." 그가 말했다. "이제 어디로 간다? 어디 드라이브라도 할까요?"

그녀는 아무 대답도 하지 않았다.

그는 그녀를 유심히 바라보다가 별안간 그녀를 껴안고 입술에 키스를 했다. 물기 머금은 꽃향기가 느껴졌다. 금방 그는 누가 보지 않았는지 소심하게 주변을 둘러보았다.

"당신 숙소로 갑시다……." 그가 조용히 말했다.

그리고 두 사람은 빠르게 걸었다.

그녀의 호텔 방은 무더웠고, 그녀가 일본 상점에서 산 향수 냄새가 났다. 구로프는 그 순간 그녀를 바라보며 '살다 보니 이런 만남도 다 있군!' 하고 생각했다. 그는 과거에 만난 여자들에 대한 추억을 간직하고 있었다. 사랑 때문에 즐거워하고 비록 짧았지만 행복했다며 그에게 고마워한 편안하고 착한 여자들이 있었다. 그런가 하면 그의 아내처럼 진실성이 없고 지나치게 말이 많고 가식적이며 히스테리를 부리면서 이건 사랑이나 열정이 아닌 뭔가 더 의미 있는 것이라도 되는 것처럼 말하는 여자들도 있었다. 그리고 매우 아름답지만 차가운 성격에 별안간 탐욕스런 표정을 띠고 삶이 줄 수 있는 것보다 더 많은 것을 삶에서 얻어 내고 집요하게 낚아채려고 했던 두세 명의 여자들도 있었다. 그들은 이미 젊지도 않고 변덕스러운데다 분별력이 없고 고압적이며 멍청한 여자들이었다. 그녀들에 대한 사랑이 식어 버리자 그녀들의 미모는 오히려 그에게 혐오감을 불러일으켰고, 심지어 그들의 속옷 레이스도 생선 비늘처럼 느껴졌다.

그러나 지금은 서툴고 경험 없는 젊은 여자의 소심함과 어색한 감정만 있을 뿐이다. 그래서 마치 누군가 갑자기 문을 두드린 것처럼 황당한 느낌이 들었다. 안나 세르게예브나,

이 '개를 데리고 다니는 부인'은 이미 일어난 일을 어쩐지 특별하고 매우 심각하게 대했으며, 마치 자신을 타락한 여자로 생각하는 것 같았다. 그것은 이상하고 어색했다. 그녀의 모습은 맥이 풀리고 풀이 죽어 있었으며, 얼굴 양옆으로 긴 머리카락이 애처롭게 흘러내리고 있었다. 기운 없는 자세로 생각에 잠겨 있는 모습은 마치 옛날 그림에 나오는 죄지은 여자 같았다.

"나빠요." 그녀가 말했다. "당신은 이제 저를 존중하지 않는 첫 번째 사람이 되었군요."

호텔 방의 테이블 위에 수박이 놓여 있었다. 구로프는 한 조각을 잘라서 천천히 먹기 시작했다. 침묵 속에서 적어도 반 시간이 지났다.

안나 세르게예브나는 애처로워 보였고, 그녀에게서 착실하고 순진하며 세상 경험이 많지 않은 여인의 청순함이 느껴졌다. 테이블 위에서 타고 있던 촛불 하나가 그녀의 얼굴을 희미하게 비추었다. 그녀의 마음이 무거워 보였다.

"왜 내가 당신을 더 이상 존중하지 않는다는 거죠?" 구로프가 물었다. "당신은 자신이 무슨 말을 하고 있는지 모르고 있소."

"하느님, 저를 용서해 주세요!" 두 눈에 눈물을 가득 머금고 그녀가 말했다. "무서워요."

"당신은 마치 자신을 변명하는 것 같군."

"제가 어떻게 변명할 수 있겠어요? 저는 더럽고 비열한 여자예요. 저 자신을 경멸할 뿐 변명할 생각은 없어요. 남편을 속인 게 아니라 나 자신을 속였어요. 지금 이 순간뿐만 아니라 이미 오래전부터 속여 왔어요. 제 남편은 정직하고 좋은 사람일지 몰라도 하인에 불과해요! 그 사람이 거기에서 무슨 일을 어떻게 하는지 몰라요. 그 사람이 하인이라는 사실만을 알아요. 시집갔을 때 스무 살이었는데, 저는 호기심으로 괴로워했고 더 나은 뭔가를 원했어요. '그래, 다른 삶이 있을 거야.' 난 자신에게 말하곤 했죠. 살고 싶었어요! 제대로 살고 싶었어요……. 저는 호기심에 불타올랐죠……. 당신은 이해하지 못하시겠지만 하느님께 맹세코 나는 이미 자신을 통제할 수 없었어요. 내게 무슨 일이 생겼던 거죠. 나 자신을 주체할 수 없었어요. 그래서 남편에게 몸이 아프다고 말하고 이곳에 왔어요……. 여기서도 열에 들뜬 것처럼 마치 미친 여자처럼 내내 돌아다녔죠……. 이제 나는 누구나 경멸하는 저속하고 쓸모없는 여자가 되고 말았어요."

구로프는 벌써 여자의 말을 듣는 것이 지루했다. 그녀의 순진한 어투와 때와 장소에 맞지 않는 갑작스런 참회가 그를 짜증나게 했다. 그녀의 눈에 눈물이 고여 있지 않다면 그녀가 농담을 하거나 연기를 한다고 생각했을 것이다.

284

"당신이 뭘 원하는지 이해할 수 없군." 그가 나지막하게 말했다.

그녀는 그의 가슴에 얼굴을 묻고 그에게 바싹 달라붙었다.

"믿어 줘요. 저를 믿어 줘요. 제발……." 그녀가 말했다. "나는 정직하고 깨끗한 생활이 좋아요. 죄짓는 건 싫어요. 내가 지금 뭘 하고 있는지 모르겠어요. 흔히 사람들이 '귀신에게 홀렸다.'고 말하는데 내가 지금 귀신에게 홀렸다고 말할 수 있어요."

"그만, 그만 됐소……." 그가 웅얼거렸다.

그는 겁에 질려 움직이지 않는 그녀의 눈동자를 바라보고, 그녀에게 입을 맞추며 조용하고 부드럽게 말했다. 그녀는 조금씩 안정을 찾았고 다시 즐거워했다. 이윽고 두 사람은 소리 내어 웃기 시작했다.

잠시 후 그들이 밖으로 나왔을 때 해변에는 사람 그림자 하나 없었고, 삼나무로 둘러싸인 시내는 쥐 죽은 듯 조용했다. 그러나 바다에선 여전히 파도가 철썩이며 해안에 부딪히고 있었다. 고기잡이 배 한 척이 물결에 흔들렸고, 그 위에서 작은 등불이 졸린 듯 깜박이고 있었다.

그들은 마차를 잡아타고 오레안다⁴로 향했다.

"나는 조금 전 아래층 현관에서 당신의 성을 알아냈소. 칠

---

4) 얄타에서 6킬로미터쯤 떨어진 해안 도시로, 차르의 여름 별장이 있었다.

판에 폰 디데리츠라고 쓰여 있더군." 구로프가 말했다. "남편이 독일인이오?"

"아뇨. 아마 그 사람 할아버지가 독일인이었고, 그 사람은 정교 신자예요."

오레안다에서 두 사람은 교회에서 멀지 않은 벤치에 앉아 바다를 내려다보며 잠자코 있었다. 멀리 아침 안개 사이로 얄타가 희미하게 보였고, 하얀 구름이 산봉우리에 걸려 움직이지 않았다. 나뭇잎들은 미동조차 하지 않았고, 매미가 울고 있었다. 멀리 아래에서 들려오는 단조롭고 흐릿한 파도 소리는 우리를 기다리고 있는 안식과 영면을 말하고 있었다. 여기에 얄타도 오레안다도 없었던 때에도 밑에서는 파도 소리가 철썩거렸고, 지금도 철썩이고 있고, 우리가 죽은 뒤에도 똑같이 무심하고 흐릿하게 철썩일 것이다. 그리고 이 불변성 속에, 우리들 각자의 삶과 죽음에 대한 완전한 무관심 속에 어쩌면 우리의 영원한 구원의 증거, 이 지상에서 끊임없는 완성을 향해 부단히 움직이는 삶의 증거가 숨어 있는지도 모른다. 새벽빛을 받아 더욱 아름다워 보이는 젊은 여자와 나란히 앉아서 바다와 산과 구름과 드넓은 하늘이 늘어선 동화 같은 풍광을 바라보며 마음이 편안하고 황홀해진 구로프는 이런 생각을 했다. '곰곰이 생각해 보면 우리가 존재의 고상한 목적이나 인간 자신의 존엄성에 대해 잊어버릴 때 우리 자신이 생각하고 행하는 것을 제외한 모든 것, 즉 이 세상의 모든 것은 본질적으로 아름다운 것이다.'

아마 경비원인 듯한 어떤 남자가 다가오더니 그들을 보고 가 버렸다. 이러한 사소한 일도 아주 신비롭고 아름답게 보였다.

아침노을이 밝게 빛나고 이미 등불을 끈 배 한 척이 페오도시야⁵에서 도착한 것이 보였다.

"풀잎에 이슬이 맺혔어요." 침묵을 깨며 안나 세르게예브나가 말했다.

"그렇군. 돌아갈 시간이오."

그들은 시내로 돌아왔다.

그 후로 그들은 매일 정오에 해변에서 만나 함께 점심을 먹고 저녁 식사도 하고, 산책을 하거나 황홀하게 바다를 바라보기도 했다. 그녀는 잠을 잘 못 잤다느니 심장이 불안하게 뛴다느니 불평을 해 댔고, 때론 질투로 때론 두려움으로 불안해져서 그가 그녀를 충분히 존중하지 않는 것 아니냐며 항상 똑같은 질문을 퍼붓곤 했다. 종종 그는 소공원이나 정원에서 근처에 사람이 없을 때 갑자기 그녀를 끌어안고 열정적으로 입맞춤을 했다. 완전히 무위도식하면서 행여 누가

---

5) 크림반도의 남동쪽에 위치한 휴양 도시.

볼까 봐 두려워서 주위를 둘러보면서 나누는 멀건 대낮의 입맞춤, 무더위, 바다 냄새, 언제나 눈앞에서 얼쩡거리는 화려한 옷차림의 게으르고 살찐 사람들, 이 모든 것이 그를 완전히 변화시켰다. 그는 안나 세르게예브나에게 참으로 멋지고 매력적인 여자라고 말했고, 참을 수 없는 열정에 사로잡혀 그녀에게서 한 발짝도 떨어지지 않았다. 그녀는 자주 생각에 잠겨 그가 자신을 존중하지 않을 뿐만 아니라 조금도 사랑하지 않고 그저 저속한 여자로 여기고 있다고 고백하라며 졸라 댔다. 거의 매일 밤늦은 시각에 그들은 교외나 오레안다 혹은 폭포 쪽으로 마차를 타고 갔다. 산책은 기대 이상이어서 매번 변함없이 아름답고 장엄한 인상을 받았다.

그들은 그녀의 남편이 오기를 기다리고 있었다. 그러나 남편으로부터 눈병이 났으니 빨리 집으로 돌아오라고 애원하는 편지가 왔다. 안나 세르게예브나는 서두르기 시작했다.

"제가 떠나니 잘 됐어요." 그녀가 구로프에게 말했다. "이건 운명 그 자체예요." 구로프는 마차를 타고 가는 그녀를 배웅했다. 기차역까지 꼬박 하루가 걸렸다. 그녀가 급행열차의 객실에 자리를 잡고 출발을 알리는 두 번째 벨이 울렸을 때 그녀가 말했다.

"당신의 얼굴을 한 번 더 보여 줘요……. 한 번 더 볼래요. 네, 그렇게요……."

288

그녀는 울지 않았으나 마치 아픈 사람처럼 슬퍼 보였다. 그녀의 얼굴이 떨렸다.

"당신을 생각하고…… 추억할 거예요." 그녀가 말했다. "하느님이 당신과 함께 하시길. 안녕히 계세요. 잘 지내시길 빌겠어요. 날 나쁘게 생각하지 마세요. 우리는 영원히 헤어지는군요. 그래야만 해요, 다시 만나면 안 되니까. 그럼 안녕히 계세요."

기차는 재빨리 떠났고, 기차의 불빛도 곧 사라졌다. 잠시 후 이미 경적도 들리지 않았다. 마치 모든 것이 이 달콤한 망각, 이 미친 짓을 한시라도 빨리 멈추게 하려고 일부러 약속이라도 한 듯했다. 구로프는 플랫폼에 홀로 남아 멀리 어둠 속을 응시하면서 마치 방금 잠에서 깨어난 것처럼 귀뚜라미의 울음소리와 전깃줄이 윙윙거리는 소리에 귀를 기울였다. 그는 자기 인생에서 또 하나의 편력, 혹은 모험이었지만 이미 다 끝났고 이제는 추억만 남았다고 생각했다……. 그는 감동했고 기분이 우울했으며 가벼운 후회도 느꼈다. 어쨌거나 그가 더 이상 만날 수 없는 이 젊은 여자는 그와 함께 하면서도 행복해하지 않았다. 그는 그녀를 친절하게 진심으로 대했지만 그녀에 대한 그의 태도, 말투와 애무 속에는 그녀보다 거의 두 배나 나이가 많은 운 좋은 남자의 가벼운 조소와 무례한 거만함이 그림자처럼 비쳐 보이곤 했다. 그녀는 언제나 그를 친절하고 비범하며 고상한 사람이라고 부르곤 했으니, 분명 그는 그녀에게 실제의 모습으로 비쳐지지 않았다. 즉, 그는 저도 모르게 그녀를 속인 셈이었다…….

이곳 정거장에는 벌써 가을 냄새가 풍겼고, 밤은 서늘했다.

'나도 북쪽으로 돌아갈 때가 됐군.' 구로프는 플랫폼을 떠나면서 생각했다. '돌아갈 때가 됐어!'

3

모스크바의 집에는 벌써 모든 것이 겨울처럼 돌아가고 있었다. 페치카를 땠고, 아이들이 학교에 갈 준비를 하고, 차를 마시는 아침마다 아직 어두워서 유모가 잠시 등불을 켜야 했다. 이미 강추위가 시작되었다. 첫눈이 내려 썰매를 처음 타는 날에는 하얀 대지와 하얀 지붕을 즐겁게 바라보며 부드럽고 달콤한 공기를 들이마신다. 이맘때가 되면 어린 시절이 생각나곤 한다. 서리를 맞아 하얘진 모습의 늙은 피나무와 자작나무는 삼나무와 종려나무보다 더 친근하게 마음에 와 닿는다. 그 나무들 곁에 있으면 이미 산과 바다에 대해서는 생각하고 싶지 않다.

구로프는 모스크바 사람이었고, 맑고 추운 날에 모스크바로 돌아왔다. 그가 털외투에 따뜻한 장갑을 끼고 페트로

290

프카 거리를 거닐거나 토요일 저녁에 종소리를 듣고 있으면 최근의 여행과 다녀왔던 장소들은 모든 매력을 잃어버렸다. 점차 그는 모스크바 생활에 빠져들었고, 하루에 세 종류의 신문을 열심히 읽곤 했지만 원칙적으로 모스크바 신문은 읽지 않는다고 말했다. 그는 이미 레스토랑, 클럽, 초대연, 기념식에 마음이 끌렸고, 자기 집에 유명한 변호사들과 예술가들이 드나들고 박사 클럽에서 교수와 카드놀이를 하는 걸 자랑스럽게 여겼다. 벌써 그는 프라이팬에 담긴 셀랸카[6] 일 인분을 먹어치울 수 있었다…….

한 달쯤 지나면 안나 세르게예브나도 기억 속에서 안개에 휩싸인 것처럼 희미해져서 그저 이따금씩 애잔한 미소를 띠고 다른 여자들처럼 꿈속에나 나타날 거라고 그는 생각했다. 그러나 한 달도 더 지나고 한겨울이 되었건만 안나 세르게예브나와 바로 어제 헤어진 것처럼 모든 것이 기억 속에서 또렷이 떠올랐다. 추억은 더욱 강렬하게 타올랐다. 밤의 정적 속에서 아이들이 예습하는 소리가 서재로 들려올 때나, 레스토랑에서 로망스나 오르간 연주를 들을 때나, 페치카에서 윙윙 눈보라 치는 소리가 날 때면 갑자기 기억 속에서 모든 것이 되살아났다. 방파제에 갔던 일, 산에 안개가 자욱했던 이른 아침, 혹은 페오도시야에서 온 배, 그리고 입맞

6) 고기나 생선에 양배추와 양파 등을 버무려 구운 요리.

291

춤. 그는 오랫동안 방 안을 서성이면서 추억에 잠겨 미소를
지었다. 그러고 나면 추억은 공상으로 바뀌고, 지난 일이 상
상 속에서 미래와 뒤섞이곤 했다. 안나 세르게예브나는 꿈
에 나타나진 않았지만 어딜 가나 그림자처럼 그의 뒤를 따
라다니며 그를 주시했다. 눈을 감으면 그녀가 생생하게 보
였다. 그녀는 이전보다 더 아름답고 더 젊었으며 더 사랑스
러웠다. 그 자신도 얄타에 있을 때보다 더 멋져 보였다. 그녀
는 밤마다 책장이나 벽난로나 방구석에서 그를 바라보았고,
그는 그녀의 숨소리와 부드럽게 옷자락 스치는 소리를 들었
다. 그는 거리에서 여자들을 쳐다보며 그녀를 닮은 여자가
없나 찾아보곤 했다…….

　그는 누군가와 자신의 추억을 나누고 싶은 강한 열망에 애
가 탔다. 그러나 집에서 자신의 사랑에 대해 말할 수는 없었
고, 집 밖에서도 말할 상대가 없었다. 세든 사람들과 이야기
할 수 없었고, 그렇다고 은행에서 이야기할 수도 없었다. 그
리고 무엇에 대해 이야기한단 말인가? 정말로 그는 그때 사
랑을 했던가? 정말로 그와 안나 세르게예브나의 관계 속에
뭔가 아름답고 시적이며 유익한 것, 혹은 뭔가 그저 흥미로
운 것이 있었던가? 그래서 사랑에 대해, 여자들에 대해 막연
히 이야기했지만 아무도 무엇이 문제인지 추측하지 못했고,
그의 아내만이 검은 눈썹을 움직이며 말하곤 했다.

"지미트리, 당신에겐 멋쟁이 역할이 전혀 어울리지 않아
요."

어느 날 밤, 박사 클럽에서 카드놀이를 같이 한 관리와 밖
으로 나오면서 그는 참지 못하고 말했다.

"내가 얄타에서 얼마나 매력적인 여성과 사귀었는지 아시
면 놀랄걸요!"

그 관리는 썰매를 타고 출발했지만 갑자기 뒤돌아보며 소
리쳤다.

"드미트리 드미트리치!"

"왜요?"

"최근에 당신이 한 말이 옳았어요. 그 철갑상어에서 썩은
냄새가 났어!"

아주 평범한 이 말이 웬일인지 갑자기 구로프를 화나게 했
고, 모욕적이고 불결하게 여겨졌다. 얼마나 야만적인 습관이
며, 얼마나 야만적인 사람들인가! 얼마나 무의미한 밤이고,
얼마나 재미없는 그저 그런 나날인가! 미친 듯한 카드놀이,
폭식, 폭음, 언제나 똑같은 대화. 쓸데없는 일과 똑같은 대화
로 가장 좋은 시간과 가장 좋은 힘을 빼앗기고 결국 남는 것
은 꼬리가 잘리고 날개가 꺾인 삶, 실없는 말뿐이다. 마치 정
신병원이나 강제 노동수용소에 갇힌 듯 벗어날 수도 도망칠
수도 없다!

구로프는 밤새 잠을 자지 못했고 화가 났다. 그리고 다음 날은 온종일 두통으로 시달리며 보냈다. 이어지는 밤마다 그는 제대로 잠을 이루지 못했고, 늘 침대에 앉아 생각에 잠기거나 방 안을 이리저리 서성이곤 했다. 아이들도 지겨웠고, 은행도 지겨웠으며, 아무 데도 가고 싶지 않았고, 아무 말도 하고 싶지 않았다.

12월에 며칠 휴가를 내어 그는 여행 채비를 한 후 아내에게는 어떤 청년의 취직을 주선하러 페테르부르크에 다녀오겠다고 말하고 S시로 떠났다. 왜 그랬을까? 그 자신도 잘 몰랐다. 안나 세르게예브나를 보고 싶었고, 가능하면 그녀와 만나서 잠시라도 이야기하고 싶었다.

오전에 S시에 도착한 그는 가장 좋은 호텔 방을 잡았다. 바닥에는 온통 회색의 군복용 천이 깔려 있었고, 탁자에는 먼지가 앉아 회색이 된 잉크병이 놓여 있었다. 잉크병에 붙은 기마상은 목이 떨어져 나간 채 모자를 든 한 손을 치켜들고 있었다. 호텔 수위가 그에게 필요한 정보를 주었다. 폰 디데리츠는 호텔에서 멀지 않은 구(舊) 곤차르나야 거리의 집에서 부유하고 호화롭게 살고 있고, 여러 필의 자기 말을 가지고 있으며, 이 도시에서 그를 모르는 사람은 아무도 없다고 했다. 수위는 그 사람의 이름을 드르이드이리츠라고 발음했다.

구로프는 서두르지 않고 구 곤차르나야 거리로 나가 그 집을 찾았다. 집 바로 앞에는 못을 박은 회색의 긴 울타리가 펼쳐져 있었다.

'이런 울타리는 쉽게 넘어 도망갈 수 있겠군.' 구로프는 울타리와 창문을 번갈아 쳐다보며 생각했다.

그는 여러 가지 생각을 해 보았다. 오늘은 휴일이니까 남편이 아마도 집에 있을 거다. 어쨌거나 집으로 들어가 그녀를 당황하게 하는 것은 분별없는 짓이다. 만일 쪽지를 보냈다가 혹시 남편의 손에라도 들어가게 되면 모든 것이 끝장이다. 가장 좋은 것은 우연에 맡기는 거다. 그래서 그는 울타리 근처 거리에서 계속 서성대며 우연한 만남을 기다렸다. 거지 하나가 대문 안으로 들어가고, 개들이 그 거지에게 덤벼드는 것을 보았다. 한 시간쯤 지나자 피아노 치는 소리와 약하고 불분명한 음향이 들려왔다. 아마 안나 세르게예브나가 피아노를 치는 것이리라. 갑자기 현관문이 열리더니 한 노파가 걸어 나왔고, 그 뒤를 따라 낯익은 하얀 스피츠가 달려 나왔다. 구로프는 개를 부르고 싶었으나 갑자기 심장이 뛰고 흥분돼서 개 이름이 생각나지 않았다.

계속 서성이다 보니 그는 더욱더 회색 울타리가 싫어졌다. 그리고 어쩌면 안나 세르게예브나는 이미 그를 잊고 다른 사람과 즐겁게 지내고 있으며, 이런 망할 놈의 울타리를 아침부터 밤까지 쳐다봐야만 하는 젊은 여자라면 당연히 그럴 거라고 그는 초조하게 생각했다. 그는 호텔 방으로 돌아와 어찌 해야 할지 몰라 한참을 소파에 앉아 있다가 식사를 하고 오랫동안 잠을 잤다.

'이 모든 것은 얼마나 어리석고 불안한가!' 잠에서 깨어나 어두운 창문을 바라보며 그는 생각했다. 이미 밤이 되었다. '어쩌자고 이렇게 오래 잤을까? 이제 이 밤중에 뭘 하지?'

병원에서나 볼 수 있는 싸구려 회색 담요가 덮인 침대에 앉아서 그는 화를 내며 자신을 비웃었다.

'그래, 개를 데리고 다니는 부인이라…… 이게 사랑의 편력인가…… 이렇게 여기에 앉아서…….'

이날 아침에 그는 역에서 〈게이샤〉의 초연을 알리는, 매우 커다란 글씨로 쓰인 포스터를 보았다. 이것이 생각나자 그는 곧장 극장으로 갔다.

'그녀가 초연을 보러 올 가능성이 매우 높아.' 그는 생각했다.

극장은 만원이었다. 지방 극장이 대체로 그렇듯이 샹들리에 위로 담배 연기가 자욱했고, 맨 위층 관람석은 소란스럽고 들떠 있었다. 공연이 시작되기 전, 관람석 첫째 줄에 지방의 멋쟁이들이 뒷짐을 지고 서 있었다. 도지사를 위한 특별석 맨 앞줄에는 도지사의 딸이 모피 목도리를 두르고 앉아 있었고, 도지사는 커튼 뒤에 점잖게 앉아 있어서 손만 보였다. 무대 커튼이 흔들렸고, 오케스트라는 오랫동안 조율했다. 관객들이 들어와 자리를 잡는 동안 구로프는 계속해서 눈으로 열심히 그녀를 찾았다.

드디어 안나 세르게예브나가 들어왔다. 그녀는 세 번째 줄에 앉았다. 그녀를 보았을 때 그의 심장이 조여들었다. 지금 그는 온 세상에서 그녀보다 자기에게 더 가깝고, 더 소중하고, 더 중요한 사람은 없다는 사실을 분명히 깨달았다. 지방의 군중들 속에 묻혀 있는 이 조그만 여인, 특별히 눈에 띄지도 않은 채 평범한 오페라글라스를 두 손에 들고 있는 저 여인이 지금 그의 삶을 온통 충만케 하고, 그의 슬픔이자 기쁨이며, 지금 그가 원하는 유일한 행복이었다. 수준이 낮은 오케스트라와 시시하고 보잘것없는 바이올린 소리를 들으면서 그는 그녀가 참으로 아름답다고 생각했다.

짧은 구레나룻에 매우 키가 크고 구부정한 젊은 남자가 안나 세르게예브나와 함께 들어와 나란히 앉았다. 남자는 걸음을 옮길 때마다 고개를 끄덕이며 계속 인사를 하는 것처럼 보였다. 아마 그때 얄타에서 그녀가 씁쓸한 감정이 북받쳐서 하인이라고 불렀던 남편 같았다. 실제로 그 남자의 긴 얼굴, 구레나룻, 약간 벗겨진 이마에는 어딘지 모르게 노예 같은 비굴함이 어려 있었다. 그는 알랑거리는 미소를 지었다. 그의 단춧구멍에서는 학술단체 회원 배지 같은 것이 웨이터의 번호표처럼 빛나고 있었다.

첫 번째 막간 휴식 시간에 남편이 담배를 피우러 나가서 그녀는 혼자 좌석에 앉아 있었다. 역시 1층 관람석에 앉아 있던 구로프는 그녀에게 다가가 간신히 미소를 지으며 떨리는 목소리로 말했다.

"안녕하세요."

그녀는 그를 힐끗 쳐다보고는 얼굴이 창백해졌다. 잠시 후 그녀는 자기 눈을 못 믿겠다는 듯이 두려움에 떨며 다시 한 번 그를 바라보았다. 그리고 기절하지 않으려고 자기 감정을 억누르면서 부채와 오페라글라스를 두 손으로 꽉 움켜쥐었다. 두 사람은 말이 없었다. 그녀는 앉아 있었고, 여자의 당황하는 모습에 놀란 그는 그녀 곁에 앉을 생각을 못 하고 서 있었다. 바이올린과 플루트가 조율하기 시작했다. 특별석에 앉아 있는 모든 사람들이 쳐다보는 것 같아 갑자기 두려워졌다. 마침내 그녀가 일어나 입구 쪽으로 재빨리 걸어갔다. 그는 그녀의 뒤를 따라갔다. 두 사람은 괜히 복도와 계단을 오르락내리락했다. 그들의 눈앞에서 법관 제복을 입은 사람들, 교사 제복을 입은 사람들, 황실의 영지를 관리하는 공무원 제복을 입은 사람들이 어른거렸다. 그들은 모두 배지를 달고 있었다. 그리고 부인들과 옷걸이에 걸린 모피 외투들이 어른거렸다. 틈새 바람에 담배꽁초 냄새가 퍼졌다. 심장이 세차게 뛰는 걸 느끼면서 구로프는 생각했다. '오, 하느님! 왜 이 사람들은, 이 오케스트라는……'

그 순간 갑자기 그날 저녁 역에서 안나 세르게예브나를 배웅했을 때 '모든 것이 끝났고, 우리는 다시는 만날 일이 없을 것이다.'라고 자신에게 했던 말이 떠올랐다. 그러나 끝나려면 아직도 멀었다!

'계단식 반원형 관람석 입구'라고 쓰인 좁고 어두운 계단에서 그녀가 멈춰 섰다.

"당신을 보고 얼마나 놀랐는지 몰라요!" 여전히 창백하고 당황한 얼굴로 간신히 숨을 내쉬며 그녀가 말했다. "아, 당신을 보고 얼마나 놀랐는지! 하마터면 죽는 줄 알았어요. 대체 왜 오신 거죠? 왜?"

"이해해 줘요, 안나. 이해해 주오……" 그는 낮은 목소리로 서둘러 말했다 "제발, 이해해 줘요……"

그녀는 두려움과 애원과 사랑이 뒤섞인 눈길로 그를 바라보았고, 그의 모습을 기억 속에 더 확실히 각인시키려는 듯 뚫어지게 쳐다보았다.

"저는 너무 괴로워요!" 그녀는 그의 말을 듣지 않고 말을 이었다. "저는 언제나 당신만을 생각했고, 당신 생각을 하면서 살았어요. 그러나 잊으려, 잊으려 했는데 도대체 왜, 왜 오셨어요?"

위층 층계참에서 두 명의 학생이 담배를 피우며 아래를 내려다보고 있었지만 구로프는 상관하지 않고 안나 세르게 예브나를 끌어당겨 그녀의 얼굴과 볼, 손에 키스하기 시작 했다.

"무슨 짓을 하는 거예요! 무슨 짓을 하는 거예요!"그를 밀쳐 내면서 그녀가 두려움에 휩싸여 말했다. "우리는 둘 다 미쳤어요. 오늘 당장 떠나세요. 지금 떠나세요……. 제발 부탁이에요, 제발……. 사람들이 여기로 와요!"

계단을 따라 밑에서 위로 누군가 올라오고 있었다.

"당신은 떠나야만 해요……."안나 세르게예브나가 속삭이는 소리로 말을 이었다. "아시겠어요, 드미트리 드미트리치? 제가 당신을 만나러 모스크바로 갈게요. 난 한 번도 행복했던 적이 없었고, 지금도 불행해요. 앞으로도 절대 행복하지 못할 거예요. 절대로! 더 이상 저를 괴롭히지 마세요! 맹세해요, 제가 모스크바로 갈게요. 그러니 지금은 헤어져요! 나의 다정하고 소중한 사람, 지금은 헤어져요!"

그녀는 그의 손을 잡고 나서는 재빨리 계단을 내려가면서 계속 뒤돌아 그를 바라보았다. 그녀의 눈을 보니 실제로 그녀는 행복하지 않아 보였다……. 구로프는 잠시 서서 귀를 기울였다가 주변이 조용해지자 자신의 외투를 찾아 들고 극장을 나섰다.

4

안나 세르게예브나는 그를 만나러 모스크바로 오기 시작했다. 두세 달에 한 번 S시를 떠나면서 그녀는 부인병에 대해 교수와 상담하러 간다고 남편에게 말했다. 남편은 반신반의했다. 모스크바에 도착하면 '슬라뱐스키 바자르'에 묵었고, 곧장 구로프에게 빨간 모자를 쓴 심부름꾼 소년을 보냈다. 그러면 구로프가 그녀를 만나러 갔다. 모스크바에서 이 일을 아는 사람은 아무도 없었다.

어느 겨울 아침에 그는 그녀에게 가고 있었다(심부름꾼이 전날 밤에 왔으나 그는 집에 없었다). 가는 길에 딸을 중학교에 데려다 주고 싶어서 딸과 함께 걷고 있었다. 물기를 머금은 함박눈이 펑펑 내렸다.

"지금 영상 3도인데 눈이 내리는구나." 구로프가 딸에게 말했다. "땅의 표면만 따뜻하지 대기의 상층은 기온이 전혀 다르단다."

"아빠, 그런데 왜 겨울에는 천둥이 치지 않아요?"

그는 딸에게 그것도 설명해 주었다. 딸에게 말하면서 그는 지금 밀회를 하러 가지만 이 사실을 아는 사람은 아무도 없고, 아마 앞으로도 아는 이가 없을 거라고 생각했다. 그에겐 두 개의 삶이 있었다. 하나는 필요하다면 누구나 볼 수 있고 알 수 있는 그런 공공연한 삶, 조건적 진실과 조건적 거짓으로 가득 찬 삶, 그의 지인들과 친구들의 삶과 완전히 비슷한 삶이고, 다른 하나는 은밀하게 흘러가는 삶이다. 아마도 우연히 이상하게 뒤얽힌 어떤 사정 때문에 그에게 중요하고 흥미롭고 꼭 필요했던 것, 그가 진실하게 대했고 자신을 속이지 않았던 것, 그의 삶에서 가장 중요했던 것은 모두 다른 사람들 모르게 은밀히 진행되었다. 반면에 진실을 숨기기 위해 그가 뒤집어쓴 가식과 껍데기 같은 것, 예컨대 은행 근무, 클럽에서의 논쟁, 그의 '저급한 인종'인 아내와 함께 가는 기념식 등 이 모든 것은 공공연한 것이었다. 그래서 그는 자기 기준으로 남들을 판단했고, 보이는 것은 믿지 않았고, 누구나 밤의 장막 같은 비밀 속에서 가장 흥미로운 진짜 인생이 이루어진다고 생각했다. 각 개인의 삶은 비밀 속에서 유지된다. 그래서 어느 정도 교양인은 개인의 비밀이 존중받도록 그렇게 신경질적으로 애쓰고 있는지도 모른다.

딸을 학교까지 데려다 주고 나서 구로프는 '슬라뱐스키 바자르'로 향했다. 그는 아래층에서 털외투를 벗고, 위층으로 올라가 조용히 방문을 두드렸다. 그가 좋아하는 회색 옷을 입은 안나 세르게예브나는 여행과 기다림에 지쳐서 엊저

녁부터 그가 오기를 기다리고 있었다. 낯빛이 창백한 그녀
는 그를 보고도 웃지 않았는데, 그가 방 안으로 들어서자마
자 그의 가슴에 안겼다. 마치 2년 동안 만나지 못한 것처럼
그들의 키스는 길고 길었다.

"그래, 어떻게 지냈소?" 그가 물었다. "새로운 소식은 없
고?"

"기다려요, 이제 말할게요……. 말할 수 없어요."

그녀는 우느라 말을 할 수가 없었다. 돌아서서 그녀는 손
수건으로 눈을 꼭 눌렀다.

'그래, 울고 싶다면 울어야지. 난 좀 앉아야겠군.' 이렇게
생각하며 구로프는 안락의자에 앉았다.

잠시 후 그는 벨을 눌러 차를 가져오라고 일렀다. 그가 차
를 마시는 동안 그녀는 창문을 향해 서 있었다. 그녀는 흥분
해서 울었고, 또 그들의 인생이 몹시 애처롭다는 서글픈 생
각이 들어서 울었다. 그들은 마치 도둑처럼 사람들의 눈을
피해 단지 은밀히 만날 수 있다. 정말로 그들의 인생은 망가
지지 않았다고 할 수 있는가?

"이제, 그만!" 그가 말했다.

그에겐 그들의 사랑이 언제 끝날지 모르지만 분명히 빨리
끝나지는 않을 것 같았다. 안나 세르게예브나가 그에게 더
욱더 강한 애착을 갖고 그를 열렬히 사랑하고 있는데, 그런

그녀에게 이 모든 것이 언젠가는 끝날 것이라고 차마 말할 수는 없었다. 그녀도 이 말을 믿지 않을 것이다.

그는 그녀에게 다가가 애무하고 농담하려고 그녀의 어깨를 잡았다. 그 순간 그는 거울에 비친 자기 모습을 보았다.

그의 머리칼은 이미 세기 시작했다. 요 몇 년 새 부쩍 늙고 추해진 모습이 이상해 보였다. 그의 두 손이 놓인 그녀의 어깨는 따뜻했지만 떨고 있었다. 아직은 무척 따뜻하고 아름답지만 아마도 자신의 삶처럼 이미 퇴색하고 시들기 시작한 이 생명에 그는 연민을 느꼈다. 무엇 때문에 그녀는 그를 이토록 사랑하는 걸까? 그는 언제나 여자들에게 실제와 다른 모습으로 비쳐졌고, 여자들은 실제의 그를 사랑한 게 아니라 그들이 상상으로 만들어 놓은 남자, 평생 간절히 찾아다녔던 남자를 사랑했다. 그 후 자신들의 실수를 알아차리고도 그들은 여전히 그를 사랑했다. 그리고 그들 중 누구도 그와 함께 해서 행복하지 않았다. 시간이 흐르는 동안 그 역시 여자들과 사귀고 만나고 헤어졌지만 사랑한 적은 한 번도 없었다. 무엇이든 할 수 있었지만 결코 사랑은 아니었다.

그런데 머리칼이 세기 시작한 이제서야 난생 처음으로 진실한 사랑을 하게 되었다.

안나 세르게예브나와 그는 아주 가까운 사람들처럼, 피붙이들처럼, 부부처럼, 다정한 친구들처럼 서로를 사랑했다.

그들은 운명이 서로를 맺어 주었다고 생각했고, 왜 그에게 아내가 있고 그녀에게 남편이 있는지 이해할 수 없었다. 마치 두 마리의 암수 철새가 잡혀서 강제로 각기 다른 새장에서 살고 있는 것 같았다. 그들은 과거의 부끄러웠던 일들을 서로 용서했고, 현재의 모든 일도 용서했으며, 이 사랑이 그들 두 사람을 변화시켰다고 느꼈다.

예전에 그는 슬픈 순간마다 머리에 떠오르는 온갖 판단으로 자신을 진정시켰지만, 이제는 판단을 좋아하지 않고 깊은 연민을 느꼈으며 진실하고 부드러워지고 싶었다.

"그만 그쳐요, 내 사랑." 그가 말했다. "그만큼 울었으면 됐소……. 이제 얘기 좀 하고 뭔가 생각해 봅시다"

잠시 후 그들은 어떻게 하면 남의 눈을 피하고 속여야만 하는 상황, 다른 도시에서 살면서 오래 만날 수 없는 이 상황에서 벗어날 수 있을지 오랫동안 상의하고 이야기했다. 어떻게 이 견딜 수 없는 굴레에서 벗어날 수 있을까?

"어떻게? 어떻게 하면?" 그는 자신의 머리를 감싸 쥐며 물었다. "어떻게 하면?"

좀 더 시간이 지나 해결책을 찾으면 그땐 새롭고 멋진 생활이 시작될 것 같았다. 그러나 끝은 아직 멀고도 멀며, 가장 복잡하고 어려운 일이 이제 막 시작됐다는 것을 두 사람은 분명히 알고 있었다. (1899년)

작품 해설
부정(不貞)이라는 이름의 진실

삶의 예술가, 체호프

안톤 파블로비치 체호프(1860~1904)는 투르게네프, 도스
토옙스키, 톨스토이로 이어지는 '러시아 장편소설의 황금시
대(1846~1881)'의 사실주의적 문학 전통을 계승하여 단편소
설의 새 시대를 열었고, 모파상과 함께 현대 단편소설의 형
식을 확립한 중요한 작가로 평가되고 있다.

거대 이념과 철학을 제기하고 생산해 냈던 톨스토이나 도
스토옙스키와는 달리 체호프는 보통 사람들의 소소한 일상
을 마치 수채화처럼 담백하게 그려 낸 삶의 예술가이다. 600
여 편에 이르는 체호프의 단편에는 사회적 약자인 '작은 사
람들(농민, 하급 관리, 가난한 예술가, 마부)'과 아이들 그리고 여
자들로 가득하다. 이들의 웃음과 유머, 우수와 눈물, 탄식과
절망, 행복과 불행 등으로 짜인 온갖 문양의 조각보가 체호
프의 예술 세계라고 할 수 있다. 특히 여자들의 사랑, 행복과
불행, 육체적 욕망과 정신적 결핍으로 인한 일탈과 부정(不
貞)을 다룬 수십여 편의 에로티시즘 단편들은 체호프의 예

***

술 세계에서 독특한 자리를 차지하고 있다.

체호프의 작품에 등장하는 여자들

'체호프의 여자들'은 이상적이고 순결하며 고결한 품성을 지닌 '투르게네프의 처녀들'이나 이기적이고 열정적이며 탐욕적인 '도스토옙스키의 여자들'과는 달리 우리 주변에서 흔히 볼 수 있는 평범한 여자들이다. 따분한 일상에서 종종 일탈을 꿈꾸며, 때론 남편을 배신하기도 한다. 그들은 천사도 아니고 악마도 아닌 피와 살을 가진 살아 있는 인간일 뿐이다.

'체호프의 여자들'의 면면에는 그가 만난 많은 여자들, 특히 두냐 에프로스, 쿤다소바, 리카 미지노바, 리디야 야보르스카야, 리디야 아빌로바, 그의 아내가 된 올가 크니페르 등의 그림자가 짙게 드리워져 있다. 1888년에 셰글로프에게 보낸 편지에서 "여자 없는 이야기는 증기 없는 기관차와 같다. 내게는 여자들이 있지만 아내와 정부(情婦)는 없다. 나는 여자 없이는 쓸 수 없다."고 말할 정도로 체호프의 단편에는 다양한 여자들이 등장하고, 이야기의 중심에는 여자들의 일탈과 욕망, 매춘과 불륜 등이 자리하고 있다.

▶몸을 파는 여자들

체호프의 고백에 따르면, 그가 여자를 이성으로 의식하고 연애에 관심을 갖기 시작한 것은 열세 살 때이다. 첫사랑의 상대가 누군지는 불분명하지만 이때부터 체호프는 많은 여자들과 만나면서 교제를 하게 된다. 〈나의 아내들〉에서 라울이 살해한 일곱 명의 아내는 체호프가 만났던 일곱 유형의 여자들(성실하고 가정적인 여자, 매력적이고 성실한 여자, 공상적인 여자, 이상적인 여자, 지적인 여자, 경박한 여자, 소시민적인 여자)인지도 모른다. 대체로 자제력이 강하고 윤리적이었던 체호프에게도 에로스 시대라고 할 수 있는 시기가 있었다.

1880년 11월 말부터 1883년 5월 말까지 사창가인 소볼로프 마을 부근에서 살았던 체호프는 매춘 여성들에게 상당한 관심이 있었고, 한때 이 방면의 전문가로 자처하기도 했다. 그래서 그럴까? 〈까마귀〉에서 묘사된 유곽의 분위기는 너무나 생생하다. 매춘을 비롯한 여자의 육체에 대한 체호프의 성적 호기심은 초기 단편에 잘 나타나 있다. 〈바다에서〉는 신혼부부를 위한 선실에서 신랑이 여비를 마련하기 위해 신부에게 매춘을 강요하고, 〈여지주〉에서는 남편과 헤어져 혼자 사는 여지주가 젊은 마부의 육체를 돈으로 사고, 〈역장〉에서는 역장이 영지 관리인의 아내와 밀회를 즐기다가 그녀의 남편에게 발각되어 돈을 빼앗긴다. 〈여자의 복수〉에서 여

***

자는 왕진 나온 의사에게 줄 돈이 없자 할 수 없이 몸으로 때우고, 〈니노치카〉에서 니노치카는 남편이 대학 시절 여자 친구에게 보낸 편지를 읽고 질투하면서도 뻔뻔스럽게 남편의 친구와 불륜 관계에 빠져 있다.

　사랑이 없는 임시방편적 섹스나 몸을 사고파는 여자들에 대한 체호프의 시선은 대체로 냉정하고 부정적으로 느껴진다. 그러나 체호프는 이런 행위를 도덕적, 윤리적으로 엄격히 재단하지는 않는다. 여기에서 우리의 관심과 흥미를 끄는 것은 매춘 그 자체보다 전편에 흐르는 에로틱한 분위기와 유머러스한 상황이다. 신혼부부를 위한 객실 벽에 구멍을 뚫고 핑크 빛 분위기를 훔쳐보며 흥분하는 젊은 선원, 아름다운 달밤에 화차 옆에서 여자의 허리를 껴안고 밀어를 속삭이는 중년의 역장, 매일 저녁 젊은 마부와 마차를 타고 미친 듯이 질주하며 황홀해하는 여지주의 모습에서 에로티시즘의 분위기가 물씬 풍긴다. 아내의 불륜을 알고 나서도 친구와 아내를 공유하는 남자, 아내와 미리 짜고 역장으로부터 돈을 갈취하는 남편, 돈이 없어서 의사에게 모욕을 당한 뒤 몸으로 의사를 농락하고 의사의 돈을 빼앗는 여자의 모습은 왠지 웃음을 짓게 한다. 이러한 성적 경향과 유머러스한 상황은 체호프의 초기 에로티시즘 단편에 희비극적 분위기를 부여하고 있다.

▶욕망하는 여자들

여자들의 권태와 욕망은 체호프의 중기 단편의 주요한 테마이다. 그들의 욕망은 이따금 충족되기도 하지만 대체로 실현되기보다는 그 자체로 끝나고, 삶은 칙칙한 현실 속에서 계속된다.

교회지기의 아내인 라이사는 눈보라를 피해 집 안으로 들어온 젊은 우편배달부를 은근히 유혹하고 그와의 아련한 정사를 꿈꾼다(〈마녀〉). 우편배달부도 라이사의 유혹이 싫지 않다. 램프를 끈 뒤 여자의 몸을 끌어안고 키스를 하려는 순간 남편이 들어오는 소리가 들린다. 일탈은 여기까지다. 라이사의 욕망은 채워지지 않고 다시 따분한 일상이 시작된다.

젊은 색시인 아가피야는 채소밭지기 사프카를 찾아가서 밤의 밀회를 즐긴다. 남편이 귀가하기 전에 집으로 돌아가야 하지만 밀회와 정사에 취한 아가피야는 끝내 사프카와 밤을 지새운다. 날이 밝아 오자 비로소 정신을 차린 아가피야는 여울 저편에서 자기를 기다리고 있는 분노한 남편을 향해 흥분과 공포를 느끼며 용감하게 걸어간다(〈아가피야〉).

〈불행〉에서, 이웃 별장에 사는 변호사 일리인의 사랑 고백에 당혹감과 쾌감을 동시에 느끼는 소피야는 자신에게 무관심한 남편에게 알 수 없는 불만을 느끼며 결국 야밤에 가출을 한다.("소피야는 숨을 헐떡거리며 부끄러워서 어쩔 줄 몰랐고, 자

＊＊＊

기 발의 감각조차 느끼지 못했다. 그러나 그녀를 앞으로 밀친 것은 그녀의 수치심보다도, 이성보다도, 공포보다도 더 강한 것이었다.")

깊은 밤, 코를 골며 자는 남편 옆에서 약사의 아내는 잠을 이루지 못한다. 그때 젊은 장교 둘이 약을 사러 오고, 약사 아내의 아름다움에 취한 장교들은 진한 농담을 하고 손을 만지며 은근히 그녀를 유혹한다. 그녀도 왠지 이런 상황이 싫지 않다. 밖으로 나갔던 장교 하나가 뭔가를 기대하며 혼자서 다시 약국 문을 두드리지만 이번에는 마침 잠에서 깬 약사가 나온다. 이 순간 약사의 아내와 장교의 아련한 기대와 욕망은 깨져 버린다(〈약사의 아내〉).

남편의 감시와 위협, 자신을 기다리는 채찍의 공포와 두려움, 불륜에 대한 수치심에도 불구하고 체호프의 여자들은 끊임없이 욕망하며 일탈과 자유를 꿈꾼다. 체호프는 욕망하는 여자들의 행태를 냉정하게 보여 줄 뿐 그들의 심리를 분석하지 않는다. 그들의 일탈을 윤리적으로 비판하거나 도덕적으로 설교하지도 않는다. 그들의 욕망에 대한 평가는 오로지 독자의 몫으로 남는다. 그들의 말과 행동에서 육체적 욕망뿐만 아니라 정신적 불만(남편과의 소통의 부재)도 느껴진다. 또한 습관적이고 거짓된 일상에서 벗어나고자 하는 꿈과 자유도 느껴진다. 그들의 꿈과 욕망은 아련하고 우수에 차 있다. 그들에게 욕망과 우수는 동전의 양면과도 같은 것이다. 그래서 우리는 체호프의 욕망하는 여자들에게 쉽게 돌을 던질 수 없는 것이 아닐까?

▶ 버림받은 여자들

체호프의 중기 단편에 나오는 여자들은 때론 욕망하고 때론 일탈하는 평범한 사람들이지만, 또 다른 여자들은 가혹한 노동에 시달리고 남자들에게 버림을 받은 약자들이다. 그들에게 행복과 자유는 사치일 뿐이다.

펠라게야는 결혼한 지 12년이 되었지만 남편에게 버림받고 노동하면서 혼자서 근근이 살아가고 있다. 사냥꾼인 남편은 사냥에 미치고 다른 여자와 놀아나면서 바람처럼 자유롭게 살아간다. 숲 속에서 우연히 남편을 만난 펠라게야는 한 번이라도 잠시 자기에게 들러 달라고 애원한다(〈사냥꾼〉). 여자에게 남자는, 아내에게 남편은 어떤 존재일까? 펠라게야와 남편의 숲 속 대화는 왠지 애잔하다.

가난한 아뉴타는 의대생과 동거를 하고 있다. 그녀를 거쳐간 대학생이 벌써 다섯이나 된다. 의대생은 해부학 시험공부를 하면서 그녀의 몸에 목탄으로 선을 긋고 타진(打診)까지 한다. 심지어 모델을 해 주라며 화가에게 그녀를 보내기도 한다. 그러나 아뉴타는 자기를 무시하고 함부로 대하는 의대생의 말에 거절이나 반항을 할 수 없다(〈아뉴타〉). 저도

***

모르게 흘러내리는 눈물을 의대생에게 보이지 않으려고 얼굴을 돌리는 아뉴타의 몸짓에서 체호프 특유의 우수가 진하게 느껴진다.

〈아낙들〉에 나오는 여자들은 모두 남자들에게 버림받은 여자들이다. 동서지간인 소피야와 바르바라는 남편들의 철저한 무관심 속에 시아버지 밑에서 짐승처럼 일하면서 살아간다. 그들에겐 꿈도 희망도 없다. 〈아낙들〉 속의 이야기에 등장하는 마리야는 남편이 군대에 간 사이 남편의 친구인 마트베이를 사랑하게 되어 같이 살게 된다. 그러나 죽은 줄 알았던 남편이 돌아오면서 끔찍한 비극이 시작된다. 마트베이는 양심의 가책을 느끼고 친구에게 용서를 빌고, 마리야를 설득하여 남편에게 돌려보내려고 하지만 실패한다. 결국 두 남자에게서 버림받은 마리야는 남편을 독살하고, 시베리아로 유형을 가는 도중에 병들어 죽고 만다.

남자들로부터 무시당하고 버림받은 불행한 여자들은 자신의 삶을 숙명이라 받아들이고 체념하며 살아간다. 이들에 대한 체호프의 시선은 안쓰럽고 따스하다. 그러나 남편의 여자를 은근히 질투하는 펠라게야, 한밤에 신부의 아들과 몰래 놀아나는 젊은 바르바라, 남편을 독살한 마리야의 이야기를 듣고 우리도 시아버지를 살해하자고 농담처럼 속삭이는 소피야와 바르바라의 모습은 버림받은 여자들의 억눌

313

린 질투와 욕망의 세계를 보여 준다. 여기에도 욕망과 우수
가 자아내는 묘한 에로티시즘이 있다.

▶부정(不貞)한 여자들

체호프가 즐겨 다루는 유부녀의 일탈과 부정(不貞)의 테마
는 〈사랑에 대하여〉와 〈개를 데리고 다니는 부인〉으로 이어
진다. 이 단편들 속의 이야기는 체호프와 리디야 아빌로바
와의 만남과 사랑을 떠올리게 한다.

시골 지주인 알료힌은 순회재판소 의장의 집에 드나들다
가 그의 아내인 안나에게 관심을 갖게 된다. 두 사람은 서로
를 사랑하게 되지만 알료힌은 안나의 남편과 아이들에 대한
죄의식과 두 사람의 미래에 대한 불확실성 때문에, 안나는
가족에 대한 의무와 죄의식 때문에 서로 사랑을 고백하지
못한다. 의무와 사랑 사이에서 갈등하다 우울증에 걸린 안
나는 요양을 가게 된다. 배웅하러 나온 알료힌은 안나가 탄
기차에 뛰어올라 그녀의 어깨와 손에 입맞춤을 하고 마침
내 사랑을 고백한다. 그리고 지금까지 자신들의 사랑을 방
해한 것들이 모두 하찮고 거짓된 것임을 깨닫는다. 안나와
알료힌의 사랑은 육체적 욕망의 충족이 아니라 상호 이해와
정신적 합일을 지향하는 것으로 보인다. "사랑을 할 때는 그
사랑을 논하면서 일반적인 의미의 죄나 선, 행복이나 불행

보다 더 중요하고 가장 높은 것에서 출발해야만 하고, 그렇
지 않으면 절대 논해서는 안 된다는 것을 나는 깨달았습니
다.”알료힌의 깨달음은 ‘부정(不貞)이라는 이름의 진실’에
대한 체호프의 생각을 반영하는 사랑의 잠언처럼 들린다.

　〈사랑에 대하여〉의 후속편이라고 할 수 있는 〈개를 데리
고 다니는 부인〉에서는 유부녀의 불륜 문제가 더 본격적으
로 다루어진다. 마흔을 바라보는 은행원 구로프와 스무 살
가량의 안나는 휴양지인 얄타에서 만나 서로에게 호감을 느
껴 그녀의 호텔 방에서 사랑을 나눈다. 얄타에서의 달콤한
휴가를 끝내고 구로프는 모스크바로, 안나는 S시의 집으로
돌아간다. 〈사랑에 대하여〉에서는 알료힌과 안나의 사랑은
이 지점에서 이별로 끝나지만, 구로프와 안나의 사랑은 새
롭게 시작된다. 여자 경험이 많은 구로프는 안나와의 사랑
을 흔히 있는 해프닝으로 생각했지만 시간이 지날수록 그녀
가 생각나고 그녀의 존재가 그의 삶의 중요한 부분을 차지
하게 된다. 마침내 구로프는 S시로 가서 안나를 만나고, 그
후 그들은 두세 달에 한 번씩 모스크바의 슬라뱐스키 바자
르에서 만나 밀회를 즐긴다. “안나 세르게예브나와 그는 아
주 가까운 사람들처럼, 피붙이들처럼, 부부처럼, 다정한 친
구들처럼 서로를 사랑했다. 그들은 운명이 서로를 맺어 주
었다고 생각했고, 왜 그에게 아내가 있고, 그녀에게 남편이

있는지 이해할 수 없었다. ……. 그들은 과거의 부끄러웠던 일들을 서로 용서했고, 현재의 모든 일도 용서했으며, 이 사랑이 그들 두 사람을 변화시켰다고 느꼈다." 그러나 안나와 구로프는 자기들이 가야 할 길이 아직 멀고도 멀며, 가장 복잡하고 어려운 일이 이제 막 시작됐다는 것을 알고 있다.

안나의 일탈과 부정은 육체적 욕망이 아닌 남편과의 상호 이해와 정서적 교감이 없었기 때문이다. 그녀는 남편이 무얼 하는 사람인지도 잘 모르고, 남편을 그저 일만 하는 하인이라고 생각한다. 구로프와의 만남과 대화를 통해 그녀는 비로소 상호 이해와 참사랑의 행복을 느끼게 된다. 보통 불륜이라 불리는 두 사람의 만남과 사랑이, 부정이라는 이름의 진실이 거짓과 타성에 젖어 형식적으로 살아가던 인생을 변화시킨 것이다. 체호프는 일상에서 자주 일어나는 여자들의 일탈과 불륜이 기존의 도덕과 윤리의 잣대로 재단할 수 있는 간단한 문제가 아니라 매우 복잡한 문제임을 보여 준다. 구속과 자유, 부정과 참사랑 사이에서 갈등하는 두 안나를 바라보는 체호프의 시선은 따스하다.

러시아 작가들 가운데 체호프는 가장 쉽고도 가장 어려운 작가라고 말들 한다. 그렇다. 체호프는 톨스토이나 도스토엡스키처럼 자신의 생각을 독자들에게 결코 강요하는 법이 없

***

다. 또 복잡다단한 인간 심리를 분석하거나 해명하려 들지도 않는다. 그저 평범한 사람들의 평범한 일상을 보여 주고 들려줄 뿐이다. 그래서 눈 밝은 독자만이 체호프의 이야기 속에서 삶의 진실을 보고 느낄 수 있다. 여자들의 행복과 불행, 일탈과 부정을 다룬 체호프의 이야기도 그렇다. 이른바 '체호프의 여자들'을 도덕과 윤리의 잣대로 재단하려 하지 말고 그들의 권태와 욕망, 우수와 눈물에 공감해 보는 것은 어떨까? 여자와 남자가 진정한 소통과 행복에 이를지도 모른다.

〈사랑에 대하여〉와 〈개를 데리고 다니는 부인〉 외에 이번 선집에 실린 단편들은 국내에 처음으로 번역·소개되는 것들이다. 작품은 발표 연도순으로 배열하여 여자들에 대한 체호프의 시선이 어떻게 바뀌어 가는지를 자연스럽게 느끼도록 했다. '체호프의 에로티시즘 단편선'을 통해 독자들이 새로운 체호프를 만나고 남녀의 사랑과 욕망에 대한 이해의 지평을 넓힐 수 있기를 바란다. 번역 대본으로는 나우카 출판사에서 간행된 30권짜리 체호프 전집(1983)을 사용했다.

2012년 11월
이 항 재

작가 연보

1860년 러시아 구력으로 1월 17일, 러시아의 남부 아조프 해의 항구
도시 타간로크에서 식료 잡화점을 운영하는 파벨 체호프의 5
남 2녀 중 셋째 아들로 태어남.

1876년 4월에 아버지가 파산하여 가족이 모스크바로 이주. 체호프는
타간로크에 혼자 남아 가정교사를 하며 고학.

1879년 6월에 타간로크의 중고등학교를 졸업하고, 9월에 모스크바
대학 의학부에 입학.

1880년 첫 단편 〈박식한 이웃에게 보내는 편지〉가 페테르부르크의
주간지 〈잠자리〉에 실림. 이후 1886년까지 안토샤 체혼테 등
의 다양한 필명으로 각종 잡지와 신문에 유머 단편을 발표.

1883년 〈기쁨〉, 〈관리의 죽음〉, 〈역장〉 등을 발표.

1884년 6월, 모스크바 대학 의학부 졸업. 보스크레센스크 지방 자치
회 병원에서 잠시 근무함. 〈여자의 복수〉, 〈카멜레온〉, 〈앨범〉
등을 발표. 12월, 최초의 객혈. 유머 단편집《멜포메나의 이야
기들》출판.

1885년 12월, 페테르부르크에서 문단의 원로 그리고로비치와 보수파
신문 〈새 시대〉의 발행인 수보린을 만남.

1886년 〈새 시대〉에 단편 〈추도식〉을 처음으로 체호프라는 이름으로
발표. 4월, 두 번째로 객혈. 단편집《잡다한 이야기들》출판.

1887년 고향인 러시아 남부를 여행. 〈니노치카〉, 〈사냥꾼〉 등을 발표.
세 번째 단편집 《황혼》 출판.

1888년 《황혼》으로 푸시킨 상 수상. 〈미녀〉, 〈자고 싶다〉 등을 발표.

1889년 1월, 페테르부르크에서 여성 작가 지망생인 리디야 아빌로바
와 만남. 6월, 화가인 둘째 형 니콜라이가 폐결핵으로 사망.

1890년 3월, 단편집 《우울한 사람들》 출판. 4~9월, 마차를 타고 시베
리아를 횡단하여 사할린까지 여행. 7월에 사할린에 도착하여
유형지의 실태를 조사함. 10월, 사할린을 출발하여 인도양, 수
에즈 운하를 경유하여 12월 초순에 모스크바에 도착.

1891년 수보린과 함께 유럽 여행. 〈결투〉, 〈아낙들〉 등을 발표.

1892년 1월, 아빌로바와 재회. 모스크바 남쪽 멜리호보에 영지를 구입
하여 가족과 이사함. 여름에 이 지역에 콜레라가 유행하자 의
사로서 방역 활동에 참여함. 11월, 〈러시아 사상〉에 〈6호실〉을
발표.

1894년 3월, 건강이 악화되어 얄타로 가서 지냄. 9~10월, 남부 유럽
여행. 〈로스차일드의 바이올린〉, 〈대학생〉, 〈문학교사〉 등을
발표.

1895년 3월, 아빌로바를 방문. 8월, 야스나야 폴랴나로 가서 톨스토이
와 만남. 〈아리아드네〉, 〈3년〉 등을 발표.

1896년 10월, 알렉산드린스키 극장에서 〈갈매기〉가 초연되었지만 실
패. 〈다락방이 있는 집〉 발표.

1897년 3월, 객혈이 심하여 모스크바의 병원에 입원. 문병 온 톨스토
이와 만남. 〈농부들〉 등을 발표.

1898년 고리키와 편지를 주고받음. 8월, 얄타의 새집으로 이사. 12월,

〈갈매기〉가 공연되어 대성공을 거둠. 〈귀여운 여인〉, 〈사랑에 대하여〉 등을 발표.

1899년 3월, 고리키가 얄타로 체호프를 방문함. 10월, 모스크바 예술극장에서 〈바냐 아저씨〉 초연. 〈개를 데리고 다니는 부인〉 등을 발표.

1900년 1월, 톨스토이, 코롤렌코와 함께 학술원 명예회원으로 선출됨.

1901년 1월, 모스크바 예술극장에서 〈세 자매〉 초연. 5월, 모스크바 예술극장의 여배우 올가 크니페르와 결혼. 10월, 얄타에서 톨스토이와 다시 만남.

1902년 8월, 고리키가 학술원 명예회원 자격을 박탈당하자 이에 항의하여 명예회원직을 사퇴함. 10월, 마지막 단편 〈약혼녀〉 집필.

1903년 10월, 희극 〈벚나무 동산〉 탈고. 체호프가 직접 수록 작품을 선별한 《선집》이 마르크스 출판사에서 간행됨.

1904년 1월, 모스크바 예술극장에서 〈벚나무 동산〉 초연. 2월, 얄타로 돌아가지만 병세가 악화되어 6월에 아내와 함께 독일의 바덴바일러로 요양을 떠남. 7월 2일 새벽 3시에 호텔에서 장결핵으로 생을 마침. 유해는 모스크바의 노보제비치 수도원의 묘지에 안장됨.